LES MISÉRABLES

后浪插图珍藏版

悲惨世界

III

［法］维克多·雨果 著
［法］古斯塔夫·布里翁 绘
潘丽珍 译

江苏凤凰文艺出版社
JIANGSU PHOENIX LITERATURE AND ART PUBLISHING

CONTENTS · 目录

第三部　马里尤斯

第一卷　从巴黎的原子看巴黎
- 一　流浪儿　681
- 二　流浪儿的几个特征　682
- 三　他们很可爱　683
- 四　他们可能成材　685
- 五　他们的疆界　687
- 六　一点儿历史　690
- 七　在印度的社会等级中，可能有流浪儿一席之地　692
- 八　末代国王的一句妙语　694
- 九　古老的高卢精神　695
- 十　这就是巴黎，这就是人　696
- 十一　嘲笑，统治　702
- 十二　未来存在于人民中　704
- 十三　小加弗洛什　705

第二卷　大资产阶级
- 一　九十岁，三十二颗牙　709
- 二　有其主，必有其屋　712

三　明　慧　713
　　四　想活到一百岁　714
　　五　巴斯克和妮珂莱特　715
　　六　初步介绍玛妮翁和她的两个孩子　716
　　七　家规：晚上才会客　719
　　八　俩姐妹，两个样　720

第三卷　外公和外孙
　　一　古老的沙龙　723
　　二　当年一个红色幽灵　729
　　三　愿大家和平共处　736
　　四　强盗的结局　744
　　五　去做弥撒对成为革命者所起的作用　748
　　六　遇见堂区财产管理员的后果　751
　　七　在追女人了！　758
　　八　大理石碰花岗岩　765

第四卷　ABC 友社
　　一　一个差点载入史册的团体　773
　　二　博絮埃作祭文悼念布隆多　788
　　三　马里尤斯惊讶不迭　792
　　四　米赞咖啡馆后厅　794
　　五　视野扩大　803
　　六　陷入窘境　808

第五卷　苦难大有好处
　　一　马里尤斯饥寒交迫　813
　　二　马里尤斯清贫度日　815
　　三　马里尤斯长大成人　818

四　马伯夫先生　822

五　穷是苦的好邻居　829

六　替代者　831

第六卷　两星相会

一　绰号：姓氏形成的方式　837

二　光明产生了　841

三　春天的作用　844

四　大病开始　845

五　布贡妈妈惊讶不迭　848

六　被俘房　849

七　U字母之谜　852

八　残废军人也有权快乐　854

九　销声匿迹　855

第七卷　"猫露屁股"

一　坑道和坑道工　860

二　社会底层　864

三　巴贝、格勒梅尔、克拉克苏和蒙巴纳斯　866

四　黑帮的成员　868

第八卷　作恶的穷人

一　马里尤斯寻找一个戴帽子的姑娘，
　　却遇见一个戴鸭舌帽的男子　873

二　新发现　875

三　有四张面孔的人　877

四　贫苦中的一朵玫瑰　883

五　天赐的窥视孔　890

六　窟中魔鬼　893

七　战略和战术　*899*

八　阳光照进穷窟　*903*

九　戎德雷特差点哭出来　*906*

十　公共马车的价格：每小时两法郎　*910*

十一　贫穷帮痛苦　*913*

十二　白先生给的五法郎派何用场　*917*

十三　独处偏僻之地，不会想到念诵"天父"　*923*

十四　警察给律师两个"拳头"　*926*

十五　戎德雷特采购用品　*930*

十六　又听到了根据一八三二年英国一首流行曲调改编的歌　*934*

十七　马里尤斯给的五法郎派何用场　*939*

十八　马里尤斯的两把椅子面对面摆着　*943*

十九　担心暗处　*944*

二十　陷　阱　*949*

二十一　应该先抓受害人　*976*

二十二　在第三卷中哭叫的孩子　*982*

第三部　　马里尤斯

第一卷　　从巴黎的原子看巴黎

一　流浪儿

巴黎有个小孩，山林有只小鸟；小鸟叫麻雀，小孩叫流浪儿。

将火炉和晨曦这两个概念相结合，让巴黎和童年这两颗火星相碰撞，便会产生一个小生命。普劳图斯①也许会称之为**小可怜**②。

这些孩子过得很快活。他们常常挨饿，但只要高兴，天天晚上都可去看戏。他们身不穿衬衣，脚不套鞋子，头不顶片瓦，犹如天上的苍蝇，一无所有。他们的年龄在七到十三岁之间，成群结队，游荡于街头，夜宿于星空之下，穿着父亲的破裤子，一直拖到脚后跟，戴着不知哪位父亲的破帽子，一直遮到耳朵根，背着半副黄粗布吊带，东奔西跑，窥视着，寻觅着，游荡着，叼着烟斗，满嘴脏话，出入酒吧，结交盗贼，亲近妓女，说着俚语，唱着淫歌，可心地却一点也不坏。因为在他们心灵里有颗明珠——天真无邪，珍珠是出污泥而不染的。人只要还是孩子，上帝就要他天真无邪。

---

① 普劳图斯（约前254—前184），古罗马著名喜剧作家。
② 原文为拉丁语。

假如有人问这个庞大的城市:"这是什么?"它会回答:"是我的孩子。"

二　流浪儿的几个特征

巴黎的流浪儿,是巴黎这位巨人的矮儿子。

决不要言过其实。这些在马路的阳沟中长大的小天使,有时也穿衬衣,不过只有一件;有时也穿鞋子,不过没有鞋底;有时也有住所,而且也爱这住所,因为那里能找到母亲,但他们更喜欢大街,因为那里自由自在。他们有自己的游戏,自己的恶作剧,对有产者的仇恨是这一切的基础。他们还有自己的隐语,比如,把死说成是"啃蒲公英的根"。他们有自己的职业:替要雇车的人找马车,放下车子的踏脚板,下着大雨向过街的人收过路费,并美其名曰"搭艺术之桥",沿街宣扬当局对法国人民有利的演讲,清除铺路石之间的污物。他们有自己的钱币,是大街上唾手可得的各式各样的小铜片。这种叫作"破片片"的稀奇古怪的钱币,在这群放荡的孩子中,有一成不变的固定的面值。

最后,他们还有自己的动物,他们在角落里观察,乐此不倦:瓢虫、骷髅头蚜虫、长腿蜘蛛、"魔鬼"——一种扭动尾巴上的两只角吓唬人的黑壳虫。他们有自己想象中的妖怪,它腹部长着鳞片,却不是蜥蜴,背上长着疙瘩,却不是癞蛤蟆,它生活在石灰窑和污水坑的洞洞里,黑黢黢、毛茸茸、黏糊糊,它匍匐前进,时快时慢,它不叫不喊,却会瞪着眼睛看人,它是那样面目狰狞,谁都没见过。他们给这妖怪起名"聋子"。在石缝中寻找"聋子",虽然胆战心惊,却其乐无穷。另一桩乐事,便是突然掀起一块铺路石,看里面有没有土鳖。尽人皆知,巴黎的每个地区都能找到有趣的东西。于尔絮勒修会的工场上有蠼螋，先贤祠里有百足虫，练兵场的沟渠里有蝌蚪。

至于说话，这些孩子用的词和塔列朗①相仿。他们和塔列朗一样玩世不恭，但比他诚实正直。他们会突然莫名其妙地大笑不止；他们突发狂笑，常常弄得店主瞠目结舌。他们既能演高级喜剧，又能演闹剧，各种玩笑开来得心应手。

一队出殡行列经过。送葬的人中有个医生。

"哟！"一顽童喊道，"从什么时候起，医生把他们的工作推到人死之后了？"

另一个顽童混在人群里。一个戴着眼镜、表链上挂着饰物、神情严肃的男人愤怒地回过头来：

"小无赖，刚才你摸我老婆的身子了。"

"我，先生！那您在我的身上搜好了。"

三　他们很可爱

这些小可怜总有办法弄到几个钱，晚上便去看戏。一跨进那具有魔力的门槛，他们便换了个模样，顽童变成了野孩子。剧院有点像底舱朝上的大船。野孩子们就拥挤在这个底舱里。野孩之于顽童，有如飞蛾之于幼虫，是同一种飞翔的动物。只要他们在场，有了他们兴高采烈的神态，热情欢乐的活力，拍打翅膀般的鼓掌，那狭窄、臭气熏天、昏暗、

---

① 塔列朗（1754—1838），法国政治家和外交家，在法国大革命时期、拿破仑时期、波旁王朝复辟时期和路易－菲利普治下都任过高官。

肮脏、污浊、丑陋、可憎的底舱，便可以称作天堂。

把无用的东西给一个人，并取走必需的东西，这就有了流浪儿。

流浪儿对文学并非没有感受力。但是，我们不无遗憾地指出，他们对古典文学毫无兴趣。他们天生无拘无束。举个例子，玛尔斯小姐①深受群众喜爱，但在这群嬉笑无度的小观众中间，却带点讽刺的意味。顽童们称她为"马屎"小姐。

他们叫叫嚷嚷，吵吵闹闹，讽刺挖苦，开开玩笑，衣服如裤子般破烂，和哲学家一样褴褛。他们在下水道里钓鱼，污水坑里打猎，在垃圾堆里取乐，对着十字街头撒野。他们又是讥笑又是挖苦，又是吹口哨又是唱歌，又是喝彩又是谩骂，用淫调浪曲来冲淡天主颂歌，能诵唱各种词曲，会唱葬礼上的祈祷经，也会骂狂欢节的脏话。他们不寻也能得到，不懂也能知道，顽强到偷盗行窃，疯狂到冷静明哲，抒情到追腥逐臭，可以蹲在神山顶上，躺在臭粪堆里，出来时满身星斗。巴黎的流浪儿，就是小拉伯雷。

假如裤子上没有表袋，他们是不会满意的。

他们很少惊奇，更不会惊慌。他们编歌谣讽刺迷信，戳穿谵言诳语，同神怪开开玩笑，向鬼魂伸伸舌头，使神奇的东西变得平淡无奇，将夸大的史诗变得漫画般夸张。他们不是缺乏诗意，远非如此，而是用闹剧般的怪诞，代替庄严的幻想。假如风暴神出现在他们面前，他们会说："哟，吓唬孩子的妖怪！"

---

① 玛尔斯小姐（1779—1847），法国著名的喜剧演员。

四　他们可能成材

巴黎以闲汉打头，流浪儿殿后；这两种人，别的城市都不可能拥有。前者被动接受，满足于观望，后者主动出击，乐此不倦；一个是普律多姆①，另一个是伏伊乌②。唯有巴黎的自然史中才有这两样人物：闲汉代表整个君主制度，流浪儿代表整个无政府主义。

巴黎城郊这些脸色苍白的孩子，在苦难中生活和成长，扭结和"解结"，面对社会现实和人世百态，他们看在眼里，思在心头。他们自以为无忧无虑，其实不然。他们四下环顾，准备大笑，也准备干别的事。不管是什么，无论是成见，还是恶习、丑行、压迫、邪恶、专制、不公、狂热、暴政，都得当心睁大眼睛、张大嘴巴的巴黎流浪儿。

小家伙们会长大成人。

他们是用什么泥土捏成的？遇到什么，便用什么。一把污泥，吹口气，便有了亚当。只要有个神经过。总有神从流浪儿身上经过的。命运揉捏着这些小生命。这里所说的命运，带点冒险的意味。这些用凡尘俗土直接捏成的孩子，愚昧无知，浑浑噩噩，平平庸庸，卑下低贱，日后将成为英才还是蠢才呢？不要着急，**轮子在转动**③，巴黎思想这个精灵，凭偶然创造孩子，凭命运创造成人，这与罗马那位陶工相反，将砂罐做成了双耳大瓮④。

---

① 普律多姆是法国作家莫尼埃（1799—1877）在喜剧中创造的人物，象征着因循守旧、顺从大流的资产阶级。
② 伏伊乌为法国文学作品中的流浪儿形象。
③ 原文为拉丁语。出自古罗马诗人贺拉斯的《诗艺》。
④ 贺拉斯的原句为：开始做的是大瓮；为什么轮子一转，出来的却是砂罐。

五　他们的疆界

流浪儿喜欢城市，但也爱僻静之处，他们身上也有哲人的品质。他们像阿里斯提乌斯那样爱城市，像贺拉斯那样爱乡村①。

边走边想，也就是信步闲逛，这是哲学家消磨时光的好办法。尤其是在巴黎这些大城市周围的乡村，有点不伦不类，既丑陋，又怪诞，既像城市，又像乡村。观赏城郊，有如观赏两栖动物。屋顶紧连着树木，铺石路紧挨着荒草，店铺紧接着耕田，这一边蹈常袭故，另一边欲望横流；这一边神祇呢喃，另一边人声喧哗；凡此种种，令人神往。

因此，喜欢沉思的人似乎爱去这些缺少魅力，向来被行人状以凄凉的地方作漫无目的的闲逛。

本书作者从前常在巴黎四郊闲逛，现在仍记忆深刻。那浅浅的草地、布满石子的小路；那白垩、泥灰、石膏；那单调乏味的荒地和休耕地、突然出现在一片洼地里的时鲜蔬菜；那乡村的荒蛮和城市的文明相混杂的情景；那广袤而荒芜的、兵营鼓手在那里训练、鼓声震天、仿佛在尝试打仗的角落；那白天幽静、黑夜杀气腾腾的地方；那笨拙地转动的风车、采石场上的轱辘、公墓边上的农舍；那将洒满阳光、充满蝴蝶的广袤荒地切割成一个个方块的深色高墙的神秘魅力，凡此一切都深深吸引着他。

世上几乎无人知晓这些奇异的地方：冰库街、库内特门、弹痕累累丑陋不堪的格勒内尔门城墙、蒙巴纳斯街、捕狼陷阱街、马恩河畔的奥比埃镇、蒙苏里村、伊索瓦尔墓，原为采石场，石料采尽后只种蘑菇，地面上尚存一道腐朽了的活板门的夏蒂翁平石山。罗马的乡村和巴黎的

---

① "爱城市"和"爱乡村"原文为拉丁语。出自古罗马诗人贺拉斯给他的好友阿里斯提乌斯的第三封信。信中赞美了乡村生活。

郊区是两个完全不同的概念；只看见天际有田野、房屋或树木，那不过是停留在事物的表面；世间万物的面貌均体现上帝的思想。原野与城市相接的地方，总笼罩着一种透骨的凄凉。那里，大自然和人类都在说话。那里，地方色彩一目了然。

谁和我们一样，曾在我们郊区的这些可被叫作巴黎边缘的荒僻之地闲逛过的人，一定会在最荒凉的地方，在最意想不到的时刻，在某个稀疏的篱笆后，抑或阴森的墙角里，看见一群脸色苍白、满身污泥尘土、衣衫褴褛、头发蓬乱的孩子，戴着一顶顶矢车菊花环，吵吵嚷嚷地在玩掷币游戏。这都是从穷人家里逃出来的孩子。环城林荫大道是他们自由呼吸的地方，郊区是他们的天地。他们总是逃学到那里，天真地唱着下流的保留歌曲。他们待在那里，更确切地说，他们生活在那里，远离人们的目光，在阳光明媚的五六月间，跪在一个土洞周围，用大拇指打弹子，为几个铜板你争我夺，身无负担，飞来飞去，无拘无束，快活似神仙。看见有人过来，便想起了自己还有工作，要挣钱糊口，便向你兜售一只爬满金龟子的旧毛袜，或一束丁香花。与这些古怪的孩子相遇，是巴黎郊区的一大景致，令人乐而忘返，但也让人心寒心碎。

有时，在这些男孩子群中，也有一些女孩子，——是他们的姐妹？——她们差不多是大姑娘了，骨瘦如柴，焦躁不安，双手晒成褐色，双颊布满雀斑，头上戴着用黑麦穗和罂粟花编成的花环，光着脚，快乐而粗野。白天看见他们在麦田里吃樱桃。晚上听见他们朗朗的笑声。这一群群被中午的阳光照亮烤暖，或在暮色下依稀可辨的孩子，在那爱沉思的人心头久久萦绕，甚至在梦中也会看见。

巴黎是中心，四郊是疆界：这便是这些孩子的整个世界。他们从不越出疆界。他们离不开巴黎的氛围，正如鱼儿离不开水。在他们看来，离城门两里以外，就什么也不再有了。伊夫里、让蒂伊、阿格伊、贝勒维尔、奥贝维利埃、梅尼蒙唐、舒瓦齐－勒－罗瓦、比扬库、默东、

伊西、旺弗、塞夫勒、皮托、纳伊、热纳维利埃、科隆布、罗曼维尔、夏图、阿斯涅尔、布日瓦尔、南泰尔、昂日安、努瓦西-勒-塞克、诺让、古尔内、德朗西、戈内斯，这便是宇宙的尽头。

六　一点儿历史

在本故事发生的那个年代，其实差不多是当代了，却不像今天那样，每个街口都有一个警察（这是件好事，但现在不是讨论这个问题的时候）。那时，巴黎到处是流浪儿。据统计，警察巡逻队平均每年收容二百六十名无家可归的孩子，他们住在不围栅栏的空地上、正在建造的房屋中或桥拱下。在这些窝巢中，有一处至今仍很有名，因为出产"阿尔科尔桥的燕子"。此外，那里有社会最严重的病兆。人间一切罪恶，盖源自孩子的流浪生活。

然而，巴黎另当别论。尽管我们刚才谈了些往事，但将巴黎作为例外，某种程度上讲是对的。在其他大城市，一个人小时候流浪，长大了一定毫无希望。几乎在任何地方，一个孩子如若无依无靠，可以说就会身不由己地、无可救药地沉沦于种种社会恶习，便会丧失真诚和天良。不过，巴黎的流浪儿却不同，这一点，我们要再次强调。从表面上看，他们受到了极其严重的腐蚀和磨损，但内心几乎完好无损。在巴黎的空气中，存在着一种思想，正如海洋里存在着盐，而这种思想也和盐一样具有某种抗腐性，这一光辉的事实是颇值得指出的，这在我们历次光明正大的人民革命中看得清清楚楚。呼吸巴黎的空气，能使心灵保持健康。

我们这样说，并不意味着我们遇到这样一个孩子时，不感到揪心彻骨的痛苦。在他们周围，仿佛飘浮着破碎家庭的缕缕游丝。破裂的家庭将碎片抛向黑暗中,将骨肉扔在大路上,不管他们的死活,这在远未完善的现代文明中是司空见惯的。于是便产生了悲惨的命运。这叫作——因为这种惨事造出了一个成语——"被扔到巴黎街头"。

顺便提一句,对于这种遗弃孩子的事,旧君主制度是绝不阻止的。在下层社会中有点埃及和波希米亚的遗风,会使上层社会感到舒服,这正是权贵们感兴趣的。仇视平民孩子受教育,这是他们的信条。"半瓶子醋"有什么用?这是他们的口号。然而,愚昧无知的孩子,必定成为流浪儿。

况且,君主政体有时需要孩子,于是,便在街头搜罗。

且不说远的,就在路易十四治下,国王想建立一支舰队,这不无道理。主意不错。可用的是什么办法呢?帆船听凭风摆布,必要时还得拖拉,假如没有划桨或蒸汽驱动的、想去哪便可去哪的战船,就谈不上舰队;对海军而言,当年的楼船便是今天的轮船,因此必须有楼船。可楼船前进全靠划桨手,因此需要划桨手。科尔贝①让各省总督和法院尽多地制造苦役犯。法官们大献殷勤。有人在迎神行列经过时不脱帽,便有胡格诺派教徒之嫌,就会被送去划船。路上遇见一个孩子,只要年满十五岁,又无栖身之处,便把他送去划船。伟大的统治,伟大的世纪。

路易十五时期,巴黎街头看不见孩子,警察把他们掳走不知干什么神秘的事了。人们惊恐万状,窃窃私语,关于国王洗红水澡的骇人听闻的臆测不胫而走。巴比埃②如实地谈到过这些事。有时抓不到孩子,警察们连有父亲的孩子也不放过。父亲们悲痛欲绝,便追击警察。于是,法院出面干涉,命令处以绞刑——绞死谁?警察吗?不是。是父亲。

---

① 科尔贝(1619—1683),法国政治家,路易十四的财政大臣。一六六八年起任海军国务大臣。
② 巴比埃(1765—1825),法国图书馆学家和目录学家。

七　在印度的社会等级中，可能有流浪儿一席之地

　　巴黎的流浪儿几乎是一种社会等级。可以说，谁也不要他们。

　　"流浪儿"（gamin）一词在一八三四年才初次印成文字，从通俗语言进入文学语言。该词首先出现在一篇名曰《克洛德·格》①的小作品中。当时引起了轰动。最后被大家接受了。

　　流浪儿赢得同伴尊敬的理由各种各样。我认识一个流浪儿，并与之有来往，他因看见一个人从圣母院塔楼顶上摔下来，而备受尊敬和钦佩。还有一个因成功地钻进残老军人院的后院，从暂时存放在那里的圆屋顶的塑像上"偷"了些铅。第三个是看见一辆公共马车翻了车。还有一个，因为"认识"一个差点将某有产者的眼睛戳瞎的士兵。

　　这样，我们就能明白为什么有个巴黎流浪儿会发出如下感叹："妈的！我太不幸了！我怎么还没见过一个人从六楼上摔下来（他把"ai-je"说成了"j' ai-t-y"，把"cinquième"说成了"cintième"）！"对于这个深奥的感叹，凡夫俗子听不懂，只好付之一笑。

　　当然，下面的话是乡下人的妙语：

　　"某老伯，您老婆害病死了，为什么不叫人去喊医生？""您要我怎么办？我们这些穷人，我们自己死自己的。"如果说这句话淋漓尽致地表达了乡下人那种狡狯的被动，那么，下面一句话则充分表达了城郊流浪儿那种自由思想家的无政府主义。一个死囚在囚车里聆听忏悔神甫的教诲，巴黎的孩子大声嚷道："他在同他的教士说话。呵！胆小鬼！"

　　在宗教问题上表现出的某种放肆，提高了流浪儿的声望。重要的是

---

① 《克洛德·格》，雨果的早期著作，一八三四年刊载在《巴黎杂志》上。

不信教。

　　看砍头,是一种责任。他们争相指着断头台,又说又笑。他们给断头台起了各种各样的小名:"晚餐的压轴戏""嘟噜鬼""天宫娘娘""最后一口",如此等等,不一而足。为了不漏掉任何细节,他们爬墙,爬阳台,爬树,吊在栅栏上,攀在烟囱上。流浪儿天生是盖瓦工,正如他们天生是水手。屋顶不比桅杆更可怕。没有比河滩广场上行刑更热闹的场面了。桑松①和蒙泰斯神甫的名字家喻户晓。他们向受刑者发出嘘声,给他鼓劲儿,有时甚至很佩服。拉瑟内尔②当流浪儿时,看见丑恶的多顿勇敢赴刑,便说:"我真羡慕他。"不料日后竟被他言中。流浪儿中间,无人知道伏尔泰,却人人知道帕帕瓦纳③。他们把"政治家"和杀人犯混为一谈。他们将受刑人临终的衣着和仪表互相传诵。他们知道,托勒龙戴的是司机帽,阿弗里是水獭皮帽,卢维尔是圆礼帽,老德拉波特是秃子,没戴帽子,卡斯坦肤色红润,相貌俊美,博里留着浪漫的山羊胡,让-马丁仍背着吊裤带,勒库夫同母亲吵嘴。有个流浪儿冲他们喊道:"别互相埋怨囚车啦。"还有个流浪儿,个儿不高,被人挡住视线,德巴凯经过时,为了看得清楚,发现河沿上有路灯杆,便爬了上去。那里有个警察在站岗,看见后皱起了眉头。流浪儿说:"让我上去吧,警察先生。"为了博得警察同情,他又加了一句:"我不会摔下来的。"那警察回答:"我才不管你摔不摔呢。"

　　在流浪儿中,谁发生了令人难忘的意外,就会受到重视。若有人不小心砍了自己,伤口一直"深达骨头",便会赢得最高的敬意。

　　拳头是博得尊敬的不小因素。流浪儿最爱说的一句话便是:"瞧我多有劲儿!"左撇子极受人羡慕,斜眼备受人尊敬。

---

① 桑松(1739—1806),路易十六时期的刽子手。
② 拉瑟内尔曾当过记者、逃兵和小偷,后因杀人被判死刑。
③ 帕帕瓦纳因杀死两个小孩,而被判死刑。

八 末代国王的一句妙语

夏天,他们变成青蛙。傍晚,夜幕降临时,在奥斯特里茨桥和耶那桥前,他们站在运煤和洗衣女工的船顶上,低着头跳到塞纳河里,全然不顾廉耻和治安条例。然而,治安警察虎视眈眈,于是,便出现了一种极富戏剧性的场面。有一次,有个流浪儿为了通知伙伴,策略地大声吼了几句,这充满兄弟情谊的令人难忘的呼喊在一八三〇年家喻户晓,其节奏像荷马的一句诗那样铿锵有力,其旋律几乎和雅典娜女神节吟唱的埃勒夫西斯旋律①一样难以描摹,颇像古代祭祀时女祭司对酒神的吆喝。下面就是那流浪儿的呼喊:"喂!小家伙,喂喂!瘟神来了,条子②来了,当心!快溜!从阴沟里溜走!"

有些小飞虫——这是他们给自己起的雅号——略识几字,也有的还能写一写,总能随便涂几笔。也不知通过什么互教互学的秘法,毫不犹豫地互相传授可能对国家有用的种种才能:一八一五到一八三〇年,他们模仿火鸡叫;一八三〇年到一八四九年,他们在墙上乱画梨③。夏天的一个傍晚,路易-菲利普国王步行回宫,看见一个小不点儿踮着脚,用炭笔在纳伊城堡铁栅栏门的一根柱子上画一个很大很大的梨子,累得满身大汗。国王继承了亨利四世的好脾气,他帮顽童画完了梨,又给他一枚金路易,对他说:"这上面也有梨。"④流浪儿喜欢喧闹,喜欢带点儿激烈的场面。他们憎恨"神甫"。一天,在大学街,一个小淘气鬼用大拇指顶着鼻子,向69号的大门摇动其余四个指头,以示蔑视。一过

---

① 雅典娜女神节,古时雅典娜城举行的节日。埃勒夫西斯为古希腊港口,以其秘密宗教仪式闻名于世。
② "条子"为俚语,即"警察"。
③ 在法语里,火鸡和梨喻指笨蛋。一八一五至一八三〇年是波旁王朝复辟时期,一八三〇至一八四八年是路易-菲利普王朝时期。学火鸡叫和画梨都是在侮辱法国国王。
④ 这是双关语,金币上的头像与梨相似。

路人问他:"你干吗对着门这样做?"那孩子回答:"那里面有个神甫。"的确,那里住着教皇的使臣。然而,尽管流浪儿也像伏尔泰那样怀疑宗教,如果教堂举行宗教仪式,有机会当神甫的侍童,他们也会欣然接受,而且会毕恭毕敬地侍奉弥撒。有两件事是他们所渴望做,却从没做到的,那就是推翻政府和补好自己的长裤。

地道的流浪儿熟悉巴黎所有的警察。遇到警察,便能道出他们的名字。说起他们来如数家珍。他们研究警察的习惯,对他们每个人都有特别的评价。他们一眼就能看到警察的内心。他们会流利地、毫无差错地对你说,"某某是个叛徒""某某很凶恶""某某很伟大""某某很可笑"(所有这些字眼——叛徒、凶恶、伟大、可笑,经他们一说,就有了特殊的意味)"这一个以为新桥是他的,不许别人在栏杆外的边沿上行走""那一个老喜欢揪别人的耳朵",如此等等,不一而足。

九 古老的高卢精神

巴黎中央菜市场之子莫里哀的身上有流浪儿的意味,博马舍身上也有流浪儿的情趣。流浪儿的淘气具有高卢精神的色彩。它与理性相结合,有时能增加理性的力量,正如醇掺入酒,能增加酒的力度。有时,它便成了缺点。荷马啰啰唆唆,不错;伏尔泰很顽皮,也可以这样说。卡米尔·德穆兰[①]是巴黎郊区人。以粗暴态度对待圣迹的尚皮奥内[②]出生于巴黎街头;他很小的时候,就"尿漫"过圣约翰-德-博韦和圣埃蒂安-

---

[①] 卡米尔·德穆兰(1760—1794),法国大革命时期的律师、新闻记者,为这场革命的领导者之一。
[②] 尚皮奥内(1762—1800),法国大革命时期的将军。

迪蒙两座教堂的柱廊;他常用"你"称呼圣热纳维埃芙①的圣骨盒,最后竟对圣亚努阿里乌斯②的小玻璃瓶发号施令。

巴黎的流浪儿既彬彬有礼,又喜欢嘲笑,有时还态度傲慢。他们的牙齿很难看,因为营养不良,肠胃不好。他们的眼睛很漂亮,因为他们机智幽默。他们可以当着耶和华的面,单脚跳着爬天堂的台阶。他们擅长拳打脚踢。他们有向各方面发展的潜力。他们在马路的阳沟里玩耍,也可以在暴动中挺身而出。面对枪林弹雨,依然嬉皮笑脸。昔日是流浪儿,今日做英雄。他们和底比斯的小英雄一样,敢于和狮子较量。鼓手巴拉③是巴黎的流浪儿,他高喊:前进!正如《圣经》里的那匹战马大吼一声:哗!转眼间,小孩变成了巨人。

这些陷入污泥的孩子,也是理想的孩子。请测量一下莫里哀到巴拉之间的距离吧。

总之,可用一句话来概括:流浪儿是苦中作乐的人。

十 这就是巴黎,这就是人④

还可用另一句话来概括:今日巴黎的流浪儿,有如昔日罗马的希腊人,是额头上有旧世界皱纹的孩子平民。

流浪儿是上帝对国家的恩赐,却也是一种疾病,必须医治的疾病。怎么治?用光辉。

---

① 圣热纳维埃芙,巴黎的主保女圣人。她的神龛被视作圣物。
② 圣亚努阿里乌斯,那不勒斯的主保圣人。在那不勒斯的大教堂里,有一个玻璃瓶中据说存放着他的凝血块,每年十八次化为液体。
③ 巴拉(1779—1793),法国少年英雄,追随共和军,在旺代战争中死于一次埋伏中。
④ 原文为拉丁语。

光辉净化心灵。

光辉照亮心灵。

一切普照社会的光辉，皆源自科学、文学、艺术、教育。培养人才，造就人才，你施与他光，他报你以热。灿烂的全民教育问题，迟早会以绝对真理之不可抗拒的威力提出来。到那时，在法兰西思想监督下治理国家的人，就要作出选择：是要法兰西儿女，还是巴黎的流浪儿，要光明中的烈焰，还是黑暗中的磷火。

流浪儿代表巴黎，巴黎代表世界。

因为巴黎包罗一切。巴黎是人类的天幕。这个不可思议的城市，是古今习俗的缩影。谁看见巴黎，便以为看见了整部人类历史的内幕，上面是天空，中间布满了星辰。巴黎有个朱庇特神殿①，那就是市政厅；有个帕台农神庙②，那就是圣母院；有座阿芬丁山③，那就是圣安托万郊区；有个阿西纳里乌姆④，那就是索邦大学；有个潘提翁⑤，那就是先贤祠；有条神圣大道⑥，那就是意大利大街；有座风塔⑦，那就是舆论。它用嘲笑取代古罗马的陈尸⑧。它的纨绮子弟叫 le faraud，它的郊区人叫 le faubourien，它的搬运工叫 le fort de la halle，它的盗贼叫 le pègre，它的时髦少年叫 le gandin。别处有的，巴黎应有尽有。迪马赛的贩鱼婆，可与欧里庇得斯的卖草婆针锋相对；走钢丝的福里奥佐是古罗马掷铁饼艺人弗雅努斯的再世；泰拉蓬蒂戈努斯·米勒会与投弹手瓦德邦科尔手挽手；旧货商达马西普斯会在巴黎旧货店里流连忘返；樊尚会抓住苏格拉

---

① 朱庇特神殿建在罗马卡皮托尔山丘上。
② 帕台农神庙，雅典古庙。
③ 阿芬丁山，罗马七个山岗之一。
④ 阿西纳里乌姆，雅典的一座建筑物，建于公元前一世纪。
⑤ 潘提翁，古罗马的万神殿。
⑥ 神圣大道，古罗马的一条大路，军队凯旋必经之路。
⑦ 雅典的八角形风塔，建于公元前一世纪。
⑧ 在古罗马，罪犯处死后，先要放到卡皮托尔山丘西北坡上陈尸，然后才扔进台伯河。

底，正如阿戈拉会囚禁狄德罗；格里莫·德·雷尼埃发明了油脂烤牛肉，正如库尔提乌斯发明了烤刺猬；在星星广场凯旋门的圆顶下，我们又看见了普劳图斯所描绘的高架秋千；阿普列乌斯在珀西勒遇见了吞剑人，而现在新桥上有吞刀人；拉穆的侄子与寄生虫古尔古里翁是天生一对，埃尔加齐尔会在埃格尔弗伊引荐下，到康巴塞雷斯家做客；罗马四个花花公子阿尔塞西马库斯、费得罗姆斯、迪阿博吕斯和阿吉里普，会乘坐拉巴蒂的驿车，从拉库蒂出发①，去参加假面具游行；奥吕-热尔在厨师孔格里奥前滞留的时间，不会比夏尔·诺迪埃在木偶剧的驼背小丑前滞留的时间久；马尔通不是老虎，而帕达利斯卡也绝非一条龙；爱逗乐的潘托拉比斯在英格兰咖啡馆里与浪荡公子诺曼达努斯大开玩笑；赫尔莫热纳是香榭丽舍大街上的男高音歌手，乞丐特拉西尤斯装扮成小丑在他周围募捐；在杜伊勒利花园，一个讨厌人抓住你的衣扣不让你走，你会重复两千年前泰斯普里翁说的一句话："谁抓住我的衣服不让我走？"叙雷纳酒可以冒充阿尔巴酒，代佐吉埃的满满一杯红葡萄酒，能与巴拉特龙的一大杯香槟酒并肩比美；夜雨中，拉雪兹神甫公墓和埃斯基利公墓一样发出磷光，穷人购用五年的墓穴，与奴隶租用的棺材不相上下。

请找一下，什么东西是巴黎没有的。特罗福尼乌斯桶里的东西，在梅斯梅尔的小木桶里应有尽有②；埃加菲拉斯借卡格利奥斯特罗的躯体还了魂；婆罗门僧人梵沙方陀转世为圣日耳曼伯爵；圣梅达公墓显示的圣迹，和大马士革乌姆乌米埃清真寺的圣迹一样高明。

巴黎有个伊索，就是马耶③，也有个卡尼迪，就是勒诺曼小姐④。巴黎

---

① 拉库蒂，巴黎的一个旧区。每年狂欢节，那里非常热闹，是假面具游行的出发点。
② 特罗福尼乌斯，古希腊俄提亚人所信奉的神，住在地下，预言人间万事。梅斯梅尔（1734—1815），德国医生，自称发现"动物磁力"，找到了包治百病的药方。
③ 马耶，漫画家特拉维埃创造的人物，赢得很多读者喜爱。
④ 勒诺曼小姐（1772—1842），以纸牌算命著称。

和德尔斐①一样，在光怪陆离的幻景面前，会惊慌失措；它转动桌子，就像多多纳②转动三脚架。它让轻佻女子坐上宝座，正如罗马让娼妓坐上宝座一样。总而言之，或许路易十五比罗马皇帝克洛狄一世更坏，可杜巴里夫人③却比梅萨利娜④好得多。巴黎将希腊的裸体、希伯来的脓疮和加斯科涅的嘲讽，组合成一个空前绝后的人，这怪人确实存在过，我们也接触过。它把第欧根尼⑤、约伯⑥和帕亚斯⑦糅合成一体，给一个幽灵糊上几张旧《立宪报》，便有了肖德鲁克·迪克洛⑧。

尽管普鲁塔克说，暴君一般是活不到老的，可是，无论在苏拉⑨，还是在图密善⑩统治时期，罗马人民却逆来顺受，甘愿往酒里掺水。台伯河是一条忘川⑪，瓦吕斯·维比斯库斯对它有过赞美，尽管有点教条："对付格拉古兄弟，我们有台伯河。喝了台伯河的水，便会忘却造反。⑫"巴黎一天要喝一百万升的水，但它仍擂响战鼓，敲响丧钟。

除此之外，巴黎是很好说话的。它豁达大度，兼蓄并收。它对女性美并不挑剔；它崇尚非洲霍屯督人的臀部美；心里一高兴，就宽恕一切；丑陋使它开心，畸形使它快活，罪恶使它欢愉；假如你很滑稽，你就能逗人发笑；即使面对伪善这一最厚颜无耻的品行，它也不会气愤；

---

① 德尔斐，古希腊阿波罗神殿所在地，那里的神谕威信极高。
② 多多纳，位于希腊的伊庇鲁斯，宙斯神殿所在地，以神谕著称。
③ 杜巴里夫人（1743—1793），法国国王路易十五的情妇。
④ 梅萨利娜（约22—48），罗马皇帝克洛狄一世的第三个妻子。
⑤ 第欧根尼（约前404—前323），古希腊哲学家。其哲学反映了穷人对统治者的消极反抗。
⑥ 约伯，《圣经》中的人物，极富有，并有忍耐精神。
⑦ 帕亚斯，笑剧中的小丑，愚蠢可笑。
⑧ 肖德鲁克·迪克洛（1780—1843），极端保王派。王朝复辟时期，他谋取元帅职务，未遂心愿，便留起长发和长胡子，天天到王宫前去散步，以示抗议。
⑨ 苏拉（前138—前78），古罗马将军和独裁官。
⑩ 图密善（51—96），古罗马皇帝。
⑪ 忘川是冥府的河流之一，亡灵喝了这条河里的水，就会忘掉过去的一切。
⑫ 原文为拉丁语。格拉古兄弟为古罗马政治家，公元前二世纪，他们利用保民官的职位和罗马共和国公民大会的立法权，发动了罗马革命。他们曾提出打击豪门权贵的法案，但遭元老院反对，被迫退到罗马平民的传统避难地阿芬丁山，最后自杀身亡。

它酷爱文学，即使面对巴西尔①，他也不会捂住鼻子，看见达尔杜弗②祈祷，不会比贺拉斯看见普里阿普斯"打嗝"更厌恶。世人面部的所有线条，没有一根不刻在巴黎的脸上。马比耶舞会③上跳的舞，和雅尼库卢斯山上跳的波吕许尼亚舞④不一样，不过，卖脂粉的女商贩在舞场上窥视轻佻女人的眼神，同拉皮条的女人斯塔斐拉偷觑处女普拉内西的眼神一样贪婪。格斗的围场不同于罗马的竞技场，不过，同样异常凶猛，仿佛恺撒在观看。萨盖大娘不如叙利亚老板娘妩媚，不过，如果说维吉尔经常出没罗马那家小酒馆的话，那么，可以说，大卫·德·昂热、巴尔扎克和夏莱却是巴黎这家酒馆的座上宾。巴黎主宰世界。有才华的人在这里争艳斗辉，辫子上结红绸的小丑在这里繁衍滋生。耶和华乘坐有十二个雷电轮子的战车经过，西勒诺斯⑤坐着母驴进城。西勒诺斯，就是朗波诺⑥。

巴黎是宇宙的同义词。巴黎是雅典、罗马、锡巴里斯⑦、耶路撒冷、庞丹⑧。所有的文明和野蛮都在这里浓缩。巴黎若无一个断头台，便会心头不快。

有河滩广场作点缀实在太妙。假如没有这个调味品，那不散的筵席会变成什么呢？我们的法律未雨绸缪，真是高明。多亏了法律，那把铡刀便能在这狂欢节里滴血了。

---

① 巴西尔是法国剧作家博马舍笔下的伪君子。
② 达尔杜弗是莫里哀剧作《伪君子》中的主人公。
③ 马比耶舞会是一个公共舞会，在香榭丽舍大街上，由舞蹈教师马比耶创立。
④ 雅尼库卢斯山为罗马周围山丘的总称，在台伯河的右岸。波吕许尼亚是古希腊九位缪斯女神之一，主管颂歌。
⑤ 西勒诺斯，希腊神话中酒神狄俄尼索斯的养父。
⑥ 朗波诺，巴黎一家酒店的老板。
⑦ 锡巴里斯，位于意大利南部，是古希腊城市，建于公元前八世纪，毁于公元六世纪。
⑧ 庞丹，巴黎城北的一个小镇。在俚语中，庞丹是巴黎的代称。

十一　嘲笑，统治

巴黎没有边界。任何城市的统治都不像巴黎，可以时常对自己的臣民讥笑嘲弄一番。亚历山大曾高呼："啊！雅典人，我要讨你们欢心！"巴黎不仅产生法律，还产生风尚。巴黎不仅产生风尚，还产生成规。巴黎只要愿意，可以当傻瓜。这种奢侈，它不时地享受一下。于是，整个世界和它一起成了傻瓜。接着，巴黎清醒过来，揉揉眼睛说："我太蠢了！"并冲着人类，放声大笑。这样一个城市，真是妙不可言！奇怪的是，伟大可以与荒唐和睦共处，威严可以不受滑稽模仿打扰，同一张嘴，今天可以吹最后审判的号角，明天又会吹芦笛。巴黎的快活至高无上。它的快乐有雷霆之势，它的戏谑有权杖之威。有时，它做个鬼脸，就会引起一场风暴。它的革命，它的光荣的日子，它的杰作，它的奇迹，它的英雄业绩，震撼整个大地，连它的胡扯也响彻全世界。它大笑起来，犹如火山口喷出岩浆，溅及全球。它的插科打诨，是点点火星。它把自己的理想和讽刺，一股脑儿强加给全世界人民；人类文明的最高丰碑接受它的嘲笑，并把自己的不朽归于它的笑谑。它太杰出了；它有解救人类的令人震惊的七月十四日；它让世界各国都发表了网球场誓言①；八月四日夜间，短短三个小时，便使两千年的封建制度土崩瓦解②；它使它的逻辑成为人类意志的肌肉；它的崇高形形色色，层出无穷；它用它的光辉照亮了华盛顿、柯斯丘什科、玻利瓦尔、波查里斯、里埃哥、贝姆、马宁、洛佩斯、约翰·布朗、加里波第③；哪里燃烧着未来的火焰，哪里

---

① 一七八九年六月二十日，法国国民议会在凡尔赛举行会议，无特权的第三等级被拒之门外，于是，他们在附近的一个网球场发表誓言，不为法国制订出一部成文宪法，誓不散去。
② 一七八九年八月四日夜间，制宪会议宣布永远废除封建制度，将教会的私有土地收归国有。
③ 以上提及的是各国民族解放英雄。

便有它，一七七九年在波斯顿，一八二〇年在莱翁岛，一八四八年在佩斯，一八六〇年在巴勒莫；当美国主张废除奴隶的人在哈珀渡口的渡轮上集会的时候，当安科纳①的爱国者在海边的戈齐旅店前聚会的时候，他们的耳畔响起了它那低沉而有力的口号——自由；它创造了卡纳里斯；它创造了基罗加；它创造了比萨卡纳②；它把伟大的光辉射向全球；它的风把拜伦和马泽一个吹到了土耳其，另一个吹到了西班牙，于是，前者客死在梅索朗吉昂，后者客死在巴塞罗那；它是米拉波脚下的论坛，罗伯斯庇尔脚下的火山；它的书，它的戏剧、艺术、科学、文学、哲学，是人类的教科书；它有分分秒秒都需要的帕斯卡尔、雷尼埃、高乃依、笛卡儿、卢梭、伏尔泰，世世代代不可或缺的莫里哀；它让全世界的人都讲它的语言，而这个语言变成了圣言；它在全人类的头脑里树立起进步的思想；它铸造的拯救世界的信条，成了世世代代的枕边剑，而一七八九年以来世界各国的英雄，都是由它的思想家和诗人的灵魂塑造出来的；可是，这并不妨碍它像顽童那样胡闹，这个被称作巴黎的庞然大物，一面用自己的光辉改变着世界，一面却用炭笔将忒修斯神殿墙上的布热尼埃的鼻子涂黑，并在金字塔上写下了"盗贼克雷德维尔"。

巴黎总是露着牙齿，不是咬牙切齿地骂人，便是张着嘴巴大笑。

这就是巴黎。它屋顶上的炊烟，是人类的思想。说它是一堆烂泥和石头也未尝不可，但它尤其是有道德的人。它不只是大，而且无边无际。为什么？因为它敢为。

敢为，这是进步的代价。

一切崇高的征服，或多或少是敢为的结果。要使革命得以进行，不但需要孟德斯鸠的预感，狄德罗的鼓吹，博马舍的宣告，孔多塞的推

---

① 安科纳为意大利城市，濒临亚得里亚海。
② 卡纳里斯（1790—1877），反抗土耳其统治的希腊民族英雄。基罗加（1784—1841），西班牙军官，自由主义者，西班牙独立战争的领袖之一。比萨卡纳（1818—1857），意大利革命者。

算，阿鲁埃的筹备，卢梭的策划，而且，还得有丹东的敢为。

丹东大吼一声：果为，犹如上帝大喊一声：给世界光明。为使人类前进，必须从山顶上不断发出鼓舞勇气的豪言壮语。大胆的行为使历史光辉灿烂，它们是人类的奇光异彩。曙光初生时，是敢作敢为的。尝试，冒险，坚持，不屈不挠，忠于自己，与命运搏斗，不怕灾难，时而冒犯不公正的强权，时而唾骂狂热的胜利，坚韧不拔，顽强奋战：这就是世界人民需要的榜样，是激励他们前进的光辉。普罗米修斯的火炬和康布罗纳的烟斗发出同样灿烂的火光。

十二　未来存在于人民中

至于巴黎人民，即使已成年，也依然是顽童。描绘顽童，便是描绘巴黎；正因为如此，我们才通过这只无拘无束的麻雀，研究了这只雄鹰。

必须强调，巴黎种主要出现在郊区。那里有纯种的巴黎人民；那里有真实的面孔；那里，巴黎人民在劳动和受苦，而受苦和劳动是人类的两张面孔。那里生活着无数默默无闻的人，稀奇古怪的人比比皆是，从拉佩河上的装卸工，到隼山上的屠夫。"城市的渣滓。"西塞罗如是说。"乌合之众。"伯克气愤地补充说。贱民，愚民，顽民。这些字眼脱口而出。好吧。那又怎么样？他们赤脚走路，这有什么关系？他们不识字，就让他们不识字好了。就为了这，你就可以抛弃他们吗？他们穷困潦倒，你就可以诅咒他们吗？光明难道不能深入这些人的心灵吗？我们要再一次高呼：给予光明吧！我们要坚持高呼：给予光明！给予光明！谁知道这些不透明的躯体，有朝一日不会变得透明晶亮呢？革命不就是要改变面貌吗？哲学家们，行动起来吧！要教育人民，启发人民，点燃人民，公开说出自己的想法，理直气壮作宣传，快快乐乐奔光明。要经常到广场上去，宣布好消息，将识字课本发给民众，宣布人权，高唱《马赛曲》，播种热情，采摘橡树的青枝。将思想变作旋风。巴黎人民能够变得高尚。原则和道德有时会燃烧起来，发出噼啪声、爆裂声、颤动声，我们要善于利用。这些赤脚裸臂、衣衫褴褛、愚昧无知、卑劣混沌的人，可以用来实现理想。你透过民众，可以看到真理。你踩在脚下的这些卑劣的沙子，可以被扔进炉膛，它们在里面熔化，在里面沸腾，将会成为光灿夺目的水晶；多亏了它们，伽利略和牛顿发现了行星。

十三　小加弗洛什

在本书第二部叙述的事情发生后大约过了八九年，在圣殿街和水塔一带，常能看见一个十一二岁的小男孩，唇际挂着他那般年纪的笑容，若不是内心绝对的阴郁和空虚，他就完全是我们前面勾画的流浪儿的典型了。这孩子衣着古怪，下身穿着大人的长裤，但不是他父亲的，上身穿着女人的短上衣，可不是他母亲的。有人可怜他，就让他穿上了这身破衣服。然而，他有父亲和母亲。只是父亲不想着他，母亲不爱他。他属于那种父母双全，却又是孤儿，值得可怜的孩子。

这孩子从来觉得待在街上最适得其所。铺路的石头不比他母亲的心肠硬。

父母一脚把他踢进人生。他就干脆展翅高飞。这孩子爱喧闹，他脸色苍白，动作敏捷，生气勃勃，喜欢嘲笑，神态活泼，面带病容。他来来去去，哼哼唱唱，掷铜板①，掏阳沟，有时偷一点儿，但就像猫和麻雀，偷得快乐，有人叫他流浪儿他便笑，有人喊他流氓他便恼。他没有住处，没有面包，没有火，没有爱，但他快快乐乐，因为他自由自在。

当这些可怜人长大成人，几乎总要遭受社会秩序这磨盘的碾压。但是，只要他们还是孩子，因为个儿小，就可以逃脱。很小一个洞就可以救他们。

然而，尽管这孩子已被遗弃，却每隔两三个月就会说："嗨，我得去看看妈妈了。"于是，他离开圣殿街、马戏场和圣马丁门，上了沿河马路，过了桥，到了郊区，来到硝石库医院。他到了哪里？正是读者熟悉的那栋50—52双重门牌号码的房子，也就是戈博旧宅。

50—52号旧宅通常没人居住，长年挂着一块牌子：出租房间。可异乎寻常的是，那时候，这栋旧宅里住着几个人，而且，像巴黎常有的那样，他们之间没有联系，从不来往。他们都属于贫困的阶级，起初是生活拮据的小资产者，由于越来越贫困，逐步沉入社会底层，最后沦为通阴沟洞和捡破烂的人；这两种人，负责清除物质文明带来的所有渣滓。

让·瓦让那时候的"二房东"已经过世了，接替她的同她如出一辙。我忘了哪个哲学家说过："什么时候都不缺老太婆。"

这个新来的老婆婆叫比贡太太。她一生中除了三只鹦鹉外，毫无引人注目的东西，那三只鹦鹉先后主宰了她的灵魂。

旧宅里最穷困的住户，是一个四口之家，父亲、母亲和两个相当大的女儿。这一家四口挤在一间陋室里。这些陋室，前面已谈到过了。

乍一看，这家人除了一贫如洗，毫无特别之处。父亲租下这个房间时，声称自己叫戎德雷特。他们搬来时，拿二房东那句令人难忘的话来

---

① 掷铜板是孩子们玩的一种游戏：将尽可能多的铜板一下子全扔进地上挖的被叫作"罐"的洞里。

说,"进来时,一无所有"。搬来后不久,戎德雷特对那位前辈——既是门房又兼管清扫楼梯的女人说:"某某大妈,万一有人来找一个波兰人,或意大利人,或者是西班牙人,那就可能是我。"

这个家,便是那位快乐的小流浪儿的家。他回到了家,家里四壁萧然,一贫如洗,更叫人伤心的是,没有一点笑容。炉膛是冷的,家里人的心也是冷的。他进屋时,家里人问他:"你是从哪里来的?"他回答:"从街上。"他走时,家里人问他:"你去哪里?"他回答:"街上。"他母亲对他说:"你来干什么?"

这孩子生活在没有爱的环境中,有如地窖里枯萎的小草。但他并不感到痛苦,也不怨天尤人。他根本不知道父亲和母亲应该怎样。

况且,他母亲很爱他的姐姐。

忘记交代了,在圣殿街,大家管这孩子叫小加弗洛什。为什么叫他加弗洛什?也许就因为他父亲叫戎德雷特。

断绝骨肉之情,这似乎是某些穷困家庭的本能。

戎德雷特一家在旧宅中占据的房间,位于走廊尽头,是最后一间。隔壁那间住着一个极其穷困的年轻人。大家叫他马里尤斯先生。

我们来介绍一下马里尤斯先生。

第二卷　大资产阶级

一　九十岁，三十二颗牙

在布什拉街、诺曼底街和森通日街，还有几位老居民，都还记得一个叫吉诺曼先生的老人，谈起他来兴味盎然。他们年轻的时候，那人就已上了年纪。对那些以伤感的心情，缅怀所谓过去的无数朦胧黑影的人来说，他的身影尚未从圣殿周围迷宫般的街道上完全消失。在路易十四时代，那些街道都以法国各省的名称命名，恰如今天蒂沃利新区各街道用欧洲各首都的名称命名一样。顺便说一句，从这变化中也可看出明显的进步。

在一八三一年，吉诺曼先生活得比谁都健朗。他是那种仅仅因为长寿而引人注目的奇人，从前和大家十分相像，现在和大家迥然相异。这是个非常特别的老人，确实是另一个时代的人，是地道的略带傲气的十八世纪的资产阶级，死抱着旧式资产阶级的派头不放，如同侯爵们死抱住侯爵爵位一样。他年逾九十，走路步履稳健，说话声音洪亮，视物眼明目清，他能喝，能吃，能睡，睡着了还打呼噜。他还有三十二颗牙。看书读报时，他才戴眼镜。他生来多情，但近十年来，他已坚决而彻底地不再沾女人的边了。他说，他不讨女人喜欢了。他不肯说"我太老了"，而只说"我太穷"。他说："要是我没破落……嘿嘿！"——的确，如今他只剩下一万五千利弗左右的年金。他梦想能继承一笔遗产，有十万法郎的年金收入，好供养情妇。正如大家看到的，他不是像伏尔泰那样弱不胜衣，一辈子半死不活的八十老翁；也不像裂了口的罐子般苟延残喘的老寿星。这个健朗的老人，身体一直很好。他浅薄，性急，容易发怒。他动辄大发雷霆，且常常毫无道理。有人反驳他，他便举起拐杖。他还打人，就像在伟大的世纪①那样。他有一个五十出头仍未结婚的女儿，他发怒时，经常把她痛打一顿，恨不得用鞭子揍她。在他看来，她只有八岁。他常常狠扇用人的耳光，嘴里骂着："啊！烂货！"在他骂人的话中，有一句是："蠢货中的蠢货！"他安静起来，与众不同；他每天让一个剃须匠刮胡子，那人曾得过疯病，有个漂亮风骚的妻子，因此对吉诺曼先生吃起了醋，并且非常厌恶他。吉诺曼先生很欣赏自己对事物的判断力，自称聪慧过人。他曾说："老实讲，我很有点洞察力，当有跳蚤咬我时，我能说出它是从哪个女人跳到我身上的。"他最常用的词是："敏感的人"和"大自然"。他给"大自然"下的定义，和我们现在的解释不一样。他以自己的方式，把这个词编入饭后茶余的俏皮话里："为了使人类文明多姿多彩，"他说，"大自然创造了形形色色的文明，甚至是饶有趣味的野蛮状态。亚洲和非洲有的东西，欧洲也有，只是小了一些。猫是客厅里的老虎，壁虎是口袋里的鳄鱼。歌剧院里的舞女，是玫瑰色的蛮女。她们不吃男人，而是骗取他们的钱财。也可说她们是巫婆！她们把男人变成牡蛎，囫囵生吞。加勒比人吃人只剩骨头，而她们吃得只剩贝壳。这就是我们的习俗。我们不狼吞虎咽，而是慢慢啃咬；我们不是把人吃掉，而是把人抓伤。"

---

① 伟大的世纪，指路易十四统治的十七世纪。

二　有其主，必有其屋

他住在沼泽区，髑髅地修女街6号。房子是他自己的，曾拆掉重建过，门牌号码可能在巴黎街道门牌号码改革中有过变化。他住在二楼一套宽敞的旧式房间里，一边临街，另一边朝花园，戈布兰和博韦产的大幅牧羊图案的挂毯一直挂到齐天花板。天花板和壁板上的图案，缩小后重现在安乐椅上。床的四周，围着一扇科罗曼德尔漆制的九叶屏风。窗口挂着长长的帷幔，波浪起伏，煞是美观。窗下便是花园，屋角有扇落地窗，一道十二或十五级的楼梯通达花园，老人上下楼梯健步如飞。卧室隔壁是小书房，此外，还有一间他十分珍爱的小客厅，里面的布置十分优雅，墙上挂着华美的草帘，饰有百合花和其他花卉图案，是路易十四战船的产物，德·维沃纳先生①为情妇找苦役犯定做的。这东西是从一个姨婆那里继承来的。那姨婆性格孤僻，活到一百岁才死。他结过两次婚。他的言谈举止介乎朝臣和法官之间，但他从没当过朝臣，不过，他本来是可以当法官的。他很快乐，愿意的话，也能变得温柔体贴。年轻的时候，他是那种常受妻子欺骗，而从不被情妇欺骗的男人，因为他既是最乏味的丈夫，又是最迷人的情夫。他是鉴赏画的行家里手。卧室里挂着一幅绝妙的肖像，不知道画的是谁，出自约尔丹斯②之手，笔触遒劲，极其注重细节，显得杂乱无章，仿佛信手画来。吉诺曼先生衣着的式样既非路易十五时期的，亦非路易十六时期的，而是督政府时期荒唐青年穿的奇装异服③。他一直自以为很年轻，总是跟上时尚。他的上衣

---

① 德·维沃纳（1636—1688），曾在法国军队里当过旅长，后又成为用犯人划桨的舰队的总司令。
② 约尔丹斯（1593—1678），佛兰德斯著名画家。
③ 督政府，一七九五到一七九九年当政的资产阶级政府。当时和革命力量对抗的富家子弟，故意穿奇装异服，说话走路装腔作势，并且爱说"真荒唐"，故而有了"荒唐青年"的雅号。

是薄呢做的，宽宽的翻领，长长的燕尾，大大的钢纽扣。与之搭配的，是短裤和带扣的鞋子。他爱把手插在背心的小口袋里。他常常盛气凌人地说："法兰西革命是一群无赖发动的。"

三　明　慧

他十六岁那年，一天晚上，在歌剧院，有幸受到两位成熟美人贪婪的注视。当时，她们已遐迩闻名，伏尔泰还在诗中颂扬过。她们是卡玛戈和莎莱①。他受到两股火焰的夹攻，却英勇撤退，投向一位和他一样年方二八、像猫一样默默无闻、被他深深爱恋的名叫娜安丽的小舞女。往事数不胜数。他常大声说："那个吉玛尔②–吉玛尔迪尼–吉玛尔迪内特，我最后一次在隆尚跑马场见到她时，她是多美啊！一头情意绵绵的鬈发，引人注目的绿松石首饰，新潮色的裙子，骚动不安的手笼。"他青春年少时，穿一件南方产的薄呢上衣，他常常谈起这件上衣，一谈起来便眉飞色舞。"那时，我的衣着打扮就像是东方土耳其人。"他如是说。他二十岁那年，德·布弗勒夫人偶然遇见他，称他是"疯狂的小帅哥"。

他每次见到政治家和当权者的名字，就心头火起，觉得他们的名字俗不可耐。他读报——他说成是"读新闻""读小报"——时，常常忍俊不禁。"呵！"他说，"这都是些什么人！科比埃！于芒！卡齐米尔·佩里埃！这些人也配当部长。我也可以想象'吉诺曼先生，部长'出现在一张报纸上！那多可笑啊！不过，他们太愚蠢，说不定还认为不

---

① 卡玛戈（1710—1770），巴黎歌剧院芭蕾舞的首席女舞蹈家，以在舞蹈技术上进行许多革新而为人们铭记。莎莱（1707—1756），一位富有革新精神的女舞蹈家，率先自编自演的女编导之一。
② 吉玛尔（1743—1816），巴黎歌剧院的主要芭蕾舞演员，在那里演出将近三十年。

错呢。"任何事物,他总是轻松愉快地说出它们的名称,也不管确不确当,即使在女士面前,也无所顾忌。他说粗话、淫话、脏话时,泰然自若,神色不惊,倒让人觉得挺优雅。这种无拘无束的态度,是他那个时代的特点。值得注意的是,用迂回法写诗的时代,也是用粗话写散文的时代。他的教父曾预言他将是个天才,于是,给他起了个意味深长的教名:明慧。

四 想活到一百岁

他出生在穆兰①。小时候,他在穆兰中学读书时多次得奖,尼韦内公爵还亲手为他颁过奖,他称尼韦内公爵为纳韦尔公爵。无论是国民公会,还是路易十六之死、拿破仑和波旁王朝复辟,都未能将那次颁奖仪式从他的记忆中抹掉。在他看来,"纳韦尔公爵"是世纪伟人。"多么有魅力的大贵人!"他说,"佩着蓝绶带②,多么神气!"

在吉诺曼先生看来,俄国女皇叶卡捷琳娜二世花三千卢布,向贝图切夫买下长生酒的秘方,也就抵偿了她瓜分波兰的罪恶。一谈起这个话题,他就亢奋。"长生酒,"他大声说道,"贝图切夫的黄色醇酒,拉莫特将军的杯中之物,在十八世纪,半两装的一小瓶,要卖一个金路易,是医治情场失意的灵丹妙药,对付维纳斯的万灵药剂。路易十五给教皇送去了二百瓶。"假若有人对他说那长生酒不过是氯化铁,他一定会竖眉瞪眼,怒不可遏。

吉诺曼先生崇拜波旁王朝,仇恨一七八九年革命。他经常向人叙述,

---

① 穆兰,法国中部阿列省省会。
② 蓝绶带,圣灵骑士团骑士的标记。

他在白色恐怖时期怎样死里逃生，需要多少快活和机智，才没有被砍掉脑袋。如果有个年轻人竟敢在他面前颂扬共和国，他会骤然脸色发青，气得晕过去。

有时，他会暗示自己已是九十岁高龄，他说："我真希望不要两次看到九十三①。"可其他时候，他又会向人表明，他想活到一百岁。

五　巴斯克和妮珂莱特

他是有理论的。其中一个理论是："当一个男人贪恋女色，又有一个他毫不在乎，模样丑，脾气坏，拥有合法地位和各种权利，高高坐在法律之上，必要时还会争风吃醋的妻子时，摆脱困境、求得安宁的唯一办法，就是让妻子掌管财权。放弃财权，就能还自己自由。于是，妻子忙忙碌碌，热衷于摆弄金钱，满手铜绿。她培养佃户，训练长工，召集诉讼代理人，主持公证人会议，训斥公证所办事员，拜访法官，关心诉讼，拟订租约，口授合同，自觉至高无上，卖出，买进，结算，发令，许诺，妥协，订约，解约，出让，租让，转让，调解，捣乱，攒钱，挥霍。她做着傻事，但威风凛凛，自鸣得意，从中得到安慰。她丈夫不把她放在眼里，而她则以能使丈夫倾家荡产而心满意足。"这个理论，吉诺曼先生亲自实践过，这成了他的一段往事。他的第二任妻子曾管理他的财产，等到他成为鳏夫那天，家产已所剩无几，刚够糊口。他几乎变卖了所有家当，才得一万五千法郎年金，其中四分之三，还得随他的去世而化为乌有。他毫不犹豫地这样做了，因为他根本没考虑要留下遗

---

① 指革命进入高潮的一七九三年和他自己的九十三岁。

产。再说，他曾目睹遗产会遭风险，比如说，会变成"国有财产"。他见过土地券仅偿付三分之一①的灾难，几乎不相信国家的大账本。"全是坎康波瓦街②的那一套。"他如是说。我们说过，他在髑髅地修女街住的是自己的房子。他有两个仆人，"一雄一雌"。仆人一来到他家，吉诺曼先生就要给他们改换名字。若是男仆人，就用他们的省籍来命名：尼姆佬，孔泰佬，普瓦图佬，庇卡底佬。他最后一个男仆是个五十五岁的胖子，成天疲乏不堪，气喘吁吁，连二十步都跑不动，但他的出生地是巴荣讷，吉诺曼便叫他巴斯克佬。至于女仆人，在他家里，无一例外，都叫妮珂莱特（即使是下面要讲到的玛妮翁姑娘）。一天，一位自负的厨娘上门自荐，她手艺不俗，高头大马，就像是看门人。吉诺曼先生问她："您每月工钱想要多少？""三十法郎。""您叫什么？""奥林匹亚。""我给你五十法郎，但你得叫妮珂莱特。"

六　初步介绍玛妮翁和她的两个孩子

吉诺曼先生痛苦时，会发怒，绝望时，会狂怒不已。他满腹偏见，行为放纵。我们说过，他从来风流成性，人们也绝对是这样认为的，这是他的一个外部特征，他自己也对此沾沾自喜。他把这称作有"王家风范"。这种王家风范，有时会给他带来奇特的收获。一天，有人给他家送来一个像是装牡蛎的筐子，里面有个刚刚出世的胖乎乎的男婴。那

---

① 法国督政府时期，因财政危机而滥发指券，六亿金法郎的借款尚未还清，存户失去信心；于是向市场抛出一种以国家资财作抵押的土地券，它与指券一样很快贬值了。一七九六年，宣布了一项仅偿付国家债务三分之一的补救办法。

② 这是巴黎的一条街，一七一六年为约翰·劳的银行所在地。劳是苏格兰货币改革家，认为钞票可以代替金银在市面流通。他的改革计划在法国推行，弄得许多人破产。

男婴裹着襁褓，不停啼哭，六个月前被赶走的一个女仆说这孩子是他的。那时，吉诺曼先生已整整八十四岁。周围的人都很气愤，叫嚷起来。这个不要脸的女人，谁会相信她的鬼话？胆大妄为！血口喷人！可吉诺曼先生却毫不生气。他像受了诬蔑仍感到高兴的老头，笑眯眯地看看襁褓，对周围的人说："哎！怎么啦？怎么回事？这有什么？这有什么？瞧你们目瞪口呆的样子，其实，你们就像是没见过世面的人。昂古莱姆公爵先生，查理九世陛下的私生子，八十五岁了，还同一个十五岁的傻女孩结婚；阿吕伊侯爵维吉纳尔先生，苏尔迪红衣主教的兄弟，波尔多的大主教，八十三岁了，还和雅坎院长夫人的侍女生了个儿子，是真正爱情的结晶，日后成了马耳他骑士和御前佩剑顾问；塔拉博神甫，本世纪的一个伟人，出生时，他父亲已八十七岁了。这些事司空见惯。《圣经》里这样的事多着呢！说归说，但我声明，这个小先生不是我的。我们得照顾他。他没有错。"这一举动是非常宽厚的。第二年，那个名叫玛妮翁的轻佻女子又给他送来一个孩子。仍是个男孩。这次，吉诺曼先生可不像上次了。他把两个孩子送还给母亲，答应每月给八十法郎抚养费，条件是那母亲不能故技重演。他还说："我要母亲好好待他们。我会常常去看他们的。"他果然这样做了。

他有个弟弟，是神甫，在普瓦蒂埃学区当了三十三年的学区长，去世时七十九岁。"他年纪轻轻就丢下我走了。"他说。对他这个弟弟，人们的记忆已所剩无几，只知道他性格温和，但十分小气，认为自己是神甫，遇到穷人就得施舍，但从来只给些已停止流通的铜币或苏，于是，他在通往天堂的路上，找到了走向地狱的途径。至于为兄的吉诺曼先生，他施舍时慷慨大方，自觉自愿，品格高尚。他仁慈，暴躁，乐善好施，假如他有钱，他出手会更大方。他希望，他的一切事情，都能做得大大方方，即使是诈骗偷盗。一天，在一笔遗产问题上，他被一个生意人以粗俗而露骨的方式敲了一笔，他郑重地惊呼："呸！这太不光彩

了!这种敲竹杠的事,真让我感到羞耻。如今世风日下,连诈骗也不如从前光明正大了。妈的!对我这样的人行窃,不应该用这种方式。我就像在树林里遭到了抢劫,但被劫得很窝囊。**愿森林与执政官相称**[①]。"

我们说过,他有过两个妻子。与第一个妻子生了个女儿,至今未嫁。同第二个妻子又生了个女儿,活到三十岁便去世了。这第二个女儿,或出于爱,或出于偶然,或出于其他原因,嫁给了一个走运的士兵,他先后在共和国和皇帝的军队里服过役,在奥斯特里茨战役中得过十字勋章,在滑铁卢战役中晋升为上校。"这是我家的耻辱。"吉诺曼先生如是说。他吸鼻烟很厉害,他用手背捍襟饰的动作特别优雅。他几乎不相信上帝。

七 家规:晚上才会客

这就是明慧·吉诺曼。他头发依旧很浓密,没有全白,只是花白,总梳成狗耳朵形状。总之,尽管如此,他仍然是个可尊敬的人。他属于十八世纪那辈人:轻浮而高贵。

王朝复辟时期的头几年,吉诺曼先生还年轻——一八一四年时才七十四岁,住在圣日耳曼郊区圣苏皮斯教堂附近的塞旺多尼街。他是在八十多岁淡出社交界之后,才隐居到沼泽区的。

他离开社交界后,依然固守旧时习惯。最重要的,也是不可改变的习惯,便是白天闭门谢客,只在晚上会客,不管是什么人,不管有什么事。他五点吃饭,然后打开大门。这是他那个世纪的风尚,他丝毫也不

[①] 原文为拉丁语。意思是说:做一件事就要做好,哪怕是偷盗。

想改变。他说:"白天是恶棍,只配吃闭门羹。体面的人要等天空点亮星星时,才能点亮智慧。"于是,他闭门谢绝所有人,哪怕是国王。这是他那个时代的古雅风尚。

八　俩姐妹,两个样

至于吉诺曼先生的两个女儿,刚才我们已提了提。她们相差十岁。她们年轻时,几乎没有相像之处,无论是性格,还是相貌,简直不像是亲姐妹。妹妹是位可爱的姑娘,向往光明,喜欢花木、诗歌和音乐,仰慕轰轰烈烈的场面,热情,清纯,从小便将芳心暗许给一个朦朦胧胧的英雄。姐姐也有她的幻想,她在蓝天上看见一个供货商,一个脑满肠肥、腰缠万贯的军火商,一个傻得可爱的丈夫,一个百万富翁,或是一个省长。省府的招待会,立在前厅、俯首听命的传达,官方的舞会,市府的演说,"省长夫人"的称呼,这一切,在她的想象世界里飞旋。就这样,姐妹俩当姑娘的时候,各自沉浸在自己的梦想中。两人都有翅膀,一个是天使,另一个是蠢鹅。

任何志向都不可能圆满实现,至少在人世间。在我们这个时代,任何天堂都不会变成凡间。妹妹嫁给了梦中人,但她死了。姐姐没有结婚。

姐姐进入我们这个故事时,已变成了老态龙钟的老处女,铁打的假正经,鼻子很尖,头脑迟钝,绝无仅有。有个细节富有特征:除了家里几个人,谁都不知道她的小名。大家叫她吉诺曼大小姐。

在假装正经方面,吉诺曼大小姐比起英国女管家来有过之而无不及。她的廉耻心已到了令人发指的程度。她一生中,有过一件可怕的往事:一天,有个男人看见了她的吊袜带。

随着年岁增长,她的廉耻心越来越重。她总怕胸衣太透明,领口开得太低。她在无人注目的地方安上无数搭扣和别针。廉耻心的特点是,越是堡垒不受威胁,越要严格设防。

　　然而,任你怎么解释这些古老而神秘的廉耻心吧,她却非常乐意让一个枪骑兵军官拥抱她。那是她的侄孙,名叫泰奥杜勒。

　　尽管有这个备受她青睐的枪骑兵,给她贴上"假正经"的标签绝对合适。吉诺曼小姐是个半明半暗的人。假正经则一半是美德,一半是缺点。

　　与假正经相辅相成的,是对宗教的过分虔诚。她是圣母修会会员。在某些节日里,她戴起白面纱,口中念着特别的经文,崇敬"圣血",崇拜"圣心",在一间对一般信徒不开放的小教堂里,面对洛可可-耶稣会式样的祭坛静思几小时,让灵魂穿过金色木构框架,在大理石的云雾中遨游。

　　她在小教堂里有位同堂好友,也是个老处女,名叫沃布瓦小姐,愚笨不堪,在她身旁,吉诺曼小姐很乐于充当雄鹰。除了会念上帝的羔羊和圣母马利亚外,沃布瓦小姐只会做各式果酱。她是她那类人中的典范,愚笨得像只银鼠,毫无智慧的闪光。

　　应该说,随着年岁增长,吉诺曼小姐得到的比失去的多。这是被动生活的必然结果。她从来没有坏心眼,这相对来说是一种善良。此外,岁月能磨平棱角,她变得比过去温和了。她常常感到莫名的忧愁,连她自己也说不清楚。她整个人都透出一种人生尚未开始便告结束的惶惑。

　　她替父亲持家。吉诺曼先生身边有个女儿,正如比安维尼主教大人身边有个姐妹一样。这种由一个老人和一个老姑娘组成的家庭屡见不鲜,两个弱者相依为命,此情此景,令人感动。

　　在老姑娘和老人之间,还有个孩子,一个见了吉诺曼先生就噤若寒蝉、索索发抖的小男孩。吉诺曼先生同这个孩子说话从没好气,有时还举起拐杖:"过来!先生!""贼胚,下流胚,过来!""让我看看,捣蛋鬼!"诸如此类,不一而足。其实,他心里非常爱他。

这是他的外孙。以后还会见到。

第三卷　　外公和外孙

一　古老的沙龙

吉诺曼先生住在塞旺多尼街时,常出没于几个极其高雅而尊贵的沙龙。尽管他是资产阶级,却到处受到欢迎。吉诺曼先生有双重才智,首先是他自己拥有的,其次是别人以为他有的,因此,有人甚至主动邀请他,热情款待他。他到哪里都得唱主角,否则干脆不去。有些人千方百计想树立威望,引人注目;当不了权威,便当小丑。吉诺曼先生不属于这种人。他在经常出入的保王党人沙龙里唱主角,丝毫不以牺牲自尊作代价。他到哪里都是权威。他曾与德·博纳德先生,甚至与邦日-皮伊-瓦莱先生分庭抗礼。

一八一七年左右,他每周必定有两个下午要去他家附近的费鲁街的T男爵夫人家。那是一位值得尊敬的夫人,丈夫在路易十六时代当过法国驻柏林大使。T男爵生前沉迷动物磁力说[①],在流亡中去世,死时

---

① 动物磁力说,德国医生梅斯梅尔提出的一种学说。梅斯梅尔是当代催眠术的先驱,提出人能以"动物磁力"的形式向他人传递宇宙力。他以这些思想为基础,设计了类似降神会的治疗程序:几个患者围坐在一个稀硫酸桶的周围,同时举起双手,或抓住从溶液中伸出的铁棒,从而得到治疗。

家道中落，一无所有，只剩下十卷红羊皮封面、切口涂金的精装手稿，是关于梅斯梅尔及其小木桶的极其珍贵的回忆录。T男爵夫人出于尊严，没有将这些回忆录发表，靠微薄的年金支撑生活，而这年金不知是如何保存下来的。T男爵夫人疏离宫廷，她说那是"鱼龙混杂之地"。她离群索居，过着高贵、骄傲、清贫的生活。每周两次，几个朋友围坐在寡妇的炉边，组成纯洁的保王派沙龙。大家一起喝喝茶，聊聊天，谈谈世风、宪章、布奥拿巴分子、向资产者出卖圣灵骑士团蓝绶带的堕落行为、路易十八的雅各宾主义，根据所谈内容是哀歌，还是颂歌，时而哀叹，时而怒吼，还悄悄议论御弟，也就是日后的查理十世可能带来的希望。

在那里，他们狂热地高唱粗俗歌曲，把拿破仑称作"尼古拉"。一些公爵夫人，世上最温情、最迷人的女子，对有些歌曲心醉神迷，比如下面一首讽刺"盟员①"的歌：

> 把拖在你身后的衬衣
> 塞进裤子里，
> 免得人家说，
> 爱国者们扯起了白旗②！

他们玩弄同音异义的谐语，自以为威力无比，玩弄无伤大雅的文字游戏，自以为毒如蛇蝎，玩弄四行诗，双行诗。比如，将德索尔的温和内阁及其成员德卡兹和德塞尔编成一首歌：

---

① 指一八一五年法国百日帝政期间，拿破仑号召组织的志愿军。
② 白旗是投降的旗帜，也是法国当时王朝的旗帜。

> 要从根本上巩固摇摇欲坠的王位，
> 必须改变土壤、温室和格子①。

或者编制贵族院——"散发着雅各宾派臭气的贵族院"——的名册，将名字组合成句子，例如，达马抡刀砍杀，古维翁批评指责②。这一切做来其乐无穷。

在这个社交圈里，革命被冷嘲热讽。他们内心有一种莫名的意念，要从反向来激化愤怒。他们唱起那首亲切的"好了"歌：

> 啊！好了！好了！好了！
> 布奥拿巴分子吊在灯柱上③。

歌曲有如断头台，不加区别，今天砍这个的头，明天砍那个的头。只是变换一下名称罢了。

在当时，即一八一六年发生的弗阿尔代斯④事件中，他们站在巴斯蒂德和若西翁⑤一边，因为弗阿尔代斯是"布奥拿巴分子"。他们称自由主义者为"兄弟和朋友"，这是最大的侮辱。

就像某些教堂钟楼，T男爵夫人的沙龙有两只雄鸡。一只是吉诺曼先生，另一只是拉莫特-瓦卢瓦伯爵。提到这位伯爵，人们会不无敬

---

① "改变土壤、温室和格子"，在法语中与"更换德索尔、德塞尔和德卡兹"为同音异义词。德索尔（1767—1828）在路易十八时期，担任战争部长和内阁总理，德塞尔为司法部长，德卡兹是内政部长。
② 原文为Damas, Sabran, Gouvion Saint-Cyr, 是三个人的名字，串起来与Damas sabrant（达马抡刀砍杀），Gouvion censure（古维翁批评指责）的读音十分相近。
③ "好了"歌，一七八九年革命时期的一首革命歌曲，其中一句是："贵族被吊在灯柱上"，这里"贵族"被篡改成"布奥拿巴分子"。
④ 弗阿尔代斯，帝国时期一位遭暗杀的司法官员。
⑤ 巴斯蒂德和若西翁被认为是暗杀弗阿尔代斯的凶手。

意地窃窃私语："您知道吗？他就是项链事件①中的拉莫特。"派别之间，常有这种奇妙的宽恕。

这里要补充一点：对于资产阶级来说，交友过分随便，会降低自己的身份。因此，与人交往，必须慎之又慎；正如身旁有衣不御寒的人，自己也会失去热量一样，接近受蔑视的人，就会失去别人对自己的尊敬。但旧制度的上层社会凌驾于这条规则之上，正如它凌驾于其他一切规则之上一样。蓬巴杜夫人②的兄弟马里尼是苏比兹③亲王家的常客。尽管是这样一个人？不，正因为是这样一个人。沃贝尼埃夫人的教父杜巴里在黎塞留元帅④家里极受欢迎。那个社会是一座奥林匹斯神山⑤。墨丘利⑥和盖梅涅亲王就像是在自己的家里。只要是神，哪怕是贼，也会受到欢迎。

一八一五年，拉莫特伯爵已是七十五岁的老人，唯一引人注目的地方，是他沉静而严肃的神态。他的脸瘦削冷峻，举止彬彬有礼，衣服的扣子一直扣到领带处，一双长腿总是翘着，穿一条焦土色的宽松长裤。他的脸色和裤色一个样。

德·拉莫特先生在这个沙龙里"举足轻重"，因为他"遐迩闻名"，还有，说来奇怪，但千真万确，还由于他姓瓦卢瓦⑦。

至于吉诺曼先生，他受到尊敬，却是名实相符。他有威望，是因为

---

① 这是发生在法国大革命前的一起诈骗案。一位红衣主教想讨好路易十六的王后玛丽-安托瓦内特，在拉莫特伯爵夫人怂恿下，赊账买了串价值连城的项链送给王后。红衣主教无法偿还，于是这件事便暴露了，激起了民众对王室和王后的不满。最后红衣主教被宣布无罪，拉莫特夫人遭到了杖刑和烙刑。
② 蓬巴杜夫人（1721—1764），法王路易十五的情妇。
③ 苏比兹亲王（1715—1787），法国贵族和元帅，路易十五和蓬巴杜夫人的宠臣，因善谄媚而获得显赫的军衔。
④ 黎塞留元帅，红衣主教黎塞留的佳孙，路易十四和路易十五的嬖臣，以贪污出名。沃贝尼埃夫人，路易十五的情妇，她的教父若望·杜巴里是她的大伯，他与黎塞留元帅密谋，使她成为路易十五的情妇。
⑤ 奥林匹斯神山，希腊神话中诸神所居之山。
⑥ 墨丘利，罗马神话中商业和盗贼之保护神。
⑦ 瓦卢瓦，法国卡佩家族的一支，一三二八年到一五八九年统治法国。

他有威望。尽管举止轻佻,但他谈吐诙谐,他有一种风度,气概不凡,令人敬畏,诚实正派,骨子里透着资产阶级的傲慢,此外,他年近百岁,也起到一定的作用。人不会白活一百岁的。到了这把年纪,即使头发蓬乱,也令人肃然起敬。

此外,他的言谈发出古岩相击般的火花。例如,普鲁士国王帮助路易十八复辟之后,以吕班伯爵之名前来拜访,但路易十四的这位后裔有点把他当作勃兰登堡侯爵①来接待,显得很不礼貌,却又让人无话可说。吉诺曼先生十分赞同。他说:"法王以外的一切国王,都是诸侯。"一天,有人在他面前问了个问题,另一人作了回答:"《法兰西邮报》的主编最后是怎么处理的?""停职(suspendu)。"吉诺曼先生指出:"sus 是多余的②。"这一类话语奠定了他的地位。在波旁王朝复辟周年大庆典上,他见德·塔列朗先生经过,便说:"灾星阁下来了。"

吉诺曼先生到哪里总要带上他的女儿和一个漂亮的小男孩。那时候,那位瘦长的老姑娘年过四十,看上去却有五十岁;小男孩七岁,肤色白里透红,鲜嫩清新,双眸透着幸福和信任。每当他出现在这个沙龙里,周围的人都会啧啧称赞:"他多漂亮!真可惜!可怜的孩子!"这就是我们前面提到过的那个孩子。人们称他"可怜的孩子",因为他父亲是"卢瓦尔强盗"。

这个卢瓦尔强盗,就是前面提到过的吉诺曼先生的女婿,吉诺曼先生则称他为"家庭的耻辱"。

---

① 勃兰登堡侯爵,日耳曼帝国选侯之一,普鲁士王国的属臣。
② suspendu(停职)去掉前缀 sus,便成 pendu(处绞刑)。

二　当年一个红色幽灵

当年，谁要是从韦农小城经过，在那座不久可能被一道丑陋的铁索桥替代的美丽壮观的大桥上漫步，凭栏向下望去，可见一个五十来岁的男人，头戴皮鸭舌帽，身穿灰粗呢衣裤，衣襟上缝着一条发黄的红绸带子，脚套木鞋，脸被太阳晒黑，头发花白，一道宽宽的疤痕从额头伸向脸颊，弯腰驼背，未老先衰，几乎整天拿着一把铁锹或截枝刀，在一个四面有围墙的小院子里走来走去。桥旁边有许多这样的小院子，犹如一长串平台，排列在塞纳河左岸；院子内百花菲菲，美不胜收；如果院子大一些，可叫作花园，若是小一些，可称为花束。这些小院子，一边临河，另一边傍屋。刚才讲到的那个身穿上衣、脚套木鞋的男人，一八一七年左右就住在这样的院子和房屋里。那是最小的院子，最简陋的屋子。他独自住在那里，茕茕孑立，沉默寡言，贫苦度日，有一个不老不少，不美不丑，既非农民，亦非有产者的女人侍候他。他把他那方小院叫作花园，里面百花争艳，并以此享誉小城。种花便是他的日常工作。

他尽心尽力，锲而不舍，悉心照料，勤于浇水，居然继造物主后，成功地创造出似乎已被大自然遗忘的郁金香和大丽菊的几个新品种。他极富创造力，用灌木叶腐蚀土做成小花坛，种植稀罕珍贵的美洲和中国灌木，这方面他令苏朗日·博丹①望尘莫及。夏日，天刚亮，他就在花园的小径上了，插枝、剪枝、除草、浇水、在花丛中走来走去，神态慈祥、悒郁、温和，有时沉入遐思，一连几小时一动不动，谛听鸟儿在枝头歌唱，或某家的孩子牙牙学语，或者凝视一棵草端的露珠，阳光下，

---

① 苏朗日·博丹（1774—1846），法国园艺家。

露珠发出红宝石的光芒。他粗茶淡饭,多喝牛奶少喝酒。小孩子可以使唤他,女用人可以申斥他。他腼腆得近乎怕见生人,深居简出,不见任何人,除了来敲他窗户的穷人和本堂神甫马伯夫,一位好老头。然而,若本城居民或外人,不管是谁,想看看他的郁金香和玫瑰花,前来敲他的小屋,他会春风满面,开门相迎。他就是那位卢瓦尔强盗。

那时候,谁要是读过战争回忆录、传记、《箴言报》和帝国军队战报,就会经常看到一个名字,乔治·蓬梅西。这位乔治·蓬梅西,年轻时,曾在圣通日团当兵。革命爆发了。圣通日团编入莱茵兵团。君主时代的旧军队,即使在君主体制崩溃后,仍保留以省命名的旧番号,一七九四年才统一改为旅的编制。蓬梅西在斯皮尔、沃姆斯、诺伊施塔特、土尔克海姆、阿尔则、美因茨①等地打过仗。在美因茨一仗,他是乌沙的二百名后卫队员中的一个。他作为第十二名勇士,在安德纳赫古城墙后面,阻击赫斯亲王的整个部队,直到敌军炮火将胸墙从上到下打开了缺口,才向主力部队撤退。他随克莱贝尔到过马希埃纳②,参加过帕利塞尔山的战斗,在战斗中,被火铳枪打断一条胳膊。接着,他到了意大利边境,作为三十名投弹手中的一员,和茹贝尔一起,捍卫了唐得山口。茹贝尔因此而升为准将,蓬梅西升为少尉。在攻打洛迪那一天,他冒着枪林弹雨,与贝蒂埃并肩战斗;波拿巴谈到这一仗时说:"贝蒂埃既是炮手,又是骑兵,又是投弹手。"在诺维,他亲眼看见他从前的将军茹贝尔倒下时,举着马刀,高呼:"前进!"还有一次,出于作战需要,他率领他的连队,登上一条驳船,从热那亚出发,开往不知哪个小港,途中,与七八艘英国帆船遭遇。热那亚船长想把大炮扔进海里,将士兵藏进中舱,装作商船悄悄溜走。蓬梅西却把三色旗升到旗杆上,威风凛凛地从英国舰队的炮火下穿过。离英舰二十海里时,他胆子更大,

---

① 以上均为德国地名。
② 马希埃纳,法国地名。

用他的驳船进行攻击，捕获了一艘运送部队去西西里岛的英国大型运输舰，舰上满载人马，直至甲板。一八〇五年，他所在的马莱尔师从斐迪南手中夺取了贡茨堡。在维蒂恩格昂，他冒着枪林弹雨，抱起头部受了重伤的第九龙骑队的莫珀蒂上校。他冒着敌人的炮火，和梯队一起，向奥斯特里茨进军，在这次令人赞叹的行动中，表现突出。俄国皇家近卫军的骑兵粉碎了第四步兵团的一个营以后，蓬梅西参加了反击，把俄国近卫军打得人仰马翻，溃不成军。拿破仑皇帝授予他十字勋章。蓬梅西亲眼看见沃姆泽、梅拉和马克相继被俘，一个在曼图亚，另一个在亚力山大，最后一个在乌尔姆。他参加莫蒂埃指挥的第八兵团，攻占了汉堡。接着，他调到从前叫佛兰德斯团的第五十五团。在埃洛，本书作者的叔父，英勇的路易·雨果上尉，率领他的连队共八十三名弟兄，在公墓孤军奋战两小时，抵挡了敌军的猛烈进攻，蓬梅西当时也在场。活着离开公墓的只有三人，他是其中之一。他参加了弗里德兰战役。后来，他到过莫斯科，接着是别列津纳，接着是卢岑、包岑、德累斯顿、瓦朔、莱比锡和格兰豪森隘道，接着是蒙米拉伊、夏多蒂埃里、克拉翁、马恩河畔、埃斯纳河畔，以及险峻的拉翁阵地。在阿内勒迪克，他是骑兵队长，他挥舞马刀，砍死了十个哥萨克骑兵，救出了同袍——不是他的将军，而是他的下士。这一次，他被砍得遍体鳞伤，光左臂就取出了二十七块碎骨。巴黎投降前一周，他刚与一个战友对调职务，加入了骑兵队。他是旧制度时人们所说的那种"两面手"，当兵精通刀和枪，当官能指挥一个骑兵队或一个步兵营。就是这种能力，再加上军事训练，造就了某些特别兵种，比如龙骑兵，他们全都既是骑兵，又是步兵。他随拿破仑到了厄尔巴岛。在滑铁卢，他是杜布瓦旅的铁甲骑兵队长。是他拔下了吕讷堡营的军旗，把它扔到拿破仑皇帝脚下，当时他满身是血：他在拔旗时，脸上横挨了一刀。皇帝非常高兴，冲着他喊道："现在你是上校，你是男爵，你获得四级荣誉勋位！"蓬梅西回答："陛下，我代表我寡居的妻子感谢您！"一小时后，他就倒在奥安山沟里了。现在要问，这位乔治·蓬梅西究竟是谁？他就是那位卢瓦尔强盗。

我们交代了他的部分经历。滑铁卢战役后，大家一定还记得，蓬梅西被人从奥安那条凹路上扒出来，后来居然赶上部队，转了好几个野战医院，最后到了卢瓦尔驻地。

王朝复辟时期，他被解职，领取半饷，继而发配到韦农，即被软禁起来。路易十八认为百日帝政时期的任命一概无效，不承认他的四级荣誉勋位，也不承认他是上校和男爵。而他任何时候都用"蓬梅西上校男爵"签名。他只有一套旧的蓝制服。每次出门，必在那套蓝制服上佩戴四级荣誉勋位的玫瑰花结襟章。御前检察官派人通知他，检察院将以"非法佩戴荣誉勋章"罪起诉他。当一位非官方人士将这个警告通知他时，他苦笑着回答："我不知道究竟是我听不懂法语，还是您说的不是法语，不过，我就是听不懂您说的话。"接着，在一周内，他天天佩戴玫瑰花结襟章出门。陆军部长和省军区司令给他写过两三封信，信封上写着：蓬梅西少校收，他未拆启，便把原信退回了。与此同时，圣赫勒拿岛上的拿破仑也以同样的方式对待赫德森·洛①写给"波拿巴将军"的信。蓬梅西——恕我们用词冒昧——嘴里的唾液最终和皇帝的一样了。

同样，在古罗马，一些被俘的迦太基士兵也拒绝向弗拉米尼努斯②致敬，他们也有一点汉尼拔的灵魂。

一天早晨，他在韦农的一条街上遇见那位御前检察官，迎上去对他说：

"御前检察官先生，我脸上可以挂着刀疤吗？"

他除了骑兵队长微不足道的半饷外，其他一无进账。他尽其所能，在韦农租了一所最小的房屋。他一个人过日子，前面我们已看到他是怎

---

① 赫德森·洛，监视拿破仑的英国总督。
② 弗拉米尼努斯(约前227—前174)，古罗马将军和政治家。在第二次布匿战争中，是罗马军队的指挥官。

样生活的了。在帝国时代，趁打仗之间隙，他抽空娶了吉诺曼小姐。那位老资产阶级，心里气愤之极，但也只好同意，一边叹息道："即使是豪门大族，也无可奈何。"蓬梅西太太各方面都令人赞叹，有教养，品貌出众，与她的丈夫十分般配。一八一五年，她丢下一个孩子，弃世而去。这孩子本是上校在孤寂中的欢乐，可是外祖父蛮不讲理，要领走外孙，并声称，若不把外孙给他，就剥夺孩子的继承权。父亲考虑到孩子的利益，只好让步。失去了孩子，他便把爱给了花。

此外，他放弃了一切，既不活动，也不谋反。他心里只想着两件事，一是目前所做的纯朴的工作，二是过去从事的伟大的事业。他把时光消磨在培育石竹花的新品种，或追忆奥斯特里茨战役上。

吉诺曼先生同女婿毫无来往。在他眼里，上校是"强盗"；在上校眼里，他是个"老傻瓜"。吉诺曼先生从不谈论上校，偶尔提起，也是为了讥讽他的"男爵领地"。双方事先明确谈妥，蓬梅西永远不能见儿子，也不能同他说话，否则吉诺曼先生就把孩子赶走，并剥夺其继承权。对于吉诺曼一家，蓬梅西是瘟神。他们想按自己的方式扶养孩子。上校接受这些条件也许是错误的，但他还是接受了，以为自己做得对，牺牲的不过是自己。吉诺曼老爹没什么遗产，但吉诺曼小姐的遗产却很可观。这位没有出嫁的姨妈从外婆家继承了遗产，非常富有，她妹妹的儿子是她当然的继承人。

那孩子叫马里尤斯，只知道自己有个父亲，其他一无所知。没有人对他说起。可是，他外祖父常带他去社交界，大家看见他便窃窃私语，含糊其词，暗使眼色，久而久之，那孩子也有所感觉，最后也明白了一些事，他在潜移默化中，自然而然地接受了可以说是适合他呼吸的那个圈子里的思想和观点，以至于最后，他一想起父亲，就感到羞愧和难过。

就这样，孩子一天天长大。每隔两三个月，上校都要偷偷跑到巴黎，就像惯犯擅离指定住所，趁吉诺曼姨妈带马里尤斯去做弥撒之际，守在圣苏皮斯教堂前。他怕被姨妈发现，战战兢兢，躲在一根柱子后面，一动不动，屏息静气，盯着儿子看。这个脸上挂刀疤的男人，害怕那位老姑娘。

因此，他与韦农的本堂神甫马伯夫有了交往。这位可敬的神甫，是圣苏皮斯堂区一位财产管理员的兄弟。那管理员多次见这个脸上有疤痕的人，眼里含着大颗泪水，出神地看着那孩子。这个人很有男子气，却哭得像女人，这使管理员深受感动。这张脸便牢牢印在了他的脑海里。一天，他去韦农看他兄弟，在桥上遇见蓬梅西上校，认出是圣苏皮斯教堂的那个人。他同本堂神甫谈了这件事，两人找了个借口，去拜访了上校。此后，他们又去看过他几次。上校开始缄口不语，最后终于打开心扉，神甫和管理员也就知道了整个故事，知道蓬梅西如何为了孩子的前途，牺牲自己的幸福。这样，本堂神甫对他产生了敬意，对他非常体贴，而上校也对本堂神甫产生了友谊。当一个老神甫和一位老战士凑巧彼此都很真诚善良，也就不会有什么人比他们更容易情投意合了。说到底，他们是同一个人。一个献身于地上的祖国，另一个献身于天上的祖国。仅此不同。

马里尤斯一年给他父亲写两次信，一次是元旦，另一次是圣乔治日，尽尽义务罢了。信由姨妈口授，像是从书简大集里抄来的。这是吉诺曼先生唯一允许的。父亲的回信则充满柔情蜜意，可外祖父却看也不看，就塞进口袋里。

三 愿大家和平共处①

T夫人的沙龙是马里尤斯·蓬梅西对世界的全部认识。那是他观察人生的唯一窗口。这个小窗口阴阴沉沉,带给他的寒冷多于温暖,黑暗多于光明。这孩子刚接触这个奇特的社交圈时,心里只有欢乐和光明,不久便变得郁郁寡欢,尤其与他年纪不相称的是,他的神情变得十分严肃。他周围全是些威严而古怪之人,他左右环顾,心中充满了惊讶。周围的一切集中起来,使他心中的这种惶惑有增无已。T夫人的沙龙里,有几位令人肃然起敬的老夫人,有叫马坦②、挪亚③的,有叫利未斯,却被念成利未④的,有叫康比斯,却被念成冈比西斯⑤的。这些古老的面孔和这些出自《圣经》的名字,在这孩子的脑海中,与他熟记的《旧约》故事搅和在一起。当这些夫人全都在场时,她们围坐在奄奄一息的火炉旁,在绿莹莹的灯光下若隐若显,神情严肃,头发花白或全白,身穿依稀能辨出阴暗色彩、属另一个时代的长袍,在难得的静场中,冒出几句庄重而粗野的话语,小马里尤斯瞪着惊恐的眼睛看着她们,以为看见的不是女人,而是《圣经》中的族长和朝拜初生基督的博士,不是有血有肉的人,而是幽灵。

在这些幽灵中间,坐着几位神甫,是这古老沙龙的常客。还有几位贵族。有萨斯内侯爵,德·贝里夫人⑥的慈善秘书;有瓦洛里子爵,常用夏尔-安托尼的化名,发表一些单韵颂诗;有博弗尔蒙亲王,年纪

---

① 原文为拉丁语。
② 马坦,《圣经》中的人物。
③ 挪亚,《圣经》中乘方舟逃避洪水的人类祖先。
④ 利未,《圣经》中以色列利未一族的祖先。
⑤ 冈比西斯,公元前六世纪的波斯王。
⑥ 德·贝里夫人,路易十八的侄媳,一位公爵夫人。

轻轻，却已头发斑白，带着一个漂亮聪慧、身穿饰有金丝条的大红绒袍、袒胸露肩的女人，令那些身穿暗色衣裙的幽灵心头不悦；有科里奥利·德斯皮努兹侯爵，法兰西最知道"礼节分寸"的人；有阿芒德尔伯爵，有着慈祥下巴的好老头；还有德·波尔·德·居伊骑士，是被称作御书房的卢浮宫图书馆的常客。那德·波尔·德·居伊先生已秃顶，与其说老了，不如说显得老气，他讲述一七九三年，他十六岁那时候，因抗拒罪被投入监狱，与一位八旬老人德·米尔普瓦主教铐在一起，对方也是因抗拒罪入的狱，不过，主教是拒绝宣誓①，而他是逃避兵役。那是在土伦监狱。他们的任务是，夜间去断头台，收拾白天处断头刑者的首级和尸身；他们背着鲜血淋淋的无头尸体，他们的红披肩后颈部有一大块血印，上午干了，夜里复湿。在Ｔ夫人的沙龙里，常能听到这类悲惨的故事。马拉被咒骂多了，特雷斯塔永②自然就受到称颂。几位难寻难觅的议员在这里打惠斯特牌③。他们是蒂博·德·夏拉先生、勒马尚·德·戈米库先生和开玩笑出了名的右派人物科内－丹库先生。德·费雷特大法官穿着短裤，迈动细瘦的双腿，前往塔列朗先生家时，有时也会在这个沙龙里停留一下。他曾是阿图瓦伯爵先生④的酒肉朋友，他不像亚里斯多德那样，拜倒在坎帕斯皮⑤的石榴裙下，而是让吉玛尔夫人俯首听命，从而让后人知道，有个大法官替一个哲学家雪了耻。

至于教士，有阿尔马神甫，和他合编《雷霆》的拉罗兹先生曾对他说过："呵！谁没有五十岁！也许除了几个毛头小伙子！"有勒图纳神甫，国王的布道师；有弗雷西努神甫，那时，他既不是伯爵、主教、部长，也不是贵族，穿着掉了几颗纽扣的旧教袍；有克拉弗南神甫，圣

---

① 法国大革命时期，政府下令神职人员必须宣誓，遵守新宪法。
② 特雷斯塔永，尼姆城施行白色恐怖的主谋之一。
③ 一种纸牌游戏，桥牌的前身。
④ 阿图瓦伯爵，路易十八的兄弟，继位后称查理十世。
⑤ 坎帕斯皮，亚历山大的宠姬。

日耳曼-德-普雷的本堂神甫；还有教皇的使臣，那时是尼齐比的大主教，大家叫他马希大人，后来做了红衣主教，引人注目的是，他有一个若有所思的长鼻子；还有一位大人，他有很多名称，巴尔米里修道院长、内廷高级教士、教皇法庭书记（共有七位）、利比里亚大教堂的议事司铎，以及圣徒的辩护律师，postulatore di santi①——这职务与封圣②有关，相当于天堂的审查官；最后，还有两个红衣主教，德·拉吕泽纳先生和德·克莱蒙-托内尔先生。德·拉吕泽纳红衣主教先生是位作家，几年后，他有幸和夏多布里昂一起，在《保守者》杂志上并肩发表文章；德·克莱蒙-托内尔先生是图卢兹大主教，常来巴黎度假，住在曾当过海军部长和陆军部长的侄儿托内尔侯爵家里。克莱蒙-托内尔红衣主教是个快乐的小老头，总是撩起教袍，露出红袜子。他的拿手好戏，是仇视百科全书，迷恋玩弹子；夏日的夜晚，若有人经过克莱蒙-托内尔所在的夫人街，驻足谛听，便会听见弹子的撞击声，以及这位红衣主教对其竞选教皇的随员，克里斯特的名誉主教科特雷大人的尖声呼叫："记分，神甫，我连撞两球。"克莱蒙-托内尔红衣主教是由其至友德·罗克洛先生引见给 T 夫人的。德·罗克洛先生是桑利斯前主教，法兰西学院四十院士之一，他身材高大，对法兰西学院的工作兢兢业业，这是他引人注目的地方。那时候，法兰西学院在图书馆隔壁的大厅里召开会议，每星期四，好奇的人们可以透过大厅的玻璃门，凝视这位桑利斯的前主教，他常常站着，假发新扑了白粉，脚穿长统紫袜，背朝着大门，显然是为了让人更清楚地看见他打褶的小衣领。所有这些教士，虽然大多既侍奉教堂，又侍奉朝廷，却给 T 夫人的沙龙增添了庄严肃穆的气氛，而维布雷侯爵、塔拉吕侯爵、埃布维尔侯爵、达姆布雷子爵和瓦朗

---

① 拉丁语，意即"圣徒的辩护律师"。
② 教皇在封某人为圣徒之前，先要召开会议，审查其著作和事迹。讨论中，由一个上帝的律师和一个魔鬼的律师进行辩论，最后由教皇决定是否授予圣徒称号。

蒂诺瓦公爵等五位法兰西封臣的加盟，加强了T夫人沙龙的尊贵气氛。瓦朗蒂诺瓦公爵虽是摩纳哥亲王，就是说，一位外国君主，但对法兰西及其贵族有着高度的评价，他对一切事物都是从这两个角度来考虑。他说过："红衣主教是罗马的法国贵族，爵士是英国的法国贵族。"不过，在那个年代，革命无处不在，正如前面所说，这一封建沙龙却受一个资产阶级左右。吉诺曼先生是这沙龙的主宰。

这里荟萃着巴黎白色社会的精英。知名人士，即使是保王派，也会在这里受到冷落。大凡知名人士，总有无政府主义之嫌。夏多布里昂若去那里，会被视作迪谢纳老爹①。然而，有几个归顺分子②却受到宽容，进了这个正统的社交圈。伯尼奥伯爵改弦易辙后，成为这里的常客。

今天的"贵族"沙龙，已和当年的沙龙大相径庭。今天的圣日耳曼郊区已变了味儿。现在的保王分子，说得好听一点，是些蛊惑人心的政客。

去T夫人家的人，都是显贵。他们趣味高雅不凡，外表彬彬有礼。他们的习惯不由自主地透着种种刻意的讲究，那就是旧制度，虽已埋葬，却依然活着。有些习惯似乎很古怪，尤其是语言的习惯。一些肤浅的行家会把过时的东西，当作外省的习俗。他们称某妇人为"将军夫人"。"上校夫人"也绝非罕闻。迷人的德·莱昂夫人，大概是为了纪念隆格维尔公爵夫人和舍弗勒公爵夫人，宁愿别人称她"上校夫人"，而不是公主。克雷基侯爵夫人也叫"上校夫人"。

就是这个高贵的小圈子，在杜伊勒利宫，创造了一种讲究的称谓，与国王单独相处时，总是用第三人称，称他为"国王"，而不用"陛下"，因为"陛下"的称谓已遭"篡位者③玷污"。他们对人和事品头论足。

---

① 迪谢纳老爹原是笑剧中的一个人物，法国大革命初期，始被当作平民百姓的代言人。
② "归顺分子"指原来拥护拿破仑，后归顺路易十八的人。
③ 此处"篡位者"指拿破仑。

他们对时代冷嘲热讽,这样,就不必去理解这个时代。他们互相说些令人吃惊的事,知道一点,便互通情况。玛土撒拉①向厄庇米尼德斯②提供情况。聋子向瞎子通报消息。他们声称科布伦茨③以后流逝的时间为无效。正如路易十八受上帝恩宠,在位已有二十五年④,流亡回国的贵族理所当然正值二十五岁青春年华。

一切都很和谐;什么都不过分;说话就如微弱的气息;报纸与客厅相一致,像是写在莎草纸上的古文稿。那里也有些年轻人,但都死气沉沉的。守在前厅里的仆役像出土文物。这些腐朽守旧的人物,连侍候他们的仆人也如出一辙。所有这一切都像是已死了很久很久,却又不甘心走进坟墓。在整部词典里能找到的词,除了"守旧",还是"守旧"。问题的关键,在于做到"朽而不臭"。在这些遗老遗少的看法中,的确掺有香料,他们的观点散发着香根草的味道。这是一个僵尸世界。主人涂了防腐香料,仆人则填满稻草。一位流亡归国、家境败落却不失高贵的老侯爵夫人,尽管只有一个女仆,却仍说"我的仆役们"。

那些人在T夫人的沙龙里做些什么?他们都是极端分子⑤。极端分子,虽说这个词所代表的事也许没有消失,但在今天已不再有意义了。我们来解释一下。

是极端分子,便是做过头。便是以御座的名义攻击王权,以祭坛的名义攻击教权。便是不好好拉车。便是在拉车时尥蹶子。便是嫌焚烧异

---

① 玛土撒拉为《圣经》中人物,犹太族长,挪亚的祖父,传说活了九百六十九岁。
② 厄庇米尼德斯(创作期为公元前六世纪),克里特预言家,著名作家。传说他睡了五十七年,神叫醒他,要他回雅典教化民众。
③ 科布伦茨为德国城市。一七九三年,法国流亡贵族在此组织孔代军。
④ 路易十七于一七九五年死于监狱。一八一五年拿破仑逊位后,路易十八才结束流亡生活,回法国登基,但他计算在位的时间却从路易十七去世的日子,即一七九五年算起。
⑤ 极端分子,极端保王分子的简称。路易十八时期,有些人企图完全恢复旧秩序,但路易十八考虑到国内资产阶级力量正在上升,不敢操之过急,采取了比较温和的政策。极端保王分子对此不满,表现为既保王,又反对国王的妥协政策。

教徒的火候不足，找柴堆的碴儿。便是责备偶像太不受人崇拜。便是尊敬到了横加侮辱。便是觉得教皇不大像教皇，国王不大像国王，黑夜太明亮。便是嫌大理石、雪花、天鹅、百合花还不够白。便是太拥护竟至于成了敌人，太赞成竟至于成了反对。极端主义是王朝复辟初期的特征。

从一八一四年到右派实干家德·维莱尔①先生上台的一八二〇年，这段时间在历史上是独一无二的。这六年是个非常时期，既热闹又沉闷，既快乐又阴郁，既像是曙光初照，又是天昏地暗，凄云仍然布满天边，徐徐沉入过去。在这光明和黑暗中，有一小撮人在揉眼睛，他们既是新派，又是旧派，既快乐又忧愁，既年轻又衰老；没有什么比返乡更像是梦醒；那一小撮人不满地望着法兰西，法兰西则揶揄地望着这些人；正经的老侯爵充斥大街小巷，返乡的人和还魂的鬼，先朝遗老对一切都目瞪口呆，正直而高贵的世家子弟，对重返法国又喜又悲，喜的是回到了祖国的怀抱，悲的是昔日的君主政体已不复存在；十字军时代的佩剑贵族，对帝国时代的佩剑贵族群起而攻之；历史上的名门望族已丧失了历史概念；查理大帝战将的后裔，蔑视拿破仑的战将。正如刚才所说，剑与剑互相辱骂；丰特努瓦战役②中使用的剑可笑之至，不过是一段锈铁；马伦戈战役③中使用的剑丑陋之极，不过是一把马刀。昔日否认昨日。人们已感觉不到什么是伟大，什么是可笑。有个人称拿破仑为司卡班④。那个世界已不复存在。我们再说一遍，那个世界已一无所剩。当我们信手抽出一张面孔，努力将那个世界重现在脑海里，会觉得它就像洪水前的世界那样怪诞。的确，它也被洪水吞噬了。两次革命的洪流已把它冲

---

① 德·维莱尔（1773—1854），极端保王派的领袖，一八二〇年任不管大臣，一八二二年组阁。
② 丰特努瓦战役发生在一七四五年。法国德萨克斯伯爵莫里斯元帅大捷之役，它导致在奥地利帝位继承战争中法国征服佛兰德斯。
③ 马伦戈战役发生在一八〇〇年。在第二次反法联盟战争中，拿破仑在意大利的马伦戈平原上大获胜利。
④ 司卡班是莫里哀的戏剧《司卡班的诡计》中一个诡计多端的仆人。

得无影无踪。思想是怎样的洪流啊！它以迅雷不及掩耳之势，将它必须摧毁和埋葬的东西荡涤一净，并冲刷出可怕的深渊！

这就是那遥远而纯真时代的贵族沙龙的概貌；在那里，德·马坦维尔①比伏尔泰更风趣。

这些沙龙有他们自己的文学和政治。在那里，菲埃韦备受信任，阿吉耶先生威力无比，马拉盖沿河马路的旧书商兼政论家科尔内先生被说长道短，拿破仑成了彻头彻尾的科西嘉食人魔王②。后来，将王家军少将布奥拿巴侯爵先生载入史册，那还是向时代精神作出的让步。

这些沙龙的纯洁没有维持多久。从一八一八年起，那里出现了几个空论家，于是抹上了一层令人忧虑的阴影。这些人的做法是，既当保王派，却又为此而感到歉疚。凡是极端派引以为自豪的地方，空论派③总感到有点愧怍。他们很有头脑；他们缄默不语；他们的政治信条是要显出恰如其分的骄傲；他们必须成功。他们过分讲究，领带要白的，衣着要端正，不过，这十分有用。空论派的错误，或者说不幸，在于造就了暮气沉沉的青年。他们摆出智者的样子，梦想将温和的政权，嫁接到绝对和过激的原则上。他们用保守的自由主义，反对专事破坏的自由主义，而且往往表现出不凡的智慧。他们说："宽恕保王主义吧！它立过汗马功劳。它恢复了传统、信仰、宗教、崇拜。它忠诚，正直，有骑士风度，有爱心，有忠心。它想把——尽管不大情愿——君主政体古老的伟大，融入民族新的伟大。它不应该对革命、帝国、光荣、自由、新的思想、新的一代、新的时代不理解。可是，它对我们犯的这个错误，我们不也对它犯过吗？革命应该理解一切，我们是革命的继承者。攻击保王主义，

---

① 德·马坦维尔（1776—1830），保王派分子，《白旗报》的创办人。
② 菲埃韦（1767—1839），法国政论家，曾是《论坛》的主编。阿吉耶是法官。科尔内是拿破仑军校时的同学，后弃军开了家书店，并开始写作。
③ 空论派是一些既反对封建主义，又害怕人民得势，代表大资产阶级利益的人。

是与自由主义背道而驰的。这是多么大的错误！这多么盲目！革命的法兰西不尊重历史的法兰西，也就是不尊重自己的母亲，不尊重自己。九月五日①以后对待君主政体旧贵族的态度，和七月八日②以后对待帝国新贵族的态度如出一辙。他们对鹰不公正，我们对百合花③不公正。人们总想废除些什么。磨去路易十四王冠上的镀金，刮去亨利四世盾形纹章上的纹章，这样做有什么用？我们讥笑沃布朗④想抹掉耶拿桥上的大写字母N。他在做什么？他所做的正是我们现在所做的。马伦戈战役属于我们，布汶战役⑤也属于我们。N属于我们，百合花也属于我们。那都是我们的遗产。为什么要加以贬低？祖国的现在和过去，都不应该否认。为什么不接受整部历史？为什么不热爱整个法兰西？"

空论派就是这样批评和保护保王派的，可保王派对受到批评极不满意，对受到保护恼羞成怒。极端派标志着保王主义的第一阶段，圣会⑥则标志着第二阶段。狂热之后，接踵而来的是灵活。简述到此结束。

在叙述故事的过程中，本书作者遇到当代史上这一奇特的阶段，不得不顺便瞧一眼，并把今天已鲜为人知的这个社会的几个特点描绘出来。但他只是匆匆带过，丝毫不觉得苦涩或可笑。这些记忆同他的母亲有关，把他同这段过去联系在一起，因此，他谈起来充满了感情和敬意。况且，应该指出，这个小世界有其伟大之处。可以对它发出善意的微笑，但既不能蔑视，也不能仇视。这就是昔日的法兰西。

---

① 指一七九二年九月五日后，巴黎公社对贵族进行的大屠杀。这里指一七八九至一七九五年的巴黎公社，成立于一七八九年七月十四日攻陷巴士底狱后，是革命的市政府。
② 指一八一五年七月八日，路易十八在英普联军的护送下回到巴黎，而后开始了"白色恐怖"，大肆屠杀拿破仑封的新贵
③ 鹰是拿破仑的徽志，百合花是王室的徽志。
④ 沃布朗（1756—1845）为内务大臣。保王党首脑人物之一。
⑤ 布汶战役，指一二一四年七月二十七日，法王腓力二世在法国北部的布汶，大败由神圣罗马帝国皇帝奥托四世、英王约翰等组成的国际联军，取得决定性胜利的战役。
⑥ 圣会指法国波旁王朝复辟时期左右政权的教团，成立于一八〇一年，发展于王朝复辟时期，一八三〇年随波旁王朝的崩溃而瓦解。

和所有的孩子一样,马里尤斯·蓬梅西也读了些书。他刚摆脱吉诺曼姨妈的控制,外祖父又把他托付给一个威严的老学究。这个混沌初开的少年,从一个假正经的女人手中,转到一个学究手里。马里尤斯读了几年中学,然后进了法律学校。他是保王派,狂热、严肃。他不大喜欢外祖父,看不惯外祖父乐乐呵呵和厚颜无耻的性格。他一想到父亲便心里烦闷。

此外,这孩子既热烈又冷漠,他高尚,慷慨,骄傲,虔诚,狂热,正经得近乎冷酷,纯洁得像未开化。

四　强盗的结局

马里尤斯完成传统学业的时候,正值吉诺曼先生退出社交界。老人告别圣日耳曼郊区和 T 夫人的沙龙,迁到沼泽区髑髅地修女街他自己的住宅里。他的用人除了门房,还有接替玛妮翁的女仆妮珂莱特,以及前面提到过的动辄气喘吁吁的巴斯克。

一八二七年,马里尤斯刚满十七岁。一天晚上,他回到家里时,看见外祖父手里拿着封信。

"马里尤斯,"吉诺曼先生说,"你明天去趟韦农。"

"干吗去?"马里尤斯说。

"看你父亲。"

马里尤斯打了个颤。他万万没想到有一天可以去看自己的父亲。没有比这更使他感到意外和吃惊,也可以说,更令他不快的消息了。这是强迫他去接近已疏远的东西。这不是一种苦恼,不,而是一件苦差。

追其原委,除了政治上的对立,马里尤斯还确信,他的父亲,那位被吉诺曼先生心平气和时叫作刀手的人不爱他。这是明摆着的,因为他抛弃了他,把他交给了别人。既然他感觉不到父爱,当然也就不爱父亲。他心想,没有比这更简单的道理了。

他惊得竟什么也没问吉诺曼先生。外祖父接着说:

"他可能病了。他要见你。"

停了会儿,他又说:

"明天早晨动身。我想,水泉大院有一班马车,早晨六点开,晚上到。你就乘这趟车去。他说得马上去。"

说完,他把信揉了揉,放进兜里。马里尤斯本可以当晚动身,第二天早晨就到父亲身边了。那时候,布洛瓦街夜里有班马车,开往鲁昂,途经韦农。吉诺曼先生和马里尤斯都没想到打听一下。

第二天黄昏时分,马里尤斯抵达韦农。已是掌灯时分。他碰见一个行人,便打听蓬梅西先生住在哪里。他说"蓬梅西先生",因为他思想上赞成王朝复辟派的观点,他自己也不承认他父亲是男爵和上校。

那人给他指了屋子。他按门铃。一个女人拿着小油灯,给他开了门。

"蓬梅西先生住在这里吗?"

那女人待着没动。

"是这里吗?"马里尤斯问。

那女人点了点头。

"我能和他说话吗?"

那女人摇了摇头。

"我是他的儿子,"马里尤斯又说,"他在等我。"

"他不再等您了。"那女人说。

这时,他发现她在哭。

她指指一间低矮前厅的门。他走进去。

壁炉上有支羊脂蜡烛,照着这间屋子。屋内有三个人,一个站着,一个跪着,一个穿着衬衣,直挺挺地躺在方砖地上。躺在地上的那位是上校。

另两位是医生和神甫。神甫在祈祷。

上校患脑膜炎已有三天。刚得病时,他就有一种不好的预感,便写信给吉诺曼先生,要求见他儿子一面。病情恶化了。马里尤斯到达韦农的那天傍晚,上校突然神志不清,不顾女仆阻挠,从床上起来,大喊大叫:"我儿子还不来。我要去迎他。"他走出卧室,一头栽倒在前厅的方砖地上。他刚刚断气。

有人去找来了医生和本堂神甫。医生来得太迟。神甫来得太迟。儿子也来得太迟。

烛光幽暗,但仍能看见上校苍白的脸上有颗大泪珠,是从没有生命的眼睛里流出来的。眼睛不再发光,泪珠却还没干。这眼泪,是为儿子迟迟不到而落下的。

马里尤斯凝视这个人,他第一次,也是最后一次看见这个人。他的脸阳刚气十足,令人肃然起敬,眼睛睁着,却什么也不看,头发雪白,四肢强壮,依稀可见四肢上散布着马刀砍伤的一条条褐色疤痕,子弹留下的一个个形似星星的红色窟窿。他注视他脸上那道大刀痕,这条刀痕给生来慈祥的脸上,平添了一分英雄气概。他想到这个人是他的父亲,这个人已经死了,但他仍然无动于衷。

他感到的悲伤,是看到任何死者躺在面前都会感觉到的。

房间里笼罩着哀伤,一种令人心碎的哀伤。女仆在一个角落里哀啕。神甫在祈祷,听得见他在呜咽。医生在抹泪。连尸体也在哭泣。

医生、神甫和女仆在悲伤中看着马里尤斯,一句话也不说。他却成了外人。他突然为自己的无动于衷感到羞愧和不安。他手里拿着帽子,为了让人相信他已痛苦得拿不动帽子,便让它掉在地上。

同时,他感到有点内疚,他为自己的行为而瞧不起自己。可这是他

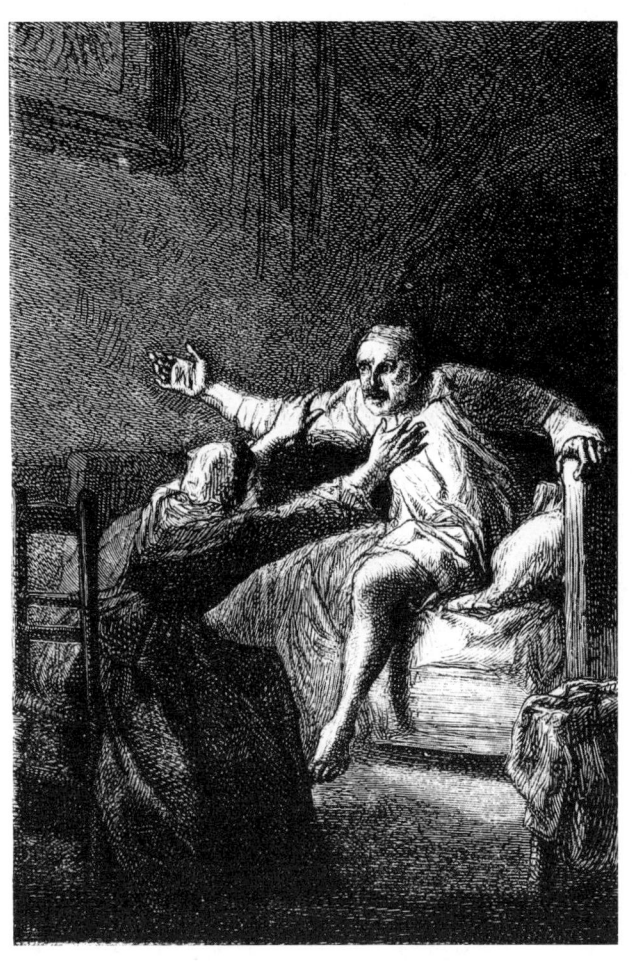

的错吗？他不爱他的父亲嘛！

上校什么也没留下。变卖家具的钱刚够付丧葬费。女仆找到了一张破纸，把它交给马里尤斯。上面有上校的亲笔字：

"我儿亲阅：在滑铁卢战场上，皇帝封我为男爵。既然复辟王朝否认我用鲜血换来的这个爵号，那就让我儿子继承吧。毫无疑问，他受之无愧。"

后面，上校还写道：

"就在这场战役中，有个中士救了我的性命。那人叫泰纳迪埃。这些年，我想他在巴黎附近的一个村子里开了家小客栈，是谢尔村或蒙费梅村。我儿若是遇见泰纳迪埃，望能尽力报答。"

马里尤斯接过纸条，紧紧捏在手里。他这样做并非出于对父亲的崇拜，而是因为对死有一种朦胧的敬意，而这种敬意，在人们的心中总是根深蒂固。

上校没留下任何遗物。吉诺曼先生把他的宝剑和军服卖给了旧货商。邻居践踏花园，抢走了珍贵花木。剩下的植物变成了荆棘丛，或者枯死。

马里尤斯在韦农只待了四十八小时。葬礼之后他回到巴黎，继续读他的法律，再也不想起他的父亲，就像世上从没这个人似的。上校在两天内埋入土中，三天内被彻底遗忘。

马里尤斯帽子上多了块黑纱。仅此而已。

五　去做弥撒对成为革命者所起的作用

马里尤斯从小养成了做弥撒的习惯。一个星期日，他到圣苏皮斯教堂那座小时候姨妈常带他去的圣母堂做弥撒。那天，他比平时更心不在焉、若有所思，无意中来到一根柱子后面，跪到一张乌德勒支丝绒椅上，椅背上刻着"本堂区财产管理员马伯夫先生"。弥撒刚开始，一个老头便走过来，对马里尤斯说：

"先生，这是我的位子。"

马里尤斯赶紧让位，老人坐到椅子上。

弥撒结束后，马里尤斯仍在离老头几步路的地方想着心事。老头再次凑上来，对他说：

"对不起，先生，刚才我打搅您了，现在又来打搅您。您一定觉得我这人挺讨厌吧。不过，我得向您解释一下。"

"没必要，先生。"马里尤斯说。

"有必要！"老头接着说。"我不想让您对我有不好的看法。您瞧，我喜欢这个位子。我觉得，这是望弥撒的最佳位子。为什么呢？我来告诉您。过去多少年间，每隔两三个月，我总能看见一位可怜的父亲来到这个位子上，他没有别的机会和办法看见儿子，因为家里事先说好，不让他见孩子。他知道人家什么时候带他儿子来做弥撒，到时候他就赶来。孩子并不知道他父亲在这里。甚至可能不知道自己有父亲，无辜的孩子！那父亲躲在这根柱子后面，不让人看见。他望着孩子，边望边流泪。这个可怜人，太爱他的孩子了！这被我发现了。我感到这个地方变得神圣了，于是，我养成习惯，到这里来望弥撒。我作为本堂区财产管理员，在财管委员席上有自己的位子，但我更喜欢这里。说起来，我对这个不幸的先生多少有点了解。他有一个岳父、一个有钱的大姨子，还有些亲戚，别的我就不知道了。他们威胁说，如果他这位当父亲的想见儿子，就剥夺孩子的继承权。为了儿子的幸福，为了他有朝一日能成为有钱人，他只好作出牺牲。是因为政治观点，人们把他们拆散的。当然，是要考虑政治观点，可是有些人不知道分寸。上帝！就因为参加过滑铁卢战役！这又不等于是魔鬼！绝不能为了这个，就把父亲和儿子分开。他是波拿

巴的上校。我想他死了。他住在韦农,我的兄弟在那里。他叫蓬马里,或蒙佩西什么的。对了,他脸上有道漂亮的刀疤。"

"蓬梅西?"马里尤斯脸色刷地变白。

"对。蓬梅西。您认识他?"

"先生,"马里尤斯说,"他是我父亲。"

老管理员双手合十,叫了起来:

"啊!您就是那孩子!对,不错,现在该长大了。好,可怜的孩子,您可以说,您有过非常爱您的父亲。"

马里尤斯挽起老人的胳膊,一直送他到家里。第二天,他对吉诺曼先生说:

"我和几个朋友约好去打猎。您允许我出去三天吗?"

"四天!"外祖父说,"去吧,好好玩玩。"

说完,他对女儿挤挤眼说:"有艳遇了!"

六 遇见堂区财产管理员的后果

马里尤斯去了哪里?待会儿再交代。

马里尤斯走了三天,然后回到巴黎,直接去法学院的图书馆,借了《箴言报》的合订本。

他读了《箴言报》,读了有关共和国和拿破仑帝国的所有历史资料、《圣赫勒拿岛回忆录》以及其他各种回忆录、报纸、战报、宣言。他如饥似渴,饱览一切。他第一次在帝国大军的战报上读到父亲的名字后,整整激动了一星期。他去拜访指挥过乔治·蓬梅西的将军,其中有 H 伯爵。他又去看望了堂区财产管理员马伯夫,后者给他讲了上校退休在韦农的生活，他的花木，他的孤独。马里尤斯对父亲有了充分的了解，他卓越、高尚、温和，既是勇猛的狮子，又是温驯的羔羊。

在这期间，他的全部心事和时间都用在阅读上，几乎不再和吉诺曼家的人在一起。他吃饭时才露面，吃完饭就不见了。姨妈嘟嘟囔囔。吉诺曼老爹笑着说："嘿！嘿！是找女孩子的时候啦！"有时，老人还补充说："见鬼！我还以为是逢场作戏哩，看来是热恋了。"

这的确是场热恋。马里尤斯狂热地爱上了父亲。

与此同时，他的思想也有了非同寻常的变化。这种变化经历了许多阶段，是按阶段发展的。在我们这个时代，许多人都这样，因此有必要把这些阶段逐一写出来。他刚刚注目这段历史，就感到惊骇不已。第一个反应，便是眼花缭乱。

在这之前，共和国、帝国对他不过是可怕的字眼。共和国是暮色中的断头台，帝国是黑夜里的马刀。他刚朝它们看了一眼，在原以为只能看见黑暗和混乱的地方，却见繁星闪烁，不禁惊讶不已，又怕又喜。他看见了米拉波、韦尼奥、圣茹斯特、罗伯斯庇尔、卡米尔·德穆兰、丹东。他看见一轮太阳冉冉升起，那就是拿破仑。他晕头转向，不知所措。光亮照得他眼花缭乱，连连后退。惊讶渐渐过去，他开始适应这些光芒，他毫不眩晕地注视那些事迹，他毫不害怕地审视那些人物，革命和帝国光辉灿烂地展示在他幻觉丛生的双眼前。他看见这两组人和事，分别汇合到两个伟大的行动上：共和国将至高无上的民权归还给了人民大众，帝国将至高无上的法兰西思想强加给了欧洲。他看见革命产生了人民的伟大形象，帝国产生了法兰西的伟大形象。他心里说，这一切是美好的。

这初步的评价过于概括，他在眼花缭乱中也有看不到的东西，但我们认为没有必要在此指出。我们要确认的是变化中的思想状态。人是一步步前进的，不可能一步登天。这里作了一次性交代，既为了前面说的，也为了后面要说的。现在我们继续往下说。

马里尤斯发现,过去他对自己的国家不比对自己的父亲更了解。他没有去认识他们,甘愿让黑夜蒙住自己的双眼。现在他看清楚了;他对祖国万分敬佩,对父亲衷心热爱。

他异常懊恼,也十分内疚。他想,他心里的思绪,现在只能对一个坟墓倾诉,感到非常绝望。呵!要是他父亲还活着,要是他还有父亲,要是上帝大发慈悲,让他父亲继续活在人间,他不知会怎样跑过去,扑上去,大声对他喊道:"父亲!我来了!是我!我和你一样有胆量!我是你的儿子!"他不知会怎样抱住他白发苍苍的脑袋,让泪水淹没他的头发,凝视他的刀疤,紧握他的双手,赞美他的衣服,亲吻他的双脚!呵!为什么这位父亲这样早就离去,还没到年岁,还没讨回公道,还没得到儿子的爱!马里尤斯内心不停地哭泣,不停地发出叹息。同时,他变得更严肃,更深沉,更确信自己的信仰和思想。每时每刻,真理的光辉会来充实他的理性。他的内心在成长。他感到他的父亲和他的祖国这两样对他来说完全是崭新的东西在促使他自然成长。

正如掌握了钥匙,一切都迎刃而解那样,过去他所仇视的东西,现在理解了,过去厌恶的东西,现在深入了解了。他清楚地看到,人们教他憎恨的伟大事业,教他诅咒的伟大人物,完全是顺应了天意才产生的,是神的意志,是人心所向。他一想起他从前的观点,便对自己感到愤慨,同时不禁哑然失笑;那才是昨天的事,可他觉得已很遥远。

既然他为父亲昭了雪,自然也为拿破仑平了反。然而,坦率地说,为后者平反绝非轻而易举。

他从小脑袋里就灌满一八一四年党人①对波拿巴的看法。而复辟王朝的所有偏见,它的利益和本能,都是为了丑化拿破仑。它比罗伯斯庇

---

① 一八一四年党人是指保王党人。一八一四年,反法联军攻入巴黎,拿破仑逊位,王朝复辟。

尔更憎恨拿破仑。它相当巧妙地利用了民族的厌倦和母亲的仇恨。波拿巴近乎变成了传说中的妖魔，为了按照人民的想象——正如刚才指出的，民众的想象有如孩子的想象——来描绘波拿巴，一八一四年党人相继给他戴上了种种可怕的面具，从可怕却不失伟大的，到可怕而又可笑的，从罗马暴君提比略，到吓唬孩子的妖魔。就这样，大家在谈论波拿巴的时候，只要以仇恨作基调，就可以想哭便嚎啕大哭，想笑便捧腹大笑。马里尤斯对人们所称的"那个人"，从来都是这种看法。他生性固执，因而那些看法在他头脑中根深蒂固。他身上有个顽固的小人，对拿破仑无比仇恨。

马里尤斯阅读这段历史，尤其是根据资料和文献研究这段历史，于是蒙住他眼睛、使他看不清拿破仑的纱布渐渐撕开。他依稀看见一个巨大的形象，他怀疑自己过去对波拿巴的看法错了，正如在其他问题上也都搞错一样。他一天比一天看得更清楚。他慢慢地、一步一步地攀登阶梯：起初有些勉强，继而如痴如狂，仿佛被一股不可抗拒的诱惑力所吸引；开始阶段一片昏暗，后来微微照亮，最后变得光辉灿烂，令人狂喜不已。

一天夜里，他独自一人待在阁楼上他的小房间里。他点着蜡烛在看书，臂肘支在窗旁的桌子上。窗开着。各种幻觉自空中飘来，与他的思想融在一起。夜景多么奇妙！不知从哪里传来低沉的声音，比地球大一千二百倍的木星像火炭那样发出夺目的光辉，穹苍幽黑，群星闪烁，奇妙无比。

他在读帝国大军的战报，那是荷马史诗般的战场实况描写。他不时地看到他父亲的名字，皇帝的名字则无处不在。伟大的帝国整个儿展现在他眼前。他感到自己胸中波涌涛起。他不时地感到，他父亲似阵风从他身旁吹过，在他耳边说悄悄话儿。他的感觉变得越来越奇妙；他仿佛听见了鼓声、炮声、号声、步兵营整齐的脚步声、远处骑兵队低沉的奔驰声；他不时举目仰望天空，凝视巨大的星座在深不见底的空中闪闪发光，接着，他又将目光拉回到书上，依稀看见另一些巨大的东西在涌动。他感到心在抽搐。他不能自已，颤抖着，喘息着。突然，不知为什么，也不知受什么驱使，他站起来，将双臂伸出窗外，凝望那黑暗，那寂静，那无尽黑夜，那无穷太空，大声吼叫："皇帝万岁！"

从这一刻起，一切都清楚了。什么科西嘉的吃人魔王、篡位者、暴君，什么与胞妹乱伦的妖魔、向塔尔玛①学戏的丑角、在雅法②投毒的凶手，什么老虎、布奥拿巴，这一切全都云消雾散，他思想上出现了一片朦胧而明亮的光辉，恺撒那苍白的大理石幽灵在高不可及的地方闪闪发光。对他父亲来说，拿破仑皇帝不过是人们爱戴和敬佩，并愿意效忠的统帅，而对马里尤斯来说，有了更多的内容。他是让法兰西继罗马人之后统治世界的命定的设计师。他是摧毁旧世界的神奇建筑师，是查理大帝、路易十一、亨利四世、黎塞留、路易十四、救国委员会的继承人。当然，他也有污点，也做过错事，甚至犯过罪，也就是说，他是一个人。但他做错事，却不失尊严，有污点，却依然闪光，犯过罪，却仍然强大。他注定要强迫世界各国说法兰西是伟大的国家。不惟如此，他是法兰西的化身，用手中之剑征服欧洲，用发出之光征服世界。波拿巴在马里尤斯眼里成了灿烂夺目的幽灵，将永远屹立在边疆，守卫着未来。他是暴君，更是独裁者，是产生于一个共和国并贯彻了一场革命的暴君。在他心中，拿破仑成了民意的体现者，正如耶稣是神意的体现者一样。

可以看出，就像所有新入教者那样，马里尤斯为自己的思想转变欣

---

① 塔尔玛（1763—1826），法国演员、剧团经理。作为当时最高超的悲剧演员，受到拿破仑的赞扬和保护。
② 雅法，巴勒斯坦城市。一七九九年，拿破仑围困并占领该城，但一场瘟疫使他的军队遭到惨重的损失。

喜若狂。他急着皈依，并且走得太远。这是他本性所使然，一旦从斜坡往下滑，就难以刹车。他对武力也狂热崇拜起来，这使他对思想的热情变得更复杂。他丝毫没有发现，他在崇拜天才的同时，竟盲目地欣赏起武力来了，就是说，他把神圣的东西和暴力的东西，作为两个崇拜的偶像，并排放进两个神龛里。在许多方面，他更是搞错了。他良莠兼收。在奔向真理的道路上出错是难免的。他诚心诚意地想全盘接受。踏上新的道路后，他在评判旧制度的过错、衡量拿破仑的功劳时，忽略了可以减罪的情节。

不管怎么说，他朝前迈出了惊人的一步。从前他看见的是君主政体的灭亡，现在他看见了法兰西的崛起。他的方向改变了。从前望见的是残阳，如今看到的是旭日。他前后转了个向。

他内心经历了这种种革命，可家里人却毫无觉察。

在这神秘的变化中，他完全蜕去了那身波旁和极端派的旧皮，完全摒弃了贵族、詹姆斯党①和保王党，成为彻头彻尾的革命者、坚定不移的民主主义者和准共和党人。于是，他去了金银匠沿河马路，找了一位雕刻工，定做了一百张名片，刻上"马里尤斯·蓬梅西男爵"的名字。

这不过是他内心围绕父亲发生变化的必然结果。不过，他不认识任何人，又不能挨家挨户去散发名片，只好把它们揣在口袋里。

另一个顺理成章的结果是，他愈是接近他的父亲，接近上校为之奋斗了二十五年的事业，愈是怀念他的父亲，他就愈加疏远他的外祖父。前面说过，他早就不喜欢吉诺曼先生的脾气了。一个是严肃的青年，一个是轻浮的老头，他们之间存在着种种不协调。热龙特②的快活使少年维特变得更加郁郁寡欢。只要彼此的政治观点和见解相同，马里尤斯就如同走在桥上一样，会与吉诺曼先生相遇。现在这桥倒塌了，于是出现

---

① 詹姆斯党，指英国一六八八年革命后拥护流亡的詹姆斯二世的人。此处泛指保王党人。
② 热龙特，法国古典喜剧中年老可笑、以老前辈自居的人物形象。

了鸿沟。而且，更有甚者，马里尤斯每每想起是吉诺曼先生出于愚蠢的动机，冷酷无情地把他从上校身边夺走，使父亲失去孩子，孩子失去父亲，每每想起这个，心中便会生出一种难以名状的反抗冲动。

马里尤斯对父亲产生了深深的敬意，因而对外祖父几乎产生了厌恶情绪。

不过，前面已经说过，所有这一切都没流露出来。他只是变得越来越冷淡。吃饭时很少说话，平时很少在家。姨妈为此责备他时，他温顺得像头绵羊，推说是学习太忙，要上课、考试、听讲座等等。外祖父则一成不变，仍维持他原来的推断："恋爱了！这方面我是内行。"

马里尤斯有时几天不归。

"他究竟去哪里了？"姨妈问道。

他离家的时间总是很短。有一次，他按照父亲的遗嘱去了趟蒙费梅，寻找滑铁卢战场上那位退役中士，客栈老板泰纳迪埃。泰纳迪埃破产了，客栈关门了，没有人知道他的下落。为了寻找泰纳迪埃，马里尤斯有四天没有在家。

"很显然，"外祖父说，"他走火入魔了。"

有人似乎发现，他胸前挂着什么东西，藏在衬衣下面，用一根黑带子系在脖子上。

七　在追女人了！

前面我们提到过一个枪骑兵。

这是吉诺曼先生的一个曾侄孙。他远离家庭，远离故乡，过着军营生活。泰奥迪尔·吉诺曼中尉具有所谓漂亮军官的一切条件。他有"少女的身材",得意地拖曳着马刀,蓄着两端上翘的小胡子。他很少回巴黎,少得使马里尤斯从未见过他。这两位表亲彼此只知道名字。我想前面已说过,泰奥迪尔是吉诺曼姨妈最宠爱的人。她偏爱他,是因为看不见他。不在自己眼前,就会把他想象得十全十美。

一天上午,吉诺曼大小姐回到自己房里,镇定的性格遏制不住内心的激动。刚才,马里尤斯又一次请求外祖父允许他作一次短期旅行,还说打算当晚就动身。"去吧!"外祖父回答。吉诺曼先生双眉往上耸了耸,又说:"他又要在外面过夜了。"吉诺曼小姐满怀诧异地上楼回房去了。在楼梯上,她喊道:"太过分了!"接着又问:"他到底去哪里呢?"她隐约感到有一场多少有点见不得人的艳遇,隐约可见有个女人,有次幽会,有个秘密。若能凑近看个清楚,她是不会不乐意的。窥视别人的隐私,如同窥视一场丑闻,即使是圣人,也不会讨厌这样做。在虔诚的心灵深处,也会装着对别人隐私的好奇。

因此,她有点想摸清底细,感到心神不安。

为了排解这有点反常的好奇心给她带来的烦恼,她一头钻进她擅长的手艺活中,用层层棉布,拼绣马车车轮图案。那是帝国时代和王朝复辟时代盛行的一种刺绣。活儿十分乏味,干活的人心烦意乱。她在椅子上坐了好几个小时,突然房门打开。吉诺曼小姐扬起脸,看见是泰奥迪尔中尉,正在向她行标准的军礼。她高兴得大叫一声。她虽然老了,虽然平时一本正经,笃信宗教,而且还是姑婆,但见一个枪骑兵走进她的房间,总是件喜出望外的事。

"是你,泰奥迪尔!"她喊道。

"路过这里,姑婆。"

"过来拥抱我呀!"

"遵命!"泰奥迪尔说。

他拥抱了她。吉诺曼姑婆走到写字台,打开抽屉。

"至少要在这里待一星期吧？"

"姑婆，今晚就得走。"

"这哪行！"

"绝对要走。"

"留下吧，我的小泰奥迪尔，求你了。"

"我是想留下，但我要服从命令。事情很简单。我们接到了换防的命令。以前在默伦，现在换防到加荣。从旧驻地去新驻地，要经过巴黎。我说，我要去看看我的姑婆。"

"拿着，给你的辛苦费。"

她把十个金路易塞到他手里。

"您是说给我的娱乐费吧，亲爱的姑婆。"

泰奥迪尔再次拥抱她。他军装的饰带差点擦破她的脖子，她却感到一阵快意。

"你是不是骑马随部队一起走的？"她问他。

"不是，我的姑婆。我坚持要来看您。是特批的。我的勤务兵牵着我的马，我乘驿车。对了，我得问您一件事。"

"什么事？"

"我的表弟马里尤斯·蓬梅西也要去旅行吗？"

"你怎么知道的？"姑婆说道，这突然触动了她的好奇心。

"来的时候，我去驿站预订前座的位子了。"

"怎么样？"

"有个旅客订了顶层的一个座位。我在名单上看见他的名字了。"

"哪个名字？"

"马里尤斯·蓬梅西。"

"那坏蛋！"姑婆喊道，"啊！你的表弟可没你规矩。没想到他要在驿车上过夜。"

"我也是。"

"可你是为了尽责，他却是为了放荡。"

"好家伙！"泰奥迪尔说。

这时，吉诺曼大小姐灵机一动，有了主意。假如她是个男人，准会猛击一下额头。她突然问泰奥迪尔：

"你知道你表弟不认识你吗？"

"不知道。我见过他，可他对我从来不屑一顾。"

"这么说，你们要一起旅行喽？"

"他在顶层，我在前座。"

"这驿车去哪？"

"莱桑德利。"

"马里尤斯是去那里吗？"

"除非和我一样，中途下车。我在韦农下，然后转车去加荣。马里尤斯去哪，我一无所知。"

"马里尤斯！多难听的名字！怎么会想起给他取这个名字？你至少还叫泰奥迪尔！"

"我更喜欢叫阿尔弗雷德。"那军官说。

"听着，泰奥迪尔。"

"听着呢，姑婆。"

"注意了。"

"注意着呢。"

"准备好了吗？"

"准备好了。"

"听着，马里尤斯经常不回家。"

"哦！"

"他出去旅行。"

"啊！"

"他在外面过夜。"

"呵！"

"我们想把事情弄清楚。"

泰奥迪尔像个铁石心肠的人，冷静地回答：

"在追女人了呗。"

接着，他含蓄地笑了笑，满有把握地说：

"追一个小妞。"

"显而易见。"姑婆喊了起来。她以为听见吉诺曼先生在说话，"小妞"这个词，叔祖和侄孙说来都加强了语气，这使她感到不可抗拒地产生了信心。她接着又说：

"帮我们个忙。给我们跟着点儿马里尤斯。他不认识你，这样就方便了。既然有个小妞，那就设法见见这小妞。把这个趣闻写信告诉我们。外祖父会高兴的。"

泰奥迪尔对盯梢之类的事毫不感兴趣，但那十个金路易使他深受感动，而且他相信以后还会有。于是他接受了任务，他说："姑婆，按您说的办。"他心里还加了句："我成了监督少女的老太婆了！"

吉诺曼小姐吻了吻他。

"泰奥迪尔，你是不会做这种荒唐事的。你遵守纪律，服从命令，是个安分尽职的人。不会为看一个女人而离家出走。"

他就像卡图什①听到有人称赞他诚实正直那样，做了个得意的鬼脸。这场谈话的当天晚上，马里尤斯上了驿车，毫不怀疑有人监视。而那位监视者，上了车便呼呼大睡了。他睡得又甜又香。阿耳戈斯②打了整整一夜的呼噜。

---

① 卡图什（1693—1721），法国一个盗窃团伙的首领。
② 阿耳戈斯，希腊神话中的百眼巨人，无论昼夜，都有五十只眼睛不闭。

拂晓，驿车夫喊道："韦农到了！韦农站！到韦农的旅客请下车！"泰奥迪尔这才醒过来。

"好，"他似醒非醒，咕哝道，"我在这里下车。"

醒来后，他的记忆渐渐清楚，他想起了他的姑婆和十个金路易，想起了曾答应要汇报马里尤斯的所作所为，不禁笑了起来。

"他也许不在车上了。"他边扣漂亮军服的纽扣边想道。"他可能在普瓦西下车了，也可能在特里埃尔；假如他没在默伦下车，那就可能在芒特，除非是在罗尔布瓦，或者到帕西才下，向左拐到埃夫勒，或向右拐到拉罗什－吉荣。你追去吧，姑婆。可我怎么向这位好老太太交代呢？"

这时，一条黑裤子从顶层下来，出现在前座的玻璃窗上。

"会不会是马里尤斯？"中尉说。

正是马里尤斯。

车下有位乡下女孩，混在驿马和驿车夫中间，向旅客兜售鲜花，大声喊道："给你们的太太送束花吧。"

马里尤斯走上去，从她的花篮里挑了最美的一束花。

"这下我倒感兴趣了。"泰奥迪尔从前座跳下时说，"见鬼，这些花他要送给谁？只有绝色美女才配送这样漂亮的花。我倒要看看是谁。"

于是，他开始跟踪马里尤斯。不过，现在不是因为受人之托，而是出于好奇，就像为自己而追捕猎物的狗。

马里尤斯根本没发现泰奥迪尔。驿车上下来几个漂亮女人，他连看也不看。他对周围的事物似乎漠不关心。

"够痴情的！"泰奥迪尔思忖。

马里尤斯向教堂走去。

"妙极了！"泰奥迪尔想，"教堂！对！幽会用弥撒作调料，真是妙不可言。越过仁慈上帝的头顶暗送秋波，没有比这更美妙的了！"

到了教堂，马里尤斯没有进去，而是绕到半圆形后殿后面，在一个扶垛角上消失了。

"是在外面幽会。"泰奥迪尔说，"我们去看看那个女孩。"

他踮起靴尖，朝马里尤斯拐弯的墙角走去。

到了那里，他停下来，惊得目瞪口呆。

马里尤斯双手掩面，跪在一个坟坑的草丛里。他已摘下花瓣撒在坟上了。在坟坑的一端，就在鼓出的标志着死者头部所在的地方，有一个黑色的木十字架，写着一行白字：蓬梅西男爵上校。马里尤斯在哭泣。

原来，女孩是一座坟墓。

八　大理石碰花岗岩

马里尤斯第一次离开巴黎，就是来这里。后来，吉诺曼先生每次说他在外面过夜，他也是来这里。

泰奥迪尔中尉万万没想到会碰到一座坟墓，感到狼狈不堪。他产生了一种连他自己都无法分析的奇怪而不愉快的感觉，其中既有对一座坟墓的崇敬，又有对一位上校的尊敬。他连忙后退，让马里尤斯独自留在墓地里。他这样撤走，也有纪律的缘故。死者仿佛佩着大肩章出现在他面前，他差点向他行军礼。他不知道该怎样给姑婆写信，便干脆什么也不写；若不是如现实中常有的那样，冥冥之中仿佛有人在作神秘的安排，使得韦农的这件事几乎立即在巴黎引起反响，那么，泰奥迪尔在马里尤斯爱情问题上的发现就不会有什么后果了。

第三天一大早，马里尤斯从韦农回到外祖父家里。坐了两夜驿车，精疲力竭，觉得需要去游一小时的泳，以解两夜未眠之疲劳，于是，他

赶快上楼钻进自己的房间,立即脱掉紧腰大衣,摘下脖子上的黑丝带,就去浴场了。

和所有健康的老人一样,吉诺曼先生早早就起床了。他听见马里尤斯已回家,便尽那双老腿所能,以最快的速度爬上楼梯,到马里尤斯住的阁楼上拥抱外孙,顺便问问他是从哪里来的。

可是,年轻人下楼的速度,比八旬老人上楼的速度快。当吉诺曼老爹爬上阁楼时,马里尤斯已不在了。

床没有动过。床上毫无戒备地放着那件紧腰大衣和那条黑丝带。

"这样更好。"吉诺曼先生说。

过了一会儿,他来到客厅里。吉诺曼大小姐已坐在那里,正在绣她的车轮形花饰。

吉诺曼先生进客厅时,一副得意洋洋的样子。

他一只手拿着紧腰大衣,另一只手拿着黑丝带,边进边喊:

"我们胜利了!我们就要知道秘密了!事情就要清楚了。我们就要摸到这位鬼鬼祟祟的家伙的风流韵事了!我们已接触到这部爱情小说了!我拿到画像了!"

果然,那条黑丝带上系着一个黑纹皮小盒子,像是嵌有画像的颈饰。老人拿起这盒子,先不忙打开,赏玩了一会儿,那快乐、狂喜和气恼的神态,使人想起一个可怜的饿死鬼,眼巴巴看着丰盛的晚餐从鼻子下端过,却不能享用。

"里面肯定有肖像。我可是内行。这玩意儿总是温情脉脉地挂在胸口上。他们真傻!说不定是个丑得叫人发抖的骚货!现在的年轻人太没有情趣了!"

"父亲,打开看看吧。"老姑娘说。

一按弹簧,盒子便打开了。除了一张仔细折好的纸,里面什么也没有。

"反正是一回事。"吉诺曼先生哈哈大笑着说。"我知道是什么。是情书!"

"啊!那就念念吧!"姨妈说。

她戴上眼镜。他们打开纸,念道:

"我儿亲阅。在滑铁卢战场上,皇帝封我为男爵。既然复辟王朝否认我用鲜血换来的这个爵号,那就让我儿子继承吧。毫无疑问,他受之无愧。"

父亲和女儿的感受是难以言表的。他们感到,仿佛有阵阴风从一个骷髅头骨里吹出来,把他们冻得浑身冰冷。他们没有交谈。只有吉诺曼先生像是自言自语地低声说了句:

"是那个刀手的笔迹。"

姨妈把那张纸翻来覆去地看了又看,然后放回盒子里。

这时,一个长方形的蓝纸包从紧腰大衣的口袋里掉了出来。吉诺曼小姐拾起小包,打开蓝纸。这是马里尤斯的一百张名片。她给吉诺曼先生递过一张。后者念道:"马里尤斯·蓬梅西男爵。"

老人摇了摇铃。妮珂莱特进来。吉诺曼先生拿起黑丝带、盒子和紧腰大衣,统统扔到客厅中间的地上,说:

"把这些破烂拿走!"

接下来整整一小时是在绝对的沉默中度过的。

老头和老姑娘背对背地坐着,各自想着心事,很可能在想同样的事。一小时后,吉诺曼姨妈说:

"干得漂亮!"

过了一会儿,马里尤斯出现了。他刚回来。他还没跨进客厅,就看见外祖父手里拿着他的一张名片。外祖父一看见他,便气势汹汹地摆出大资产阶级高人一等、冷嘲热讽的神态,大叫大嚷起来:

"好哇!好哇!好哇!好哇!好哇!你现在是男爵了。恭喜你。这是什么意思？"

马里尤斯脸上泛起红云，回答说：

"就是说，我是我父亲的儿子。"

吉诺曼先生收起笑容，冷酷无情地说：

"你的父亲是我。"

马里尤斯低着头，神情严肃地说："我父亲一生谦卑而英勇。他光荣地为共和国和法兰西效过劳；他在前所未有的最伟大的历史中功不可没；他南征北战了四分之一世纪，白天枪林弹雨，夜里雨雪泥淖；他夺得过两面军旗，受过二十次伤，死时被人遗忘，遭人抛弃；他一生中只做过一件错事，那就是太爱两个忘恩负义的人——他的祖国和我！"

这番话，吉诺曼先生是听不进去的。一听到"共和国"，便站了起来，更确切地说，猛地竖了起来。马里尤斯每说一句话，这位老保王分子有如炽热的炭火被鼓风机鼓了风一般，脸色由阴转红，由红转紫，由紫最后变成火红。

"马里尤斯！"他嚷道，"该死的孩子！我不知道你父亲是什么！我不想知道！我一无所知，我不知道！我只知道，在这些人中，从来都只有无赖！

"因为他们都是乞丐、杀人犯、红帽子、盗贼！我说全都是！全都是！我一个也不认识！我说全都是！听见没，马里尤斯！你好好看看，你的男爵爵位，好比我的拖鞋。他们全都是为罗伯斯庇尔效劳的强盗！为布——奥——拿——巴效劳的强盗！全都是叛徒，背叛，背叛，背叛了他们的合法国王！在滑铁卢，他们在普鲁士和英国人面前落荒而逃！我就知道这个。我不知道令尊大人是不是也是这号人。抱歉，我这样说了，算他倒霉，我的主人！"

这回轮到马里尤斯变成炭火，吉诺曼先生变成鼓风机了。马里尤斯浑身颤抖，不知道如何是好，他的脑袋在燃烧。就像神甫看见自己的圣饼全被扔掉,就像苦行僧看见行人对他的偶像吐唾沫。怎能容忍别人在自己面前说这种话而不受惩罚!可怎么办呢?刚才,他当面看到他的父亲被践踏,被侮辱。可是被谁呢?被他的外祖父。怎么能做到为一个报仇,又不得罪另一个呢?他绝对不能侮辱外祖父,也不能不替父亲雪耻。一边是神圣的坟墓,另一边是苍苍白发。他就像喝醉了酒似的,感到天旋地转,身体摇晃了一下。接着他抬起头,眼睛盯着外祖父,雷鸣般地吼道:

"打倒波旁王朝!打倒肥猪路易十八!"

路易十八在四年前就死了,但这无关紧要。

老人通红的脸骤然变得比他的白发还要苍白。壁炉上有贝里公爵①的半身塑像,他转身面对塑像,以庄严而奇特的神态,深深鞠了一躬。而后,他从壁炉到窗口,又从窗口到壁炉,穿过整个客厅,默默地、慢慢地来回踱了两次,有如一尊石像在走动,弄得地板嘎嘎响。第二次这样走时,他朝老绵羊似的呆望着这场冲突的女儿弯下腰,近乎平静地微笑着对她说:

"一个像先生那样的男爵,和一个像我这样的资产阶级,是无法在同一个屋檐下生活的。"

说完,他倏地直起身,脸色发青,浑身颤抖,样子十分可怕,额头由于狂怒变得更宽大。他向马里尤斯伸出胳膊,大声吼道:

"给我滚!"

马里尤斯离家而去。

翌日,吉诺曼先生对他女儿说:

"每半年您给这个吸血鬼送六十皮斯托尔②,以后再也不要在我面前提起他。"

---

① 贝里公爵,当时法国国王查理十世的儿子,保王党认为他是王位继承人。
② 皮斯托尔,法国古币,一皮斯托尔相当于十金法郎。

他还有大量余怒要发泄，却又不知道如何发泄，只好继续用"您"称呼他的女儿，这样持续了三个多月。

马里尤斯怒气冲冲地离开了家。有件事使他更加怒不可遏，这里有必要提一提。这类阴差阳错的事屡见不鲜，而且会使家庭的悲剧变得更加复杂。尽管还是那些错误，怨恨却因此而加深。妮科莱特奉外祖父之命，匆匆将马里尤斯的那些"破烂"送回他的房间，无意中把藏着上校遗书的黑纹皮盒丢了，很可能丢在通向阁楼的黑洞洞的楼梯上了。那封遗书和那个盒子没能找到。马里尤斯认定是"吉诺曼先生"——从那天起，他不再用别的称呼——把他父亲的遗书烧了。上校写的那几行字他已铭记在心，因此，什么也没失去。可是，那张纸，那笔迹，那神圣的遗物，却是他的心呀！怎能这样对待它们？

马里尤斯走了，没有说去哪里，自己也不知道去哪里，带着三十法郎，他那块表，还有一只旅行袋，里面放着几件衣服。他上了一辆出租马车，说好按钟点计费，漫无目的地朝拉丁区驶去。

马里尤斯会有怎样的命运呢？

第四卷　　ABC 友社

一　一个差点载入史册的团体

　　那个年代，表面上风平浪静，暗中却隐隐奔流着一股革命洪流。从八九年和九二年的深谷中，升起阵阵微风。青年一代在蜕变——请允许我们用这个词。随着时间的推移，人们几乎不知不觉地发生着变化。时钟的指针在钟面上行走，也在人们的心里行走。人人朝前迈了应该迈出的一步。保王派成了自由派，自由派成了民主派。

　　这就像涨潮，时起时落，千转百回；潮落的特点便是混合；由此便产生了千奇百怪的思想组合；人们既赞赏拿破仑，又崇拜自由。这是那个时代的海市蜃楼。各种观点的形成要经过不同的阶段。伏尔泰保王主义，这个荒诞的变种，有一个同样怪诞的对应物——波拿巴自由主义。

　　其他一些团体则更为严肃。他们探索原则。他们热衷于权利。他们迷恋绝对，依稀看见了无尽的创造。绝对以其严格，使人想入非非，使人在无限中遨游。没有什么比信条更能制造梦幻，也没有什么比梦幻更能孕育未来。今天是空想，明天就会有血有肉。

　　先进的思想有着双重基础。"既定秩序"可疑而奸诈，开始受到秘密活动的威胁。这是最富革命的迹象。当权者的隐蔽动机与人民的内心想法不谋而合。酝酿起义和密谋政变一唱一和。

当时,法国还没有像德国的道德协会①和意大利的烧炭党②那样庞大的秘密组织,但这里那里,都有一些地下团体,正在伸展蔓延。埃克斯正在筹建库古尔德社;巴黎也有不少这类组织,其中 ABC 友社尤为突出。

ABC 友社是什么组织?那是一个表面上以教育儿童为宗旨,实际上是改造成人的社团。

他们宣称是 ABC 的朋友。abaissé③即人民大众。他们想提高民众的地位。对这个同音异义的文字游戏是不应予以嘲笑的。这类文字游戏有时在政治上是很严肃的。例如 Castratus ad castra④,它曾使纳尔塞斯⑤成为一名将军。又如 Barbari et Barberini⑥。再如 Fueros y Fuegos⑦。还有 Tu es Petrus et super hanc petram⑧,等等。

ABC 友社人数很少。这是个刚有雏形的秘密社团。可以说它是小集团,如果小集团也能出英雄的话。他们在巴黎的两处地方聚会,一处在中央菜市场附近,在一个名叫"科林斯"的小酒馆里,这家酒店我们以后还要谈到;另一处在先贤祠附近,在圣米歇尔广场的米赞咖啡馆里,这家咖啡馆现已拆毁。第一个聚会地点挨着工人,第二个挨着大学生。

ABC 友社习惯在米赞咖啡馆的后厅秘密集会。这间后厅离咖啡馆

---

① 道德协会,德国爱国青年组织,成立于一八〇八年。
② 烧炭党,十九世纪初,活跃于意大利、法国和西班牙的秘密团体。
③ ABC 的读音与法语词 abaissé(身分低下的)发音近似。
④ 拉丁语,意为"兵营中的阉人"。
⑤ 纳尔塞斯(约 480—574),原是拜占庭皇家宦官,后成为将军,曾征服意大利的东哥特王国。
⑥ 拉丁语,意为"蛮族和巴尔柏里尼"。暗指罗马的巴尔柏里尼家族,是一个很有权势的贵族家族。
⑦ 西班牙语,意为"自由和家庭",是西班牙自由派的座右铭。
⑧ 拉丁语,意为"你是彼得,我要在这石头上建造……"。"彼得"和"石头"是一个词。

相当远，由一条长走廊与之相连。厅内有两扇窗户和一道后门，经一道隐蔽的楼梯通往格雷街。他们在那里抽烟、喝酒、打牌、说笑。他们谈天说地时声音很大，谈别的事情时便压低嗓门。墙上挂着一张共和时期的法兰西旧地图，足以唤起警探的警觉。

ABC友社中的大部分成员是大学生，还有几个工人，彼此相处甚好。中坚分子的名字如下：昂若拉、孔布费尔、让·普鲁韦、弗伊、库费拉克、巴奥雷、莱斯格尔或莱格尔、若利、格朗泰。在某种程度上，这些人已成为历史人物了。

这些年轻人情投意合，相处得像一家人。除了莱格尔，全都是南方人。

这是出类拔萃的一伙人。现在，他们已消失在我们身后看不见的深渊里了。故事讲到这里，趁读者尚未见他们投入一场悲壮的斗争而消失在黑暗中，也许有必要用一缕光明照一照这些年轻人。

昂若拉是个独生子，家里非常有钱。我们称他为一号人物，以后会知道为什么。

昂若拉是个可爱的年轻人，但厉害起来也很吓人。他美如天使。是安提诺乌斯①再世，但很粗野。看他眼中闪烁的沉思之光，会以为他在前世就经历过革命风暴。他对革命传统了如指掌，仿佛亲眼见过。他了解这一伟大事业的细枝末节。他集祭司和武士的性格于一身，这在年轻人中是凤毛麟角。他既是祭司，又是斗士；从目前的情况看，他是民主战士，但如果超越当前的运动，他又是宣扬理想的教士。他眸子深邃，眼睑微红，下唇很厚，易于露出轻蔑的神态，额头很高。脸上只见宽阔的额头，有如地平线上只见辽阔的天空。和十八世纪末本世纪初有些少年得志的年轻人一样，他有过人的青春活力，如少女般鲜嫩滋润，尽管

---

① 安提诺乌斯（约110—130），古罗马的美少年，罗马皇帝哈德良宠爱的娈童。

有时显得苍白。他已是成人，却仍像个孩子。他已二十二岁，看上去却像十七岁。他非常严肃，似乎不知道世上还有女人存在。他衷心热爱的是权利，念念不忘的是清除障碍。若在阿芬丁山上，他也许是格拉古；在国民公会中，他可能是圣茹斯特①。他眼中几乎看不见玫瑰花，对春天视而不见，对鸟儿歌唱听而不闻。埃瓦德涅②赤裸的酥胸不会比阿里斯托吉通③更令他激动；他和阿尔莫迪乌斯一样，认为鲜花只适于隐蔽利剑。即使在欢乐时，他也严肃有余。凡是与共和国无关的东西，他见了总是腼腆地垂下双眼。他是自由女神冷漠的情人。他言辞尖锐，像受到神的启示，发出颂歌的震颤。他会突然展开双翅。谁要是敢到他身边卖弄风情，就等着自讨没趣吧！康布雷广场或圣约翰・德・博韦街上的某个轻浮女工，见了这张逃学中学生的面孔、侍童贵族少年的脖子、金灿灿的长睫毛、蓝莹莹的眼睛、迎风飘动的乱发、玫瑰色的脸颊、鲜嫩欲滴的嘴唇、妙不可言的牙齿，若对这曙光晓色垂涎三尺，到昂若拉面前搔首弄姿，故作媚态，就会遇到一道意外而可怕的目光，顿时在他们中间划出一道鸿沟，教她明白不要把以西结④的威猛天使，混同为博马舍的风流天使⑤。

　　如果说昂若拉代表革命的逻辑，那么，孔布费尔则代表革命的哲学。革命的逻辑与革命的哲学之不同，在于革命的逻辑可以作出战争的决定，而革命的哲学只能以和平为结果。孔布费尔补充和修正昂若拉。他没有昂若拉高深，但比他博大。他希望把一般思想的广泛原理灌输给民众。他常说，不仅要革命，还要文明。他在陡峭的高山周围，开辟了

---

① 圣茹斯特（1767—1794），法国资产阶级大革命时期雅各宾派领导人之一，一七九二年选入国民公会，后在热月政变中被处死。
② 埃瓦德涅，希腊神话中的著名美女。
③ 阿里斯托吉通，公元前六世纪的雅典人，与下文提到的阿尔莫迪乌斯合力杀死暴君伊巴尔克，前者被捕后处决，后者当场被杀。
④ 以西结，希伯来最奇特的先知，不止一次在空中飞行，但也常常不能说话和动弹。
⑤ 博马舍的风流天使，指他剧作中的人物费加罗。

广阔的碧空。因此，在孔布费尔的所有观点中，不乏切实可行的东西。孔布费尔的革命比昂若拉的革命更容易接受。昂若拉表达的是神赋的权利，孔布费尔则强调天赋的权利。前者接近罗伯斯庇尔，后者接近孔多塞①。与昂若拉相比，孔布费尔更接近普通人的生活。这两个年轻人如有机会登上历史舞台，一个会是义士，另一个会是哲人。昂若拉更刚强。孔布费尔更仁慈。"仁慈"和"刚强"，确是他们的区别所在。孔布费尔白璧无瑕，生性温和，正如昂若拉生性严厉。他喜欢"公民"这个词，但更喜欢"人"。他似乎更乐意像西班牙人那样说：Hombre②。他博览群书，上剧院看戏，去大学旁听，听阿拉戈③讲光的偏振，尤其喜欢听若弗卢瓦·圣伊雷尔④教授讲解外颈动脉和内颈动脉一个管面部，另一个管大脑的双重功能。他无所不知，密切注意科学动态，将圣西门和傅立叶进行比较，辨读象形文字，将随手捡来的石子砸碎以推断地质，凭记忆描绘蚕蛾，指出《法兰西学院辞典》中的法文错误，研究普伊赛古和德勒兹⑤的磁学著作，什么也不肯定，甚至不肯定奇迹，什么也不否定，甚至不否定鬼魂，翻阅《箴言报》合订本，喜欢沉思默想。他宣称未来掌握在教师手中，非常关心教育问题。他希望社会要不懈努力，提高智育和德育水平，推广科学，传播思想，提高青年一代的才智。他担心，目前教学方法贫乏、文学孤陋寡闻且仅局限于两三个所谓古典世纪的做法、官方文人独断专行、学究们囿于成见和固步自封，最终会把我们的学校变成牡蛎养殖场。他学识渊博，刻意追求语言纯正，一丝不苟，多才多艺，埋头苦干，又爱沉思默想，朋友们说他"已到了异想天开的

---

① 孔多塞（1743—1794），法国数学家、革命家、哲学家。他关于人类能够无限地完善自身的进步观念，对十九世纪的哲学和社会学具有极大的影响。
② Hombre，西班牙语中"人"的意思。
③ 阿拉戈（1786—1853），巴黎观象台台长。
④ 若弗卢瓦·圣伊雷尔（1772—1844），法国自然学家。
⑤ 普伊赛古（1752—1825），德勒兹（1755—1835），均为法兰西帝国军官，后成为磁学专家。

地步"。什么铁路、无痛外科手术、暗室定影、电报、气球定向飞行,所有这些梦想,他都深信不疑。此外,面对迷信、专制和偏见为阻止人类进步而四处构筑的堡垒,他很少惊惶失措。他是那种认为科学迟早能扭转乾坤的人。昂若拉是领袖,孔布费尔是导师。打仗时人们愿意跟随前者,平时走路则愿意跟随后者。这不是说孔布费尔不能打仗,相反,他不会拒绝短兵相接,他会猛冲猛打,迎击敌人。但他更愿意通过教授公理、颁布积极的法令,逐步使人类行为与自己的命运协调一致。在光照和燃烧这两种光明中,他更倾向于前者。一场大火固然能形成晨曦,但为什么不等待日出?火山固然能发光,但黎明照得更亮。孔布费尔爱美的洁白可能甚于爱辉煌的炽焰。烟雾缭绕的光明,暴力换取的进步,不会使这个温和而严肃的人心满意足。像九三年那样,将人民陡然推向真理,使他胆战心惊,可静止不动更使他深恶痛绝,因为他闻到了腐臭和死亡。总之,他喜欢泡沫胜过疮疠,湍流胜过污水坑,尼亚加拉瀑布胜过隼山湖。总之,他既不喜欢停滞不前,也不喜欢操之过急。当他那些具有骑士风度的骚动不安的朋友们热衷于绝对,崇尚和呼唤光辉灿烂的革命冒险的时候,孔布费尔却倾向于让进步自由发展。这种进步实实在在,虽不轰轰烈烈,却纯纯正正,虽按部就班,却无懈可击,虽显得冷漠,却百折不挠。孔布费尔会双手合十,跪地祈祷,以求未来纯洁无邪,人民勇往直前、毫无止境的进化一如既往,不可阻挡。他常说:"善必须纤尘不染。"的确,如果说革命的伟大在于逼视耀眼的理想,不顾爪子流血和着火,仍飞行在雷电霹雳中间,那么,进步之美就在于白璧无瑕。华盛顿代表前者,丹东代表后者,他们的区别在于一个是长着天鹅翅膀的天使,另一个是长着雄鹰翅膀的天使。

让·普鲁韦比孔布费尔的色调更柔和。一场强大而深刻的运动,导致了对中世纪必不可少的研究，他突发奇想，称自己为约翰①。让·普鲁韦非常多情。他喜爱种花、吹笛、赋诗。他热爱人民，同情妇女，怜悯儿童。他既相信未来，也相信上帝。他谴责那场革命砍下了一位杰出人物即安德烈·谢尼埃②的脑袋。他平时讲话柔声柔气，但突然会变得很有男子气。他很有学问，甚至可以说博学多识，差不多是个东方通。尤其是他很善良。在诗歌方面，他喜欢博大，这对于深知善良和博大是多么相近的人来说，是很好理解的。他懂意大利语、拉丁语、希腊语和希伯来语，这样，他就可以只读四位诗人的作品：但丁、尤维纳利斯、埃斯库罗斯和以赛亚③。在法语作品中，他喜欢高乃依胜过拉辛，阿格里帕·多比涅胜过高乃依。他常常在长满野燕麦和矢车菊的田野里闲逛，关心天上的云不亚于关心人间的事。他头脑里有两种态度，一个是对人，另一个对上帝；他不是研究，便是瞻仰。他整天深入研究社会问题：工资、资本、信贷、婚姻、宗教、思想自由、恋爱自由、教育、刑罚、贫困、结社、财产及生产和分配，这都是困扰芸芸众生的人间之谜。和昂若拉一样，他也是独生子，家境也很富有。他说话温和，低头垂眼，笑起来神态尴尬，举止拘束，神情局促，动辄脸红，非常怕难为情。然而，他意志坚定，不屈不挠。

弗伊是个制扇工人，父母双亡，每天勉强能挣三法郎。他只有一个念头：拯救世界。他还挂虑着另一件事：学习。他把这叫作拯救自己。他通过自学，学会了读和写，他所知道的，都是自学得来的。弗伊心肠好，胸襟豁达。这个孤儿把人民认作父母。因为十分思念母亲，便对祖

---

① 约翰，十五世纪一部小说中的主人公，是个嘲弄英国老国王的法国青年王子。英语中的"约翰"即法语中的"让"。
② 安德烈·谢尼埃（1762—1794），法国诗人。曾写过许多反革命诗歌，一七九四年以"人民敌人"之罪名上了断头台。
③ 但丁，意大利诗人。尤维纳利斯，古罗马最后一个，也是最有影响的讽刺诗人。埃斯库罗斯，古希腊三大悲剧家之一。以赛亚，古代以色列先知，著有《圣经·旧约》中的《以赛亚书》。

国有了深刻的思考。他不希望世界上有人没有祖国。他以老百姓的远见卓识，心里孕育着今天我们所说的"民族思想"。他学习历史，是为了使自己的愤慨有根有据。在这个由空想主义青年组成的小团体中，别人关心的主要是法兰西，而他关心的是国外。他对希腊、波兰、匈牙利、罗马尼亚、意大利有专门的研究。他正当而执着地常常提起这些国家，也不管合不合时宜。土耳其侵略克里特岛和塞萨利亚，俄国侵略华沙，奥地利侵略威尼斯，这些强盗行径使他愤怒不已。尤其是一七七二年那次暴行①使他义愤填膺。正确的愤怒能产生所向披靡的辩才，他正具有这种辩才。他谈起一七七二年这个可耻日子来滔滔不绝，谈起被出卖而遭灭亡的高尚而英勇的波兰人民，对三国的罪行，对他们设计的丑恶圈套，有说不完的话；这场可怕的阴谋，竟成了好些高贵的民族国破家亡、连出生证也一笔勾销的样板和典型。当代社会的一切罪行皆起源于瓜分波兰。瓜分波兰是条定理，现代一切政治暴行都由此而生。近一个世纪来，没有一个暴君，没有一个叛徒没把目光瞄准瓜分波兰，没在合谋瓜分波兰的文件上签字画押。查阅近代背信弃义的卷宗，首先看到的便是瓜分波兰。维也纳会议②在犯下自己的罪行前，查考过这一罪行。一七七二年吹响围猎的号角，一八一五年则吹响瓜分猎物的号角。这便是弗伊常挂嘴边的经句。这个可怜的工人主动当起了正义的保护者，正义给他的报答，便是使他变得伟大。的确，正义中存在着永恒。华沙不可能再是鞑靼人的，正如威尼斯不可能再是日耳曼人的。国王们枉费心机，脸面丢尽。沉没的祖国迟早会浮上海面，重新出现。希腊又变成希腊；意大利又变成意大利。正义永远会对侵略发出抗议。掠夺一国人民是不允许的。这种极端的欺骗行径是没有前途的。一个民族不像一块手帕，可以随便抹掉标记。

---

① 一七七二年，俄国、普鲁士和奥地利初次瓜分波兰。
② 拿破仑失败后，奥、英、俄、普等国于一八一五年在维也纳举行的会议。

库费拉克的父亲叫德·库费拉克先生。王朝复辟时期的资产阶级对于贵族有一种错误看法，认为"德"这个小品词是贵族的标志。大家知道，这个小品词没有任何意义。但《密涅瓦》①时代的资产阶级把这个可怜的"德"字看得非常重，竟至于认为必须把它废除。德·肖弗兰先生改叫肖弗兰先生，德·科马丁先生改叫科马丁先生，德·孔斯当·德·勒贝克先生改叫邦雅曼·孔斯当，德·拉法耶特先生改叫拉法耶特先生。库费拉克不甘落后，也把"德"去掉，光叫库费拉克。

关于库费拉克，讲这些差不多够了，至于其他情况，我们只须说：要了解库费拉克，看看托洛米埃②即可。

的确，库费拉克充满了年轻人的激情，这种激情可以叫作思想的青春美。不久，这种青春激情会和小猫的可爱一样消失殆尽，而青春所有的种种优雅，在两条腿的人那里，会发展成为资产阶级，在四条腿的猫那里，会蜕变成老猫。

这种青春美，通过年轻人上学、参军，代代相传，就像接力赛跑，从一个人的手里传到另一个人的手里，几乎一成不变。因此，正如前面指出的，谁要是在一八二八年听见库费拉克讲话，会以为是在一八一七年听见托洛米埃讲话。不同的是，库费拉克是个正直的小伙子。他们尽管外表都才华横溢，却有着很大的不同。在库费拉克和托洛米埃身上，都潜藏着另一个人，彼此截然不同。托洛米埃骨子里是法官，库费拉克则是勇士。

昂若拉是首领，孔布费尔是导师，库费拉克是中心。前两人发出的光多一些，库费拉克则是给予的热多一些。事实上，他具备中心人物应有的种种品质：坦率和威望。

巴奥雷曾在一八二二年六月的流血事件中大显身手。那天是为年轻

---

① 《密涅瓦》，法国王朝复辟时期流行的周刊。
② 托洛米埃，珂赛特的父亲。见本书第一部。

的拉勒芒①举行葬礼。

巴奥雷生性快乐，但缺乏教养。他诚实正直，爱乱花钱。他爱花钱近乎慷慨大方，爱说话近乎口若悬河，胆子大近乎厚颜无耻，是当魔鬼的最好材料。他穿着鲁莽的背心，怀着红色的见解。他喜欢喧闹，就是说，除了骚乱，他最喜欢的是吵架，除了革命，他最喜欢的是骚乱。他时刻准备砸碎玻璃，接着揭去街上的铺路石，接着摧毁政府，以观效果。他上了十一年学。他嗅嗅法律，但不学法律。他的座右铭是：决不当律师。他的纹章是一个床头柜，露出一顶方形睡帽。他难得从法学院门口经过，但每每经过，总要把紧腰中大衣（短大衣尚未问世）的纽扣扣好，以防生病。他谈到法学院的大门时，总说："多漂亮的老头！"谈到代万库院长时，总说："多宏伟的建筑！"他学的课程是他唱歌的题材，教师是他漫画的对象。他无所事事，却有一笔相当可观的生活费，差不多有三千法郎。他的父母是农民，他摇唇鼓舌，向他们反复灌输要重视他们的儿子。

他谈起父母来，总说：他们是农民，不是资产阶级，因此，他们很聪明。

巴奥雷是个心血来潮的人，光顾好几家咖啡馆。别人都有固定的地方，他却没有。他到处闲逛。漂泊是人类的天性，闲逛是巴黎人的特点。他心智敏慧，表面上不爱思考，其实是个思想家。

还有些团体尚未成形，但不久即将成形。巴奥雷在 ABC 友社和这些团体中间充当联系人。

在由年轻人组成的 ABC 友社里，有一个秃顶的人。

路易十八逃亡那天，阿瓦雷侯爵把他扶上一辆出租马车，后来被路易十八封为公爵。他叙述说，一八一四年，国王返回法国，当他在加来

---

① 拉勒芒参加了一八二二年自由派举行的示威游行，被杀害。

登陆时，有个人向他递交一份请求书。"您想要什么？"国王问。"陛下，一个驿站。""您叫什么名字？""莱格尔。"

国王皱起眉头①，看了看呈文上的签名，发现写的是 Lesgle。这个拼写并不太带波拿巴色彩，国王深受感动，露出笑容。"陛下，"那递呈文的人又说，"我的祖宗是王室的养狗侍从，外号叫 Lesgueules②。这个外号成了我的姓。我叫 Lesgueules，缩写成了 Lesgles，曲解成 L'Aigle。"国王听罢收起笑容。后来，不知是故意，还是疏忽，他把墨城的驿站赐给了他。

ABC 友社的那位秃顶成员是这位莱格尔的儿子，他签名时用墨城的莱格尔。为了省事，同学们叫他博絮埃③。

博絮埃是个倒霉而快乐的小伙子。他的特点是一事无成，但成天乐乐呵呵。二十五岁就已秃顶。他父亲终于有了一所房和一块地，但他做儿子的却迫不及待地在一次失算的投机中把房子和地产赔了个精光。什么也没剩下。他有知识，有才智，但屡屡失败。他处处碰壁，事事落空，搭起的架子会塌下来砸着自己的脑袋，砍柴会伤着自己的指头。他有了情妇，很快会意识到还有个同性朋友。他随时都会遇到不幸，这样，他反而生活得快快乐乐。他常说："我住在摇摇欲坠的屋顶下。"因为意外全在他预料之中，所以他从不大惊小怪，面对厄运，他处之泰然，面对命运的捉弄，他付之一笑，只当命运在同他开玩笑。他很穷，但他怀里装满了愉快，取之不尽，用之不竭。他的钱很快会用光，但他的笑却无穷无尽。当厄运降临到他身上，他会友好地向这位老朋友致敬，会拍拍灾星的肚子。他同厄运亲密无间，竟至于直呼

---

① "莱格尔"，L'Aigle 的音译，意思是"鹰"，拿破仑的徽志是鹰，所以路易十八听了皱起眉头。
② Lesgueules，即 Les gueules，意思是"动物的嘴脸"。
③ 博絮埃，十七世纪法国著名的教士，擅长作祭文演说，当过墨城的主教，被称为"墨城之鹰"，因此莱格尔的同学们称他为博絮埃。

其小名："你好，吉尼翁①"。

命运对他的种种迫害，造就了他的创造力。他足智多谋。他没有钱，但什么时候高兴，总能找到钱"一掷千金"。一天夜里，他带了个傻大姐，一顿夜宵就吃了"一百法郎"。欢宴中间，他来了灵感，说了一句令人难忘的话："五个路易②的姑娘，给我脱掉靴子。"

博絮埃慢慢地向律师职业前进。他学法律，和巴奥雷的态度一样。博絮埃居无定所，有时甚至无家可归。他有时住在这家，有时住在那家，住得最多的是若利家。若利学医，比博絮埃小两岁。

若利是个臆想有病的年轻人。他学医的收获，便是感到自己更是病人，而不是医生。他二十三岁，便认为自己虚弱多病，成天对着镜子看自己的舌头。他声称，人和针一样会磁化，他把卧室里的床按南北方向摆放，头朝南，脚朝北，以便夜里睡觉时，血液循环不受地球大磁场干扰。遇到雷雨天，他总要给自己把脉。但他活得比谁都开心。年轻、有怪癖、体弱、欢快，所有这些相矛盾的特点在他身上和平共处，使他成了一个怪诞而可爱的人，同学们滥用辅音字母 L，把他叫作 Jolllly。"你可以用四个 L 飞翔③。"让·普鲁韦对他说。

若利习惯用手杖头触自己的鼻尖，这表明他具有远见卓识。

所有这些年轻人各各相异，却有着同一个信仰：进步。谈起他们，我们会肃然起敬。

他们都是法国革命的嫡亲儿子。最轻浮的人说到八九年也会严肃起来。他们的亲生父母曾经是，或现在仍然是斐扬派④、保王派或空论派，

---

① 吉尼翁，Guignon 的音译，是"厄运"的俗称。
② 法语中，fille de cinq louis（五个路易的姑娘）和 fille de Saint-Louis（圣路易的女儿）读音相同。路易是法国金币，合二十法郎，五路易即一百法郎。圣路易是十三世纪法国国王。
③ 若利（Joly）这个名字中原只有一个 L，而字母 L 和法文字 aile（翅膀）读音相同。人们把 Joly 中的字母 L 重复四次，听起来就像重复了四次 aile，等于用四只翅膀飞翔。
④ 斐扬派，十八世纪法国资产阶级革命时的君主立宪派，在巴黎斐扬修道院集会，故名，

这无关紧要。他们现在还年轻,以前的派别纷争与他们毫无关系。他们的血管里流淌着道德原则的纯洁血液。他们不折不扣地追求不可腐蚀的权利和绝对的义务。

他们结成了秘密社团,暗中描画着理想的蓝图。

在这些狂热而坚定的人中间,有个怀疑主义者。这个人怎么会在里面的?通过一种并列关系。这个怀疑主义者叫格朗泰,可签名时却习惯用 R[①],留下一个难以猜透的字谜。格朗泰总是心存戒备,从不轻信任何事。此外,在巴黎的大学生中,他是学到东西最多的人:他知道最好的咖啡在朗布兰咖啡馆,最好的台球在伏尔泰咖啡馆,在梅恩林荫道上的隐士餐馆里有美味的煎饼和美妙的姑娘,在萨盖大娘的小酒店里有烤仔鸡,在库内特门那边有绝妙的葱头烧鱼,在格斗门那边有一种爽口的白葡萄酒。任何东西,他都知道哪里最好。此外,他还会踢打、弹跳,会跳几种舞蹈,棍棒也耍得不错。而且,他嗜酒如命。他长得奇丑无比。当时最漂亮的缝鞋女工伊玛·布瓦西见他长得如此丑陋,愤慨不已,作了如下宣判:"格朗泰丑不忍睹。"但格朗泰相当自负,从不为自己的长相感到尴尬。他对所有的女人,总是含情脉脉地盯着看,仿佛在对她们说:"只要我愿意!"好让同伴们相信所有的女人都在追求他。

人民的权利、人的权利、社会契约、法国革命、共和国、民主、人道、文明、宗教、进步,所有这些词,对格朗泰来说,几乎毫无意义。他总是付之一笑。他对于怀疑主义这个人类智慧的骨疡,思想上并没有完整的概念。他对一切都是冷嘲热讽。他有一句名言:"只有一点可以肯定:我的酒杯是满的。"他对任何方面的任何忠诚,无论是同辈的,还是父辈的,青年罗伯斯庇尔的,还是卢瓦兹罗尔的,都嗤之以鼻。他喊道:"他们死了也是白死!"对于带耶稣像的十字架,他说:"这是成

---

① 法语中,Grantaire(格朗泰)的读音与 grand R(大写 R)近似。

功的绞刑架。"他寻花问柳，赌博纵欲，常常喝得酩酊大醉，还用《亨利四世万岁》的曲子，不停地哼唱"我爱美女，我爱美酒"，惹得那些爱沉思的年轻人很不高兴。

除此之外，这个怀疑主义者还有狂热的崇拜。他崇拜的既非一种思想，一种信条，亦非一门艺术，一门科学，而是崇拜一个人：昂若拉。格朗泰佩服、热爱、敬仰昂若拉。在这伙信仰绝对的人中间，这个无政府的怀疑主义者依附谁呢？应该依附最绝对的人。昂若拉用什么方式征服他的呢？用思想？不是。用性格。这种现象屡见不鲜。一个怀疑主义者依附一个信徒，这像色彩的互补定律那样显而易见。自身缺少的东西，对自己最有吸引力。谁都不如瞎子爱阳光。个子矮的女人崇拜鼓手长。癞蛤蟆的眼睛总是望着天空。为什么？为了看鸟儿飞翔。格朗泰被怀疑缠身，喜欢看信念在昂若拉身上飞翔。他需要昂若拉。他自己不知道为什么，也不想去弄清楚，只知道昂若拉纯洁、健康、坚定、正直、刚毅、坦率的性格强烈地吸引着他。他本能地欣赏与自己相反的人。他那软弱无力、弯弯扭扭、支离破碎、病病歪歪、畸形丑陋的思想，就像攀附脊椎那样攀附昂若拉。他的精神支柱依靠对方的坚定。在昂若拉身旁，格朗泰才有个人样。此外，他自己也由两个表面看来格格不入的成分构成。他爱嘲笑人，但待人又很真诚。他表面看来漠不关心，但对人却有爱心。他思想上没有信仰，但心里却不能没有友谊。这是南辕北辙的，情感本身是一种信念。他生性如此。有些人似乎生来就是反面、背面、对立面。他们是波吕丢刻斯、帕特洛克罗斯、尼絮斯、厄达米达斯、埃菲西荣和佩克梅雅。他们只有依附另一个人才能生活。他们的名字是后半部分，前面总有一个"和"字。他们的存在不属于自己，而是别人命运的另一面。格朗泰就是这样的一个人。他是昂若拉的反面。

几乎可以说，亲和力始于字母表中的字母。在字母表中，O 和 P

是不可分离的。你可以随意读 O 和 P，或者俄瑞斯忒斯和皮拉得斯①。

格朗泰作为昂若拉名副其实的卫星，生活在这伙年轻人当中。他生活其中，只有在那里才觉得快乐。他们到哪，他就跟到哪。醉眼惺忪地看着这些身影走来走去，这便是他的乐趣。大家见他脾气好，也就容忍他了。

昂若拉有坚定的信仰，所以瞧不起这个怀疑主义者；他生活俭朴，所以看不上这个酒鬼。他只给他一点儿居高临下的怜悯。格朗泰想当皮拉得斯，却根本没被接受。他常遭昂若拉训斥，被他粗暴地撵走，可撵走了又回来。每每谈起昂若拉，他总说："多美的大理石雕！"

二　博絮埃作祭文悼念布隆多

一天下午——下面就要看到，前面叙述的事也凑巧发生在那天下午——墨城的莱格尔色迷迷地倚在米赞咖啡馆的门框上。他的神态就像一根无所事事的女像柱，陷入沉思默想。他凝望圣米歇尔广场。背靠某物而立，那是一种站着睡觉的方式，为沉思者所钟爱。墨城的莱格尔并无伤感地想着前天在法学院遇到的一件倒霉事。这件事改变了他未来的人生计划；其实，这计划本来也是若明若暗。

沉思并不妨碍一辆马车经过，也不妨碍沉思者注意到马车。墨城的莱格尔本来目无定向，在梦游般的朦胧中，突然瞥见一辆双轮马车在广场上缓缓行驶，仿佛打不定主意往哪里走。这马车在跟谁过不去？为什么走得这样慢？莱格尔看着马车。只见车夫身旁坐着个年轻人，年轻人

---

① 俄瑞斯忒斯（Orestes）和皮拉得斯（Pylades），希腊神话中的一对好朋友。

前面放着个相当大的旅行袋。袋上缝了张卡片，用黑体大字写着：马里尤斯·蓬梅西，过往行人一眼便能看见。

一见这个名字，莱格尔立即改变了姿势。他直起身，向车里的年轻人吆喝：

"马里尤斯·蓬梅西先生！"

被吆喝的马车停了下来。

那年轻人似乎也在沉思，这时他抬起头。

"嗯？"他说。

"您是马里尤斯·蓬梅西先生？"

"不错。"

"我正找您。"墨城的莱格尔又说。

"找我？"马里尤斯问。他正是马里尤斯，刚离开外祖父家，面前的这个人他第一次见到。"我不认识您。"

"我也不认识您。"莱格尔回答。

马里尤斯以为遇见了一个爱开玩笑的人，在大街上蒙骗人。当时，他的情绪十分恶劣。他皱了皱眉头。墨城的莱格尔异常沉着，继续问：

"前天您没去学校吧？"

"有可能。"

"肯定没去。"

"您是大学生？"马里尤斯问。

"是的，先生。和您一样。前天，我正巧去学校。您知道，人有时会心血来潮的。教授正在点名。您不会不知道，这时候他们是非常可笑的。三次没人答应，你就被除名。六十法郎等于扔进海里。"

这话引起了马里尤斯的注意。莱格尔继续道：

"是布隆多点的名。您了解布隆多。他鼻子既灵敏又奸诈，嗅出谁没来上课，对他来说是莫大的快乐。他阴险地从字母 P 开始。这个字母跟我没关系，我就没有听。点名顺利进行。没有一个被除名。全世界的人都到了。布隆多愁形于色。我心想：'布隆多，我亲爱的。今天你可开不了刀了。'突然，布隆多喊马里尤斯·蓬梅西。没有人答应。布隆多满怀希望，提高嗓门又喊了一次。然后，他拿起笔。先生，我这人心肠软。我马上想：'一个好小伙子要被开除了。当心。这是个不守时的大活人。不是好学生。不是个屁股沉、爱学习的大学生，不是个嘴上没毛，精通科学、文学、神学和哲学的小学究，不是个衣服笔挺到处听课的书呆子。而是个可尊可敬的懒鬼，成天东游西逛，游山玩水，讨好女工，追逐美色，此刻也许正在我的情妇家里呢。我们得救他一把。打死布隆多！'就在这时，布隆多把他用来画杠的羽笔浸入墨汁里，将浅黄色的眼珠向听众席上扫了一遍，第三次喊：'马里尤斯·蓬梅西！'我赶紧应答：'到！'这样，您才没被开除。"

"先生！……"马里尤斯说。

"而我却被开除了。"墨城的莱格尔又说。

"怎么回事儿？"马里尤斯说。

"这很简单。我坐的地方离讲台很近，这样便于应答，离门也很近，溜起来方便。教授盯着我看了会儿。布隆多可能真有布瓦洛所说的奸诈鼻子，突然从P跳到L。我的姓是字母L开头。我是墨城人，我姓莱格尔。"

"鹰①！"马里尤斯打断说，"多漂亮的名字！"

"先生，布隆多那家伙点到这个漂亮名字，大喊一声：'莱格尔！'我应答：'到！'于是，布隆多用老虎般的温柔看着我，微微一笑，对我说：'如果您是蓬梅西，那您就不是莱格尔。'

"这句话也许会引起您的不快，可对我却是无比凄惨。他说完就把我的名字划掉了。"

---

① 法语中，莱格尔（Lesgle）与鹰（l'aigle）同音。马里尤斯误以为是L'Aigle，所以说是漂亮的名字。

马里尤斯惊叫起来。

"先生,真不好意思……"

"首先,"莱格尔打断他说,"我要求用几句真诚的赞美词给布隆多施防腐香料,我假设他已死了。我这样假设与事实相差无几,他本来就骨瘦如柴,脸色苍白,浑身冰冷,躯体僵硬,臭气熏天。我说:'**人间的判官,请明鉴**①。'布隆多长眠于此,尖鼻子布隆多,布隆多·纳西加,遵守纪律的牛,bos disciplinae②,服从命令的狗,点名的天使,公正,爽直,守时,严厉,诚实,令人憎恶。他把我一笔勾掉,上帝却把他一笔勾掉。"

马里尤斯又说:

"我很抱歉……"

"年轻人,"墨城的莱格尔说,"但愿您能吸取教训。以后要守时。"

"实在对不起。"

"不要再让您的同学被开除了。"

"实在抱歉……"

莱格尔纵声大笑。

"我倒是喜出望外。我误入歧途,眼看要当律师了。这一除名反倒救了我。我不再想要法庭上的荣耀。我不用为寡妇辩护,不用攻击孤儿。不用穿长袍,不用去见习。现在我被开除了。我得感谢您,蓬梅西先生。我想郑重其事地登门答谢。您府上在哪里?"

"在这辆马车里。"马里尤斯说。

"这说明您很有钱。"莱格尔冷静地说,"祝贺您。一年的租金要九千法郎哪。"

这时,库费拉克从咖啡馆里出来。

马里尤斯苦笑着说:

---

① 原文为拉丁语。
② 拉丁语,意为"遵守纪律的牛"。

"我在这辆车里才待了两个小时,我真希望能出去。可这是件麻烦事,我不知道去哪里。"

"先生,"库费拉克说,"去我那里。"

"本该到我家的,"莱格尔说,"可我没有家。"

"住口,博絮埃。"库费拉克说。

"博絮埃?"马里尤斯说,"可我觉得您好像叫莱格尔。"

"墨城的莱格尔,"莱格尔回答,"博絮埃是隐喻。"

库费拉克上了马车。

"车夫,"他说,"圣雅克门旅馆。"

当晚,马里尤斯在圣雅克门旅馆的一个房间里安顿下来,和库费拉克的房间紧挨着。

三 马里尤斯惊讶不迭

没过几天,马里尤斯成了库费拉克的朋友。人在年轻时,心灵上有了创伤很快便能愈合并结痂。在库费拉克身旁,马里尤斯可以自由自在地呼吸,这对他颇是件新鲜事。库费拉克没向他提任何问题,甚至没想过要问。这种年龄的人,一看脸便一目了然。用不着问这问那。有的年轻人,他们的脸可以说很健谈,彼此望一眼,便互相了解了。

然而,一天早晨,库费拉克突然问他:

"对了,您有什么政治观点吗?"

"怎么!"马里尤斯说。这个问题对他多少是个伤害。

"您是哪个派的?"

"波拿巴民主派。"

"您的色彩像安分的耗子，灰乎乎的。"库费拉克说。

第二天，库费拉克把马里尤斯带到了米赞咖啡馆。进去后，他笑眯眯地在他耳边悄声说："我得让您加入革命。"说完，便领他到 ABC 友社的大厅里，把他介绍给其他伙伴，只低声说了句"学生"，马里尤斯不解其意。

马里尤斯仿佛掉进了一个蜂窝里，里面是一群才智横溢的人。不过，尽管他沉默寡言，严肃认真，却并不缺少翅膀和螫针。

马里尤斯向来性情孤僻，出于习惯和爱好，喜欢独自思考，自言自语，面对周围这群年轻人，有点手足无措。他们五花八门的新思想既强烈地吸引着他，同时又使他感到困惑。所有这些人各自抒发自己的思想，走来走去，吵吵嚷嚷，使他思绪纷乱起来。有时他混乱的思绪飘得很远很远，很难把它们收回来。他听见他们谈哲学，谈文学，谈艺术，谈历史，谈宗教，他们的观点使他深感意外。他隐约看到了一些奇特的东西，因为他没从未来的角度去考虑，所以看到的是一片混乱。当他从外祖父的观点转为父亲的观点时，他以为自己的思想已定型。现在，他担心自己的思想还会改变，却又不敢承认。他看问题的角度又开始移动。他头脑里已有的一切看法开始摇摆起来。这是一种异样的内心骚动。这使他有些不安。

对这些年轻人来说，似乎不存在"一成不变"的东西。他们在任何问题上都语出惊人，这使依然缺乏自信的马里尤斯感到很不自在。

有人送来一张剧院海报，赫然写着所谓经典保留剧目中的一出悲剧的名字。巴奥雷见后大喊："打倒资产阶级心爱的悲剧！"接着，马里尤斯又听见孔布费尔反驳说：

"你错了，巴奥雷。资产阶级喜爱悲剧，既然这样，就不要去打扰他们。戴假发的悲剧自有它存在的理由，我不赞成有些人以遵从埃斯库罗斯为名，反对经典悲剧存在的权利。自然界存在着粗坯，作品也少不了可笑的模仿。嘴不是嘴，翼不是翼，鳍不是鳍，爪不是爪，哀叫一声让人笑破肚子，这就是鸭子。不过，既然家禽可以和飞鸟并存，我看不出经典悲剧就不可以和古代悲剧并驾齐驱。"

还有一次，马里尤斯与昂若拉和库费拉克一起，碰巧经过让-雅克·卢梭街。他们一个在他左边，一个在他右边。

库费拉克挽着他的胳膊。

"注意。这是石膏窑街，现在叫让-雅克·卢梭街，因为六十来年前，曾有一对奇怪的夫妇住在这里。他们是让-雅克和泰莱丝。隔段时间，便会生出一个孩子。泰莱丝把他们生下来。让-雅克却把他们遗弃了。"

昂若拉立即不客气地对他说：

"在让-雅克面前不许胡说！我很敬佩这个人。他遗弃了自己的孩子，却收养了人民。"

这些年轻人中，没有一个用"皇帝"的称呼。只有让·普鲁韦偶尔用"拿破仑"，其他人都说"波拿巴"。昂若拉则把波拿巴读成"布奥拿巴"。

马里尤斯暗暗惊讶。**智慧初萌**[①]。

四　米赞咖啡馆后厅

马里尤斯倾听年轻人谈话，偶尔也会插上一句。有一次谈话在他的思想上引起了真正的震动。

那是在米赞咖啡馆后厅里。那天晚上，ABC友社的成员几乎到齐了。

---

① 原文为拉丁语。

厅内庄严地点起了带油罐的灯盏。人们谈天说地,情绪并不激昂,声音却很喧闹。除了昂若拉和马里尤斯沉默不语外,其他人都有点信口开河,高谈阔论。朋友们之间的交谈常常是像这样,既平静,又喧哗。那是一场交谈,也是一种游戏,一种瞎扯。你抛出一句话,别人赶快接过来。角角落落都有人在交谈。

这个后厅是不准女人进入的,只有路易宗例外。她是咖啡馆的洗碗女工,不时地从洗碗间去"实验室①",中间要穿过后厅。

格朗泰已酩酊大醉,占着一个角落,在那里发出震耳欲聋的喊叫声。他强词夺理,胡说八道,声嘶力竭地嚷道:

"我渴了。人类,我正在做梦,梦见海德堡的大酒桶突然中风,要在上面放十二条水蛭给它治病,我就是其中一条。我要喝酒。我想忘记掉人生。人生不知是谁的丑恶杰作。它转瞬即逝,一文不值。人活着累得半死。人生是几乎没有活动门窗的布景。幸福只是一面上漆的旧门框。《传道书》说:'一切皆虚。'我的想法和这个或许从没存在过的仁兄一样。虚无不愿赤身裸体,便穿上虚荣的外衣。呵,虚荣!你用浮华的字眼将一切重新包装。厨房成了实验室,跳舞的成了教师,卖艺的成了体操家,打拳的成了拳击家,卖药的成了化学家,做假发的成了艺术家,拌灰泥的成了建筑家,赛马的成了运动员,土鳖成了等足目动物。虚浮有正面,也有反面。正面傻兮兮,是珠光宝气的黑人;反面蠢兮兮,是衣衫褴褛的哲人。我哀哭这一个,嘲笑那一个。被称作荣誉和尊严的东西,甚至荣誉和尊严本身,不过是镀了金的青铜而已。帝王们玩弄人的尊严。卡利古拉②把他的坐骑封为执政官;查理二世把一块牛肉封为骑士。现在,你们可以到坐骑执政官和牛排从男爵之间去炫耀自己了。至于人的固有价值,也不见得高贵多少。听听邻里之间的恶毒攻击

---

① 此处,实验室指厨房。
② 卡利古拉(12—41),古罗马皇帝。曾将他的坐骑英西塔土斯封为执政官。

吧。白色对白色凶残异常。如果百合花张口说话，不知会怎样斥责白鸽哩！一个虔信的妇人嚼起舌头来比蛇蝎还要恶毒。可惜我无知无识，否则，我会给你们列举一大堆事例，但我一无所知。其实，我向来有点小聪明，我在格罗画室里学画时，我不是乱涂些小画，而是把时间消磨在偷苹果上。画家，偷家，不过一字之差。我就是这个样。至于你们这些人，和我是一个样。我才不在乎你们的优点、美德和优秀品质哩！任何优点都会变成缺点。节俭与吝啬相近，慷慨与挥霍为邻，勇敢与逞勇相连，过分虔诚便有伪善之嫌。美德包含的缺点，和第欧根尼袍子上的窟窿一样多。被杀者和杀人者，恺撒和布鲁图斯，你们更佩服谁？人们往往站在杀人者一边。布鲁图斯万岁！因为他杀了人。这就是美德。美德？就算是吧，但也是疯狂。在这些伟人身上，也有一些奇怪的污点。杀死恺撒的布鲁图斯热恋一尊男孩的雕像。那雕像出自希腊雕塑家斯特隆奇翁之手，他还雕刻过以美腿著称的巾帼英雄厄克纳莫斯，尼禄每每出征，总把它带在身边。这个斯特隆奇翁只留下两尊雕像，却使布鲁图斯和尼禄有了一致的地方。布鲁图斯爱这一个，尼禄爱另一个。整个历史不过是没完没了的重复。一个世纪抄袭另一个世纪。马伦戈战役模仿彼得那①战役。克洛维一世②的托比亚克战役和拿破仑的奥斯特里茨战役何其相像。我并不看重胜利。没有比打胜仗更愚蠢的事了。真正的光荣是以理服人。那你们设法证明一下呀！你们只知道成功，多么藐小！你们只知道征服，多么悲惨！唉！到处是虚荣和卑鄙！一切服从成功，连语法也不例外。贺拉斯就说过：'约定俗成便是规则。'因此，我瞧不起人类。我们要不要从整体到部分去看一看呢？你们要我钦佩人民吗？请

---

① 彼得那，希腊城市。公元前一六八年，罗马军队在此战胜马其顿军队，从而结束了马其顿的独立。
② 克洛维一世（466—511），法兰克国王。公元四九六年，他在莱茵河中游的托比亚克击败日耳曼军队。

问什么人民？希腊人民？雅典人，即昔日的巴黎人，杀死了福基翁①，就像巴黎人杀死科利尼②。他们对暴君们阿谀奉承，阿纳塞福尔竟然说庇斯特拉图③的尿招引蜜蜂。雅典五十年中最重要的人物是语法学家菲勒塔斯，他长得又矮又瘦，为了不被风刮倒，只好给鞋子灌上铅。在科林斯最大的广场上，有一座雕像，出自西拉尼翁④之手，曾被普林尼载入史册。这尊雕像塑造的是埃庇斯塔特。埃庇斯塔特有什么功绩？他发明了用勾脚绊倒对方。这些可以概括希腊及其光荣了。下面谈其他国家。我会欣赏英国吗？我会欣赏法国吗？欣赏法国？为什么？因为巴黎？刚才，我给你们谈了我对雅典的看法。欣赏英国？为什么？因为伦敦？我仇恨迦太基。再说，伦敦，奢侈之都，也是贫困之府。仅查林－克洛斯教区，每年就有一百人饿死。这就是阿尔比翁⑤。还有更糟的，我曾见一位英国女郎戴着玫瑰花冠和蓝眼镜跳舞。因此，去他妈的英国！如果说我不赏识约翰牛，我就敬佩约纳森兄弟⑥了吗？我对这个贩卖奴隶的兄弟也不喜欢。英国去掉'时间就是金钱'，还剩什么？美国去掉了'棉花为王'，还剩什么？德国是淋巴液，意大利是胆汁。我们会对俄罗斯心醉神迷吗？伏尔泰赞赏俄国。他也赞赏中国。俄国有它的美丽，这我同意，尤其它有强大的专制制度，但我对专制君主非常同情。他们身体孱弱。有个阿列克赛被砍头，有个彼得被刺杀，有个保尔被勒死，另一个保尔被靴跟踩扁，许多伊凡被掐死，好几个尼古拉和瓦西里被毒死，这一切都表明，俄皇的宫殿明显处于有害健康的状态中。所有文明的民族都会提供一个细节让思想家欣赏，那就是战争。然而，战争，文

---

① 福基翁（前402—前318），雅典政治家和将军。后被雅典人以叛国罪处死。
② 科利尼（1519—1572），法国海军上将，宗教战争初期胡格诺派的领袖。
③ 庇斯特拉图（前600—前527），雅典暴君。
④ 西拉尼翁，公元前四世纪希腊雕刻家。
⑤ 阿尔比翁，英格兰的古称。
⑥ 约翰牛，指英国人；约纳森，指美国人。

明的战争,罄尽各种形式的强盗行径,从喇叭口火枪队在雅克萨峡谷拦路抢劫,到印第安人在可疑航道上掳掠劫夺。罢了,你们是不是会对我说欧洲总比亚洲好?我承认,亚洲是很可笑,但我看不大出你们有什么理由讥笑大喇嘛,你们这些西方民族,不是把王公贵族的种种秽物,从伊莎贝尔王后的脏衬衣,到王储的便桶,都放进你们的时尚和风雅中去了吗?人类先生们,我对你们说,你们完了!布鲁塞尔啤酒的消耗量第一,斯德哥尔摩烧酒第一,马德里巧克力第一,阿姆斯特丹刺柏子酒第一,伦敦葡萄酒第一,君士坦丁堡咖啡第一,巴黎苦艾酒第一。这些概念是很有用的。总之,巴黎一马当先。在巴黎,即便是捡破烂的,也骄奢淫逸,比雷埃夫斯的哲学家第欧根尼,说不定也愿意在莫贝尔广场捡破烂哩。你们还要记住一点:捡破烂人喝酒的小酒馆叫劣等酒馆。最有名的是'平底锅'和'屠宰场'。呵!郊外酒家,欢宴酒楼,麦秆酒肆,下等酒馆,低级酒店,零售酒垆,小酒吧,捡破烂人的劣等酒馆,哈里法的商队酒馆,我请你们作证,我是喜欢享乐的人,我在理查酒店吃四十苏的份饭,我需要波斯地毯来裹赤身裸体的克娄巴特拉!克娄巴特拉在哪里呀?啊!是你,路易宗。你好。"

就这样,酩酊大醉的格朗泰在咖啡馆后厅他的角落里,一面缠住路过的洗碗姑娘,一面信口开河,胡言乱语。

博絮埃伸过手去,想迫使他安静下来。格朗泰嚷得更凶了:

"墨城的鹰,放下你的爪子。你这个动作,是在模仿希波克拉底①拒绝阿尔塔薛西斯②时那老得没有牙的动作,对我毫不起作用。不用来让我安静。再说,我心里闷得很。你们要我说什么呢?人很坏,人很丑;蝴蝶是成功的造物,人类是失败的造物。上帝没把这种动物造好。一群人中尽是丑陋之辈。随便哪个都是坏蛋。女人与无耻一拍即合。我忧

---

① 希波克拉底(约前460—前377),古希腊著名的医生。
② 阿尔塔薛西斯(前465—前425在位),古波斯阿契美尼德王朝国王。

郁，我消沉，我得了思乡病，还得了多疑症，于是我生气，我发怒，我发困，我厌倦，我灰心，我无聊！让上帝见鬼去罢！"

"别嚷了，大写R！"博絮埃又说了一遍，他正在大声议论一个法律问题，一句法学行话说了一大半，后半句是：

"至于我，尽管我还够不上法学家，顶多是个业余检察官，可我赞成这个主张：根据诺曼底惯例，每年到了圣米歇尔节，所有的人，每个人，无论是业主，还是不动产被扣押者，除了其他税外，还要向领主缴纳一种等值税，这一规定适用于任何长期租约、房地产租约、自由地产、教产契约和公产契约、典押契约……"

"厄科①们，哀怨的仙女们。"格朗泰低声哼道。

紧挨着格朗泰的那张桌子，静悄悄的几乎没人说话。桌上有一张纸、一个墨水瓶和一支羽毛笔，放在两只小酒杯之间，表明一部滑稽喜剧正在酝酿之中。这件大事在低声商讨着，正在创作的两个人头挨着头：

"先确定名字。有了名字，就能确定内容了。"

"有道理，你说吧。我来记。"

"多里蒙先生怎么样？"

"靠年金生活？"

"当然。"

"女儿叫赛莱斯汀？"

"……汀。还有呢？"

"森瓦尔上校。"

"森瓦尔用滥了。叫瓦尔森吧。"

在这两个想当滑稽剧作家的人旁边，还有一伙人，也在利用喧哗低声交谈，讨论一场决斗。一个三十岁的老手，正在给一个十八岁的年轻

---

① 厄科，希腊神话中的回声女神，因爱恋美少年那喀索斯却遭拒绝，憔悴至死。

人出谋划策,告诉他,他遇到的是什么样的对手。

"喔唷!可得当心哪。那是个好剑手,出剑干脆利落。他攻击凶猛,不出虚招,手腕有力,剑光闪闪,迅如雷电,闪避稳健,反击准确,天哪!他是左撇子。"

在格朗泰对面的角落里,若利和巴奥雷一面玩多米诺骨牌,一面谈论爱情。

"你倒是挺幸福的,你。"若利说,"你的情妇整天乐呵呵的。"

"这正是她的缺点。"巴奥雷回答。"情妇爱笑可不好。这就等于鼓励你欺骗她。看见她笑眼常开,你就不会感到内疚。见她愁眉不展,你就会良心不安。"

"真不识好歹!女人爱笑多好啊!这样永远也吵不起来!"

"那是因为我们订了君子协定。我们在签订小小的神圣同盟时,就给每个人划定了界线,谁也不得超越。河水不犯井水,井水不犯河水。因此,我们相处得和和睦睦。"

"和睦便是幸福,它能消化一切。"

"你呢,若勒勒勒利,你和那位小姐吵架吵得怎么样了?……你知道我说的是谁。"

"她一直和我赌气,既有耐心,又有狠劲。"

"不过,你是个消瘦得叫人心疼的情人。"

"唉!"

"我要是你,就把她甩了。"

"说起来容易。"

"做起来也不难。她是不是叫米齐什塔?"

"是的。啊!我可怜的巴奥雷,她是个漂亮姑娘,很有文学修养,小脚,小手,衣着讲究,白白净净,圆圆滚滚,有一双用纸牌算命的女人的眼睛。我爱她爱得发狂。"

"亲爱的,既然这样,你就该讨她喜欢,打扮得漂亮些,多动动腿。到斯托布那里去买条高级的羊毛皮裤。这种裤子伸缩性大。"

"多少钱?"格朗泰喊道。

第三个角落里的人正在大谈诗歌。世俗神话和基督教神话争得不可开交。当时正谈到奥林匹斯诸神。让·普鲁韦出于浪漫主义,站在他们一边。让·普鲁韦平静时才羞怯。激动起来,他会突然情绪高涨,兴奋会使他的热情有增无已,使他眉飞色舞,激情满怀:

"不要亵渎诸神,"他说,"他们也许还没有消失。在我看来,朱庇特不像死了。你们说奥林匹斯诸神是幻象。不过,就是在今天的自然界,这些幻象消失了,也还有其他许许多多伟大而古老的世俗神话。某座形似城堡的高山,像维尼玛尔峰,在我看来仍是库柏勒①的发髻。没有人向我证实,潘②在夜里不会来到柳树林,用手指挨个按住空树干的窟窿吹排箫。此外,我始终认为伊娥③与皮斯瓦什瀑布多少有点关系。"

在最后一个角落里,人们在谈政治。他们在攻击御赐宪章。孔布费尔有气无力地为宪章辩护。库费拉克有力地攻其缺陷。桌上放着一份倒霉的图凯宪章。库费拉克一把抓住,用力摇晃,一边摆出自己的理由,一边用那张纸的簌簌声作伴奏:

"首先,我不要国王。即使从经济角度看,我也不要。国王是个寄生虫。没有不花钱的国王。你们听听吧,国王要花多少钱!弗朗索瓦一世去世时,法国的公债年息三万利弗;路易十四去世时,是二十六个亿(二十八利弗合一马克),拿代马雷的话来说,这在一七六〇年,合四十五个亿,而在今天则合一百二十个亿。其次,恕我直言,孔布费尔,所谓御赐宪章,是文明之拙劣的权宜措施。什么平安过渡,慢

---

① 库柏勒,希腊神话中众神之母。
② 潘,希腊神话中的山林畜牧神,爱好音乐,创制了排箫,还带领山林女神舞蹈嬉戏。
③ 伊娥,希腊神话中天后赫拉的女祭司,为主神宙斯所爱,被赫拉施法变成了小母牛。

慢转变，减轻动荡，通过实施虚构的条文，让君主国不知不觉地转入民主制。这一切全都是鬼话！不！不！千万不要蒙骗民众。在你们宪章的地窖里，原则会变黄变白。不要变种！不要折衷！不要国王恩赐给人民！在国王恩赐的宪章中，有一个第十四条①。一只手给予，另一只手又伸出爪子夺回来。我坚决拒绝你们的宪章。宪章是个假面具，下面掩盖着谎言。人民接受宪章，便是放弃权利。完整的权利才算得上权利。不！不要宪章！"

正是隆冬季节。壁炉里，两根木柴烧得劈啪响。这对人很有诱惑力，库费拉克挡不住诱惑，将手里那张可怜的图凯宪章揉成一团，扔进火里。那张纸燃烧起来。孔布费尔冷静地看着路易十八的杰作在燃烧，只是说了句：

"宪章化作了火焰。"

讥讽、逗趣、笑谑，这种法国人所谓的欢乐，英国人所谓的幽默，好的见解，坏的见解，好的理由，坏的理由，所有的议论似火箭齐发，在大厅各处交织交错，在人们的头上形成一种欢快的轰隆声。

五　视野扩大

年轻人之间的思想碰撞，有其奇妙之处：很难预料什么时候会迸发火花，激起闪电。待会儿会迸发出什么？没有人知道。受感动了，会纵声大笑。笑得正开心，又突然会变得严肃。随便一句话都会引起冲动。人人都受兴致的支配。哪怕是插科打诨，也会带来意想不到的结果。这

---

① 宪章第十四条规定，国家安全受到威胁时，国王可拥有全部权力。

种谈话常常说转就转，说变就变。大家都是信口开河，想到哪，说到哪。

那天，格朗泰、巴奥雷、普鲁韦、博絮埃、孔布费尔和库费拉克正在唇枪舌剑，争得不可开交，蓦然，一种严肃的思想，奇怪地冲出这嘈杂的废话，穿过这场话语大混战。

一句话是怎样出现在谈话中的？它怎么会骤然吸引听众的注意力？刚才我们说了，这无从知道。在喧哗声中，博絮埃突然用一个日期，结束了对孔布费尔的斥责：

"一八一五年六月十八日：滑铁卢。"

马里尤斯本来用臂肘支着桌子，旁边放着一只酒杯，听到滑铁卢的名字，忙将手从下巴上放下来，眼睛紧紧看着大家。

"当然！"库费拉克喊了起来（那时"当真"已不大有人说了），"十八这个数字太奇特了，给我的印象非常深刻。这是决定波拿巴命运的数字。将路易放在十八前面，雾月放在十八后面①，就可看到那人的一生命运，还可看到耐人寻味的特点，开场不久，结局便接踵而至。"

昂若拉一直没有说话，这时，他打破沉默，朝库费拉克说了一句：

"你是想说犯罪不久，赎罪便接踵而至吧。"

马里尤斯听见有人突然提到滑铁卢就已如坐针毡，现又听到"犯罪"二字，便感到不可忍受了。

他站起来，缓步朝挂在墙上的法国地图走去。地图下端有个与大陆分开的岛屿，他用手指着那个岛说：

"科西嘉。一个曾使法兰西变成强国的小岛。"

这就如同吹进了一阵冷风。讲话声戛然停止。大家感到要发生什么事了。

---

① 路易放在"十八"之前，便是路易十八，这是拿破仑失败后的法国国王。雾月放在"十八"之后，说的是雾月十八，但法语中先说日期，后说月份。雾月十八，即共和八年雾月十八日，是拿破仑发动政变，取得政权的日子。

巴奥雷正要摆出他喜欢的姿势，准备挺起胸来反驳博絮埃。可他放弃了这个姿势，准备洗耳恭听。

昂若拉那双蓝眼睛没有望着任何人，却像在注视空间，他看也不看马里尤斯，回答道：

"法兰西要变成强国，不需要什么科西嘉。法兰西之所以伟大，就因为它是法兰西。**因为我的名字叫狮子**①。"

马里尤斯毫无后退之意。他向昂若拉转过脸，用五脏六肺都颤动的声音，大声说：

"但愿我没有贬低法兰西！将拿破仑同它联在一起，丝毫也不会贬低它。好罢，我们就来谈谈吧。我在你们中间是新的，但我承认，你们让我感到吃惊。我们处在什么情况？我们是谁？你们是谁？我是谁？我们来好好谈谈皇帝吧。我听见你们把波拿巴读成'布奥拿巴'，还像保王派那样把'布'读得很重。我告诉你们，我的外祖父更地道，他说'布奥拿巴泰'。我一直认为你们是年轻人。你们的热情到哪里去了？你们把热情用来做什么了？你们不欣赏皇帝，那你们欣赏谁？你们还需要谁？你们不想要这个伟人，那你们想要谁？他是个全才。他是个完人。他的智慧是人类智慧的立方。他像查士丁尼那样制定法典，像恺撒那样发号施令，他的谈话既有帕斯卡尔的闪电，又有塔西佗的雷霆，他创造历史，他写历史，他的战报是荷马史诗，他把牛顿的数字和穆罕默德的妙语结合在一起，他在东方留下了金字塔般宏伟的至理名言。在提尔西特②，他将君主尊严传授给各国帝王，在科学院，他和拉普拉斯③争鸣，在行政法院，他和梅兰④争辩，他为一些人的精确和另一些人的诡辩注

---

① 原文为拉丁语。
② 提尔西特，东普鲁士城市。一八〇七年，拿破仑曾在这里与俄国沙皇举行会谈。
③ 拉普拉斯（1749—1827），法国天文学家。
④ 梅兰（1754—1838），法国大革命和拿破仑时期最知名的法学家。

入了灵魂，他和检察官在一起是法学家，和天文学家在一起是天文学家。他到圣殿街去为窗帘的流苏坠子讨价还价，正如克伦威尔两支蜡烛要吹灭一支。他洞察一切，无所不知；但这不妨碍他在小儿子的摇篮旁发出天真的笑声；突然，欧洲惊恐万状，屏息静听，军队开拔，大炮滚动，舟桥在江河上延伸，无数骑兵势如暴风雨，狂奔而来，呐喊声、号角声响成一片，各地的宝座摇摇欲坠，地图上，各王国的边境线游移不定，只听见一把宝剑出鞘，只见他屹立在天边，手中剑光闪闪，眼中火光闪闪，雷声中展开双翼，那是大军和老御林军，是至尊的大战神！"

大家闭口不语，昂若拉低下脑袋。大凡沉默，多少给人一种不是同意，便是无言以对的印象。马里尤斯没有喘口气，以更大的热情继续说：

"朋友们，让我们公正些！一个帝国有这样一个皇帝，这对一个民族是多么灿烂的命运！而这个民族又正是法兰西，她把自己的天才加到这个人的天才上！到哪里都是主宰，一出征必胜无疑，将各国首都变成宿营地，封自己的士兵为各国国王，宣告改朝换代，迅速改变欧洲面貌。你威胁恐吓时，让人感到你握着上帝的宝剑，追随集汉尼拔、恺撒和查理大帝于一身的人，成为每天用捷报向你报晓的人的子民，把残老军人院的炮声当作闹钟，将马伦戈、阿科尔、奥斯特里茨、耶拿、瓦格拉姆等永放光芒的神奇名字载入光辉的史册，时刻把胜利的星座升到世世代代的天顶，缔造法兰西帝国，使之与罗马帝国相提并论，成为伟大的民族，孕育伟大的军队，让百万雄师飞遍整个大地，就像高山向四方派出雄鹰，战胜，统治，镇压，因屡建奇功而成为欧洲一个金光灿烂的民族，穿越历史奏响巨神的军乐，用武力，也用炫目的光辉，两次征服世界，所有这一切，真是空前绝后，无与伦比。还有什么比这更伟大的呢？"

"自由。"孔布费尔说。

这一次，轮到马里尤斯低下头了。这个简单而寒冷的词，犹如一把钢刀,插进他激昂的情感抒发中,他顿觉激情从他身上消失。当他抬起头时,孔布费尔已不在了。他刚离开,大概为自己反驳了马里尤斯的颂词而沾沾自喜。除了昂若拉,大家都跟他走了。大厅里空了。昂若拉独自待在马里尤斯身旁,神情严肃地看着他。可是,马里尤斯稍稍理了理自己的思路后,并不觉得自己输了。他身上仍有残余的激情在沸腾,即将化作论据,与昂若拉展开辩论。突然,他听到有人边下楼,边唱起了歌。是孔布费尔。他唱道:

假如恺撒赐给我
光荣与战争,
并要我离开
母亲那份爱,
我会对伟大的恺撒说:
收回你的权杖和战车,
我更爱我的母亲,咿呀嗨!
更爱我的母亲。

孔布费尔唱得既温柔又粗野,使这首歌具有一种奇异的雄伟气势。马里尤斯若有所思,他望着天花板,几乎是下意识地重复了一遍:我的母亲?……

这时,他感到昂若拉的手搭到他肩上。

"公民,"昂若拉对他说,"我的母亲,就是共和国。"

六　陷入窘境[①]

那晚的聚会使马里尤斯深受震动，并给他的心灵留下了忧愁的阴影。他的感觉可能就像大地被人用铁锹挖开投下种子那样，只感到伤口疼痛，萌芽时的震颤和结果时的喜悦要到以后方能体味。

马里尤斯闷闷不乐。他刚刚建立起一种信念，难道现在就要抛弃？他心里明确不想抛弃。他向自己宣布不想怀疑，却又情不自禁地怀疑起来。处在两种信仰中间，一种尚未走出，另一种尚未进入，这是非常难受的，只有蝙蝠那样的人才喜欢这若明若暗的状况。马里尤斯光明磊落，他需要真正的光明。疑惑不决，半明半暗，这对他是个煎熬。尽管他很想维持原状，坚持原来的想法，可他不可抗拒地不得不继续前进，去研究思考，更深入一些。这会把他引向何处？他走了多少路，才终于靠近他的父亲，现在，他担心向前的步伐又会使他远离父亲。他越是思考，心里越苦恼。他感到周围都是悬崖峭壁。他的看法和他的外祖父不同，也和他的朋友们相异。在前者看来，他太轻率，对后者来说，他太保守。他承认自己无论在老人一边，还是在年轻人一边，都是孤立的。他不再去米赞咖啡馆了。

他内心纷扰，生活中某些重要方面也顾不上考虑。可生活的现实是不愿让人遗忘的。它们终于突然来临，提醒他注意。

一天早晨，旅店老板来到他的房间，对他说：

"库费拉克先生给您作过担保。"

"是的。"

"可我需要钱。"

[①] 原文为拉丁语。

"让库费拉克来同我讲。"马里尤斯说。

库费拉克来后,老板便走了。马里尤斯同他讲了他本不想同他讲的事,说他在这世上可说是孑然一身,无依无靠。

"那您怎么办呢?"库费拉克说。

"不知道。"马里尤斯回答。

"您干什么呢?"

"不知道。"

"那您有钱吗?"

"十五法郎。"

"您要我借给您吗?"

"绝对不要。"

"有衣服吗?"

"就这些。"

"有首饰吗?"

"一块表。"

"银的?"

"金的。您看。"

"我认识一位服装商,他可以买您的紧腰中大衣和长裤。"

"很好。"

"那您就只剩下一条长裤、一件背心、一顶帽子和一件上衣了。"

"还有靴子。"

"什么?那您不用光脚走路啦!多阔气呀!"

"这就够了。"

"我认识一个钟表商,他可以买您的表。"

"很好。"

"这有什么好的。那您以后干什么呢?"

"干什么都行。只要是正当的。"

"您会英语吗？"

"不会。"

"会德语吗？"

"不会。"

"那就算了。"

"问这个干吗？"

"我有个朋友是书商，正在编一种百科全书，您要是懂英语或德语，就可以帮着译些文章了。报酬不高，但能维持生活。"

"那我学英语和德语。"

"可现在怎么办？"

"现在嘛，就吃我的衣服和手表。"

他们把服装商叫来。他出二十法郎买下那件旧大衣。他们又去钟表商那里。他出四十五法郎买下了表。

"不错，"回旅馆时，马里尤斯对库费拉克说，"加上原来的十五法郎，一共有八十法郎。"

"旅馆的房租呢？"库费拉克提醒道。

"噢，我倒忘了。"马里尤斯说。

旅店老板出示了账单，一共七十法郎，要求当场付清。

"我还剩十法郎。"马里尤斯说。

"见鬼！"库费拉克说，"您学英语时吃五法郎，学德语时再吃五法郎。这就是说，啃语言时要狼吞虎咽，啃一百苏的硬币时要细嚼慢咽。"

这时，吉诺曼姨妈（其实，见到别人有愁事，她还是挺乐意帮忙的）终于找到了马里尤斯的住处。一天早晨，马里尤斯从学校回来，看到了姨妈的一封信和一只封口的匣子，匣内有六十皮斯托尔，即六百金法郎。

马里尤斯将三十金路易①如数退给姨妈,并且给她写了封信,措词非常恭敬。信上说,他有谋生的手段,以后完全能养活自己。可那时,他只剩三法郎了。

姨妈没把马里尤斯拒绝钱的事告诉外祖父,怕火上浇油。况且,他不是说过,再也不要向他提起这个吸血鬼吗?

马里尤斯不想负债,就离开了圣雅克门旅馆。

---

① 一金路易相当于二十法郎。

第五卷　　苦难大有好处

一　马里尤斯饥寒交迫

　　马里尤斯的生活变得十分艰难。卖衣卖表还算不了什么。现在，他过着难以形容的所谓一贫如洗的生活。这是非常可怕的事：白天没有面包，夜里没有睡眠，晚上没有蜡烛，炉膛里没有柴禾，整周没有工作，前途没有希望，衣袖肘头穿了洞，帽子破得让姑娘们笑话，因付不起房租晚上被拒之门外，门房和店主蛮横无礼，邻居冷嘲热讽，受尽种种凌辱，尊严遭到践踏，什么活儿都得干，厌倦，痛苦，沮丧。马里尤斯终于知道，这一切应该怎样忍受，而且这常常是不得不忍受的唯一东西。人生的这个阶段正需要爱情，因而需要尊严，可他感到自己因衣衫褴褛而受人讥讽，因生活贫困而成为笑料。他正值青春年华，正是豪情满怀的时候，可他不止一次地低头看自己的破靴子，贫困让他尝到了不公正的耻辱，常常羞得面红耳赤，痛苦难言。这是奇妙而可怕的考验，弱者出来时变得猥陋卑贱，强者出来时变得超凡脱俗。命运每每需要恶棍或英雄时，便把人扔进这坩埚中考验。

　　须知，许多伟大的行动，就是在细小的斗争中进行的。有些人英勇顽强，默默忍受，步步抵抗，尽管缺衣少食，但决不做卑鄙可耻的事。这种高贵而神秘的胜利，不为人所见，不会赢得名声，也不会受到宣扬。

生活、苦难、孤独、遗弃、贫困，这都是战场，都有自己的英雄。默默无闻的英雄，有时比赫赫有名的英雄更伟大。

坚强而杰出的人就是这样造就的。贫穷往往是后妈，有时却也是慈母。贫困能孕育坚强的心灵和精神，逆境是哺育自豪风骨的乳母，苦难是喂养高尚人格的良乳。

有段时间，马里尤斯自己打扫楼梯，到果品店买一苏钱的布里奶酪，等天快黑时才溜进面包店，买块面包偷偷带回顶楼，就好像是偷来的。偶尔，人们看见一个笨手笨脚的青年，腋下夹着几本书，溜进街角的肉铺里，挤在爱嘲笑人的厨娘中间，被她们东推西撞，他神态既腼腆，又恼怒，一进门便从汗水涔涔的额头上摘下帽子，向老板娘深深鞠个躬，弄得老板娘惊愕不已，接着，又向肉店伙计鞠个躬，付上六七苏，要一块羊排，用纸包上，夹在胳膊下的两本书中间，转身便走。那是马里尤斯。这块羊排，他自己煮熟后，可以吃上三天。

第一天吃肉，第二天吃油，第三天啃骨头。

吉诺曼姨妈多次努力，把那六十个皮斯托尔送来给他。可马里尤斯每次都如数退还，说他什么也不需要。

当他的内心经历着我们前面叙述过的那场革命时，他还在为父亲服丧。从那时起，他从没离开过黑衣服。可他的衣服却离他而去。终于有一天，他没有上衣了。长裤还能凑合。怎么办呢？库费拉克送给他一件旧上衣，因为他帮过自己几次忙。马里尤斯花三十苏，让一个门房给翻了新。可这衣服是绿色的。于是，马里尤斯只得等天黑才出门。这样，这件衣服也就成黑色了。他想永远为父亲服丧，只好以夜色作丧服。

在这期间，他被录用当了律师。他自称住在库费拉克的房间里，那房间挺像样子，里面有相当数量的法律书，加上几卷不成套的小说，符合律师所需藏书的规定。他让人把信寄到库费拉克的住所。

马里尤斯当上律师后,写了封信告诉外祖父。信写得冷冷冰冰,但充满了顺从和尊敬。吉诺曼先生双手颤抖着拿过信,读完后撕成四片,扔进了字纸篓里。过了两三天,吉诺曼小姐听见她父亲独自在他的房间里,大声自言自语。每次心烦意乱,吉诺曼先生总要像这样自言自语。她伸长耳朵,听见老人说:

"假如你不是傻瓜,就该知道男爵和律师不能兼得。"

二　马里尤斯清贫度日

贫困和其他事物是一样的。它最后会变得可以接受。它最终会有自己的形状和内容。人们勉强维持生活,也就是说,以一种清贫的,但足以维持生命的方式长大。请看马里尤斯·蓬梅西是怎样安排生活的。

他走出了最狭窄的隧道,前面的路渐渐变得宽阔。他勤奋工作,无所畏惧,坚韧不拔,意志坚强,终于每年能有大约七百法郎的收入。他学会了德语和英语,库费拉克把他介绍给开书店的朋友,马里尤斯便在这文学书店里充当"一般"的小角色。他写写新书介绍,译译报刊文章,给出版物搞搞注释,编编人物传记,等等。不管旺年淡年,净挣七百法郎。他靠这笔收入生活,日子过得还不错。我们来谈谈他是怎样过日子的。

马里尤斯住在戈博旧宅一间没有壁炉、称作办公室的陋室里,年租金为三十法郎,除了必不可少的家具,一无所有。这些家具是他自己的。他每月付给二房东老婆婆三法郎,让她给打扫打扫陋室,每天早晨给送点热水、一个新鲜鸡蛋和一苏钱的面包。中午他就吃这面包和鸡蛋。根据蛋价的贵贱，午饭花二至四苏。晚上六点，他去圣雅克街的卢梭餐馆吃晚饭，对面是巴塞版画图片社，坐落在马蒂兰街的拐角处。他不喝汤。他吃一盘肉，六苏，半盘蔬菜，三苏，一份甜品，三苏。再花三苏钱，面包随便吃。他不喝酒，只喝水。卢梭夫人威严地坐在柜台上，那时候，她仍然很胖，气色很好。马里尤斯去付账时，给侍者一苏小费，卢梭夫人报之以微笑。然后他就走了。花十六苏，他得到一个微笑和一顿晚餐。

卢梭餐馆比任何餐馆更给人以安宁，那里酒喝得很少，水喝得很多。今天它已不复存在。老板有个漂亮的雅号，大家叫他"水栖卢梭"。

因此，他午饭花四苏，晚饭十六苏，吃饭每天花二十苏，一年便是三百六十五法郎，加上房租三十法郎，给二房东工钱三十六法郎，还有一些零星开销，马里尤斯花四百五十法郎，便有吃有住有人侍候了。另外，购置外衣一百法郎，内衣五十法郎，洗衣费五十法郎。这样，总支出不超过六百五十法郎。还剩五十法郎。他生活宽裕了。有时，他还能借给朋友十法郎，库费拉克一次向他借过六十法郎。至于取暖，因为没有壁炉，马里尤斯干脆"简化"了。

马里尤斯有两套外衣，一套旧的，一套新的，旧的"平时"穿，新的特殊情况穿。两套都是黑的。他只有三件衬衣，一件穿在身上，另一件放在柜子里，还有一件在洗衣工那里。衬衣穿破了，就换新的。那些衬衣常常会被撕破，因此，他总把外衣的纽扣一直扣到下巴。

马里尤斯用了几年时间，才有这样富裕的经济状况。那些年非常艰苦，非常困难，有的是度过的，有的是熬过的。马里尤斯没有一天灰心丧气。在贫困方面，他什么都经受过；除了借债，他什么都干过。他向自己证明从没欠过任何人一分钱。他认为，欠债便是奴役的开始。他甚至觉得债主比奴隶主更坏，因为奴隶主只占有你的身体，债主却占有——并可以践踏——你的尊严。他宁可挨饿，也不借债。他有多少天饿着肚子。他感到所有事物的终端都是相接的，一不留神，物质的缺乏会导致灵魂的堕落，因此，他极其注意维护自己的尊严。有的方法或手段，在其他情况下也许是得体的，但现在他认为是庸俗的，他便加以纠正。他不愿后退，所以凡事小心翼翼。他脸上总带赧色，显得朴实无华。他害羞到了不近情理的程度。

他在经受各种考验时，感到身上有一股神秘的力量在鼓舞他，甚至把他向上举。灵魂帮助躯体，有时还能将躯体托起来。这是唯一能支撑鸟笼的鸟儿。

除了父亲的名字，马里尤斯心中还刻着另一个名字，那就是泰纳迪埃。马里尤斯生性热忱而严肃，他给他心目中的父亲的救命恩人，那位在滑铁卢战场上冒着枪林弹雨救了上校的无畏的中士，罩上了一轮光环。他在怀念父亲时，从不忘记怀念那个人，把他们并排在一起加以崇敬。这好比是两个等级的崇拜，大祭坛供奉上校，小祭坛供奉泰纳迪埃。他知道泰纳迪埃已遭厄运，陷入绝境，每每想起，就更是感激不尽。马里尤斯在蒙费梅打听到，那位不幸的客栈老板已经破产。从那时起，他作了极大的努力，寻访恩人的踪迹，想在淹没泰纳迪埃的黑暗的苦难深渊中找到他。马里尤斯将那一带寻了个遍，他到过谢尔、邦迪、古尔内、诺让、拉尼。三年中，他到处寻找，锲而不舍，把他积蓄的很少一点钱全花在这上面了。没有人能向他提供泰纳迪埃的消息，有人以为他去外国了。他的债主们也在找他，虽不像马里尤斯那样怀着爱意，却和他一样百折不挠，但也没能找到他。马里尤斯谴责自己，甚至有点怨恨自己。这是上校留给他的唯一债务，他无论如何也要偿还。"怎么！"他想，"我父亲奄奄一息地躺在战场上时，泰纳迪埃不欠我父亲什么，却能穿过烟幕和弹雨找到他，把他扛在肩上救走，而我欠泰纳迪埃那么多，却不能在他垂死挣扎的深渊中找到他，把他从死亡线上救出来！呵！我一定要找到他！"的确，为了找到泰纳迪埃，他甘愿献出一条胳膊，为了使他摆脱贫困，他甘愿献出全部鲜血。找到泰纳迪埃，帮他一把,对他说:"您不认识我,可我认识您!我来了!有什么事请吩咐!"——这是马里尤斯最美最甜的梦。

三 马里尤斯长大成人

那时,马里尤斯二十岁。三年前他离开了外祖父。双方关系没有丝毫改变,既没试图互相靠拢,也没设法见见面。况且,见面有什么好处?难道为了吵架?谁能说服得了谁?马里尤斯是铜瓶,吉诺曼老爹是铁罐。

应该说,马里尤斯误解了外祖父的心。他以为吉诺曼先生从没爱过他。这个生硬、冷酷、快活、成天骂骂咧咧、大叫大嚷、动辄发怒和举起拐杖的老头,对他的爱顶多和喜剧中那些顽固老头的爱一样,是极其轻微又极其严厉的。马里尤斯错了。世上有不爱子女的父亲,绝没有不疼孙子的祖父。正如前面所说,吉诺曼先生心里非常疼爱马里尤斯。他有自己的疼爱方式,经常会打打孩子,甚至扇扇耳光;可孩子一走,他感到心里空空的,沉沉的。他要求大家别在他面前提起马里尤斯,可心里却埋怨大家太听话。起初他还希望这个波拿巴分子、雅各宾分子,这个恐怖分子、九月暴徒①终有一天会突然回来。可是,周复一周,月复一月,年复一年,那吸血鬼始终没有出现,吉诺曼先生大失所望。"可我除了赶走他,别无他法。"外祖父心里想道。他问自己:"如果重新来过,我还会这样做吗?"他的自尊心立即回答会的,可他却默默摇摇衰老的脑袋,忧郁地回答不会。有时候他非常懊丧。他思念马里尤斯。

---

① 指参加九月大屠杀的人。法国大革命时期,一七九二年九月二日至五日,巴黎群众处死监狱中的反革命分子,反动派称这次革命行动为九月大屠杀。

老人需要爱，就像需要阳光。这是热量。尽管他性格坚强，马里尤斯离家出走，使他的心情有了改变。当然，他决不会向这个"小坏蛋"迈出一步，但他心里痛苦不已。他从不打听他的情况，但他心里很想知道。他住在沼泽区，越来越深居简出。他仍一如既往，既快活，又暴躁，但他的快活是僵硬的，抽搐的，仿佛包含着痛苦和愤怒。他每次发火，最后总是变得情绪低落。有时他说：

"呵！假如他回来，看我不扇他的耳光！"

至于吉诺曼姨妈，她很少想事，也就不会有很多爱。对她而言，马里尤斯不过是一种模糊的黑影，久而久之，她对马里尤斯的关心，远不及对可能饲养的猫儿或鹦鹉的关心。

吉诺曼老爹把他的痛苦埋在心里，不露声色，这就更加深了他内心的痛苦。他的忧愁有如新近发明的连自己的烟也燃尽的大火炉。偶尔，也有不识相的人向他献殷勤，同他谈起马里尤斯，问他：

"您那位外孙在做什么？"或"近来怎么样？"。

老人回答时，如果心里太忧郁，便叹口气，如果想装出快乐，就用手指弹一弹袖口说：

"蓬梅西男爵先生在某个小地方帮别人打官司。"

正当老人懊悔莫及的时候，马里尤斯却踌躇满志。和所有心地善良的人一样，苦难使他摆脱了痛苦。每每想起吉诺曼先生，他心里只有柔情，但他坚持不再从这位"怠慢他父亲"的人那里接受一分一毫。这是在最初的愤慨缓和之后，他所表现出来的情绪。此外，他为自己曾受过苦，并且继续在受苦感到高兴。他受苦是为了父亲。生活的艰难使他满足，使他快乐。

他高兴地想，这是最起码的了；这是在赎罪；不这样，他会因对父亲，对这样一个父亲漠不关心、不忠不孝，而在以后受到其他惩罚；他父亲饱尝痛苦，他却什么苦也不吃，这样太不公平；再说，他的辛劳和贫困，与上校英勇的一生相比算得了什么？总之，要向父亲靠拢，使自己变得和父亲一样，唯一的办法，就是英勇地与贫困作斗争，正如当年父亲英勇地同敌人作斗争；这想必是上校那句"他受之无愧"的遗言所说的意思——这句话，马里尤斯仍然珍藏着，但不是藏在胸口——因为上校的遗书已经丢失——而是藏在心里。

再说，外祖父撵他走的那天，他还是个孩子，现在已长大成人。他已感觉到自己长大了。我们要强调的是，贫穷对他是件好事。年轻时受穷，假如穷困有好的结果，就会把人的意志引向发愤图强，将人的灵魂引向憧憬未来。贫穷能立即揭露物质生活的真相，使它变得面目狰狞，从而使人一往无前地奔向理想生活。富家子弟有许多诸如赛马、打猎、玩狗、抽烟、赌博、盛馔等华贵而粗俗的娱乐；这些消遣满足了心灵卑劣的一面，却损害了心灵的高尚和美好。贫穷的青年为了糊口，必须辛勤劳动；他要有吃的；填饱肚子后，就只剩下幻想了。他去看上帝赐给的免费演出，他凝望天空、宇宙、繁星、花草、孩子、他在其中受苦的人类、他在其中闪光的万物。他凝望人类太久，便看到了心灵，凝望万物太久，便看到了上帝。他沉思默想，感到自己长大了；他再沉思默想，觉得自己变得温柔了。他从受苦者的自私，转入沉思者的同情。他心中产生了一种奇妙的感觉，那就是忘却自我，同情大众。他一想到大自然向乐观开朗的人奉献、提供和恩赐的，而向心胸狭窄的人拒绝的那些无穷无尽的乐趣，他就会以精神上的富人自居，而怜悯金钱上的富人。光明越是照进他的思想，心中的仇恨便越是逃之夭夭。再说，他感到不幸吗？不！年轻人遭受贫困，丝毫也不悲惨。任何一个小伙子，不管多么贫困，凭着自己的身体、力气、矫健的步伐、明亮的眼睛、血管里流淌的热血、乌黑的头发、鲜润的脸颊、红润的嘴唇、雪白的牙齿、洁净的呼吸，定能使一个年迈的皇帝羡慕不已。每天早晨，他开始挣钱糊口，当他的手挣钱时，他的脊背就骄傲地挺直，他的脑袋就变得充实。干完活,他又回到不可言喻的凝视中,沉入冥想和快乐中。他的脚行走在痛苦中间、障碍中间、石板路上、荆棘丛中,有时还跋涉在泥浆中,他的头却沐浴着光明。他坚定、安详、温和、平静、热忱、严肃、知足、仁慈。他感谢上帝赐给他许多富人所缺少的两大财富:工作和思想,前者给予他自由,后者给予他尊严。

这就是马里尤斯心中经历的变化。简而言之,他甚至有点过于偏爱沉思了。从他差不多能确保生活那天起,他就认为贫穷对他有好处,开始止步不前,减少工作时间,以便有更多的时间来沉思默想。也就是说,他有时整天思考,就像一个有幻觉的人,沉浸在沉思冥想带来的无言快乐中。他这样提出他的生活问题:尽量少做有形的工作,以便尽量多做无形的工作;换句话说,只给予现实生活几个小时,其余时间全都投入到无限中。他自以为吃穿不愁,却没意识到,沉思默想若是这样来理解,最终会变成一种懒惰的形式,他只满足于征服生活的基本需要,过早地过起了安闲的生活。

当然,马里尤斯个性刚毅而勇敢,上面讲的状况不过是暂时的,人的命运注定复杂多变,一旦与复杂的命运接触,他会醒悟的。

他虽然是律师,不管吉诺曼老爹有什么想法,眼下他不替人打官司,连小官司也不打。他一门心思沉思默想,也就顾不得为人辩护了。与律师为伍,出庭辩护,到处寻找诉讼,这是极其无聊的事。为什么还要干呢?他看不到有任何理由要改变谋生的方式。这份默默无闻的出版销售书业,最终给了他一份稳定的工作,一份无须花很多力气的工作,如前面所说,这对他已足够了。

马里尤斯为几家书商工作,其中有个我想是叫马日梅尔先生的书商曾想雇用他,向他提供舒适的住所和固定的工作,年薪一千五百法郎。舒适的住所!一千五百法郎!当然很好。可这要放弃自由!做一个临时雇员!当一个雇佣文人!马里尤斯认为,如果接受了这份工作,他的境况会有好转,但同时又会变坏,他能过上舒服一些的生活,但却会丢失部分尊严;这是一个完全而又美好的不幸,将会变成丑恶而可笑的束缚;这好比瞎子变成独眼龙。他拒绝了。

马里尤斯离群索居。一是他喜欢置身于一切之外,二是因为上次争论使他很不愉快,他决计不再参加昂若拉主持的 ABC 友社。他和他们仍是朋友,遇到问题互相间都会鼎力帮助,仅此而已。马里尤斯有两个朋友,一个是年轻人,库费拉克,另一个是老头,马伯夫先生。他和马伯夫更近一些。首先,多亏了他,他身上才爆发了那场革命;也多亏了他,他才认识并爱上他的父亲。他说:"他给我切除了白内障。"

毫无疑问,这位堂区财产管理员起了决定性作用。

然而,在这件事上,马伯夫不过是上帝派来的平静而沉着的使者。他无意地偶尔地照亮了马里尤斯,就像是有人带来的一支蜡烛:他是那支蜡烛,而不是带来蜡烛的人。

至于马里尤斯内心的那场政治革命,马伯夫先生根本不可能理解,也不想有这场革命,更不用说给予指导了。

以后我们还会谈到马伯夫,所以有必要在这里说几句。

四　马伯夫先生

有一天,马伯夫先生对马里尤斯说:"当然,我赞成所有的政治观点。"这确实表达了他思想的真实状态。所有的政治观点对他都一样,他不加区别,一概赞成,这样他就可以不受打扰,正如希腊人把三位复仇女神叫作"美丽的女神,善良的女神,可爱的女神",即欧墨尼得斯一样。马伯夫先生的政治主张是热爱植物,尤其是热爱书籍。他和大家一样，也属于一个"派"，在那个时代，非党非派的人是无法生存的。但他既非保王派，亦非波拿巴派、宪章派、奥尔良派、无政府派，而是爱书派。

在这世上，明明有各种苔藓、草类和灌木可供欣赏，有成堆的对开本，甚至三十二开本书籍可供翻阅，他不明白世人为何偏偏要为宪章、民主、正统性、君主政体、共和政体等无稽之谈而相互憎恨。他力戒成为无用之人；有书不妨碍他读书，做植物学家不妨碍他当园丁。他结识蓬梅西上校后，同他一见如故，上校在培育花卉上颇有成就，他则在培育果树上颇有建树。马伯夫先生在种子田里培育出的梨子，和圣日耳曼的梨子一样甜美。据说，如今遐迩闻名的十月黄香李，就是他培育出来的，不见得没有夏天的黄香李香甜。他去望弥撒，与其说出于虔诚，不如说出于仁慈，再说，他喜欢看人的面孔，却不喜欢听人的声音，只有在教堂里，才能看见他们聚集一堂，又默默无声。他觉得应该为国家做些事，于是选择了堂区财产管理员的职业。此外，他从来没有爱一个女人像爱郁金香鳞茎那样专注，爱一个男人像爱一本书那样深沉。他早已年过六旬，一天，却有人问他：

"您从没结过婚吗？"

"我已忘了。"他如是说。

有时，他会说（有谁不会这样呢？）："呵！我要是有钱就好了！"他这样说的时候，并不像吉诺曼老爹那样，眼睛盯着一位漂亮姑娘，而是出神地看着一本书。他过着独居生活，有个老女管家照顾他。他的手患有轻度痛风病，睡觉时，被风湿病弄得僵硬的衰老的手指头，弯曲着靠在皱巴巴的被单上。他编写并出版了一本有彩色插图的《科特雷茨地区植物志》，该书颇受好评，铜版归他所有，书由他自己销售。为此，每天有两三个人到梅齐埃尔街来叩他的家门。靠卖书每年能挣两千法郎，这差不多是他的全部财产了。他虽贫穷，但凭借耐心，又省吃俭用，日

积月累，得以收藏了各种珍本。他出门总夹着一本书，回来时往往成了两本。他住在楼下，四个房间，一个小花园，房间里唯一的装饰，便是装在镜框里的植物标本和昔日名家的铜版画。他一见军刀或步枪就浑身发冷。他生平从没靠近过一门大炮，哪怕在残老军人院里。他有一个还算健康的胃，有一个本堂神甫哥哥，他的头发全白了，嘴里和脑袋里都没有了牙齿，常常全身发抖，说话带有庇卡底口音，笑起来像个孩子，动辄惊慌失措，神态像头老绵羊。除此之外，在世上他只有一个朋友，或者说只同一个人来往，那就是圣雅克门一个开书店的老头，名叫罗约尔。他做梦也想把靛蓝植物移植到法国来。

他的女管家也是个非常纯朴的人。这位善良可怜的老妇是个老处女。她养了只雄猫，叫苏丹，说不定能在西斯廷小教堂里喵喵哼唱阿赖格里①的《天主见怜》哩。这只猫占据了她的整个心，也满足了她对情感的需要。她从未梦想过男人，她的爱从未越过这只猫。她和她的猫一样，也有胡子。她的帽子总是雪白雪白，这是她头上的光轮。星期天，做完弥撒，她把时间全用在数她箱子里的内衣，并将买了来从不请人做的裙料一块块摊在床上。她识些字。马伯夫先生戏称她为"普鲁塔克妈妈"。

马伯夫先生很喜欢马里尤斯，因为马里尤斯年轻温和，能够温暖他的晚年，又不会惊扰他的怯懦。老人遇见温和的年轻人，不啻见到风和日丽的晴天。当马里尤斯脑子里装满了军功、火药、进军、撤退以及他父亲挥刀砍杀，也被敌人砍得伤痕累累的所有惊心动魄的战役时，他便跑去看马伯夫先生，马伯夫先生则从花卉的角度同他谈论这位英雄。

一八三〇年前不久，他的本堂神甫哥哥去世，这就如同黑夜降临，马伯夫先生的眼前几乎顿时一片昏暗。由公证人造成的一次破产，使他损失一万法郎，顷刻间，他兄弟和他自己名下的家当全都化为乌有。七

---

① 阿赖格里（1582—1652），意大利宗教乐作曲家。

月革命给书业带来危机。在困难时期，卖不出去的书首推植物志。《科特雷茨地区植物志》突然无人问津。几个星期过去了，没有卖出去一本。有时，门铃一响，马伯夫先生会高兴得身子打颤。

"先生，"普鲁塔克妈妈心酸地对他说，"是送水的。"

长话短说。一天，马伯夫先生终于离开梅齐埃尔街，辞去堂区财产管理员的职务，不再去圣苏皮斯教堂，卖掉了部分铜版画——这是他最放得下的——而不是藏书，搬到蒙帕纳斯大街的一所小房子里住下来。他在那里只住了三个月，有两个原因：一是底层和花园的租金要三百法郎，他顶多能付得起二百法郎；二是那地方离法图靶场很近，整天听得见枪声，他无法忍受。

他带着他的植物志、铜版画、植物标本、文件夹和书，搬到硝石库医院附近奥斯特里茨村的一间茅屋里，有三个房间，一个围着篱笆的花园，园子里还有口井，年租金为五十法郎。他借这次搬家，几乎卖掉了全部家具。搬进新居的那天，他心情特别愉快，亲自钉钉子挂版画和植物标本，余下的时间，就在园子里挖地，晚上，见普鲁塔克妈妈闷闷不乐，心事重重，便拍拍她的肩膀，笑吟吟地对她说：

"别这样！我们有靛蓝植物呢！"

奥斯特里茨的名声非常响亮，但他觉得这点令人厌恶，因此，他只允许两个人到他的茅屋里来，一个是圣雅克门的那位书商，另一个是马里尤斯。

此外，正如前面指出的，潜心钻研一种学问，或狂热投入一种爱好，或者——这是常有的事——二者兼而有之的人，对生活中的事物反应很慢。他们自己的命运也离他们很远。由于全神贯注于一件事，便会产生一种被动性；这种被动性若是经过论证的，那就和哲学有相似之处了。他们偏斜，跌落，消逝，甚至崩溃，自己却几乎全然不知。当然，他们终有觉醒的一天，但却姗姗来迟。眼下，在这场关系到幸福和不幸的游戏中,他们似乎持中立态度。自己是这场游戏的赌注,却视而不见,漠不关心。

就这样,马伯夫先生的周围渐渐暗淡,他的希望一一破灭,可他依然心境恬静,虽然有点幼稚,却非常执着。他的思想习惯像时钟那样来回摆动。一旦被一种幻想上紧了发条,就能走很长时间,哪怕幻想破灭了,也不立刻停下来。钥匙丢了,时钟是不会立即停止摆动的。

马伯夫先生有些天真的乐趣。这些快乐无须花什么代价,常常是意外的收获,任何偶然的机会都能提供。一天,普鲁塔克妈妈在房间的角落里读一本小说。她大声念出来,认为这样更容易懂。大声朗读,便是向自己表明在阅读。有些人大声朗读,就像在用所读的东西作许诺。

普鲁塔克妈妈就这样大声朗读着手中的小说。马伯夫先生尽管没听,但也听见了。

读着读着,普鲁塔克妈妈读到了这样一个句子,是关于一个龙骑兵和一位美女的:

"美女生气了,那龙……"

读到这里,她停下来擦擦眼镜。

"菩萨①和龙。"马伯夫先生低声说,"是的,的确有条龙,在它的洞穴里口吐火焰,烧毁天空。许多星星被这妖怪烧毁了。这怪物还长着老虎的爪子。菩萨来到它的巢穴,把它收服了。普鲁塔克妈妈,您读的这本书不错。没有比这更美丽的传说了。"

接着,马伯夫先生又沉入美妙的梦幻中。

---

① 法语中,"菩萨(bouddha)"与"生气(bouda)"同音,因此,马伯夫误听成"菩萨和龙"。

五　穷是苦的好邻居

马伯夫先生看到自己渐渐陷入贫困，感到吃惊，但并没有发愁。马里尤斯很喜欢这个天真的老人。他有时能遇见库费拉克，有时去探望马伯夫先生。但次数很少，一个月顶多一两次。

马里尤斯喜欢独自散步，一散就是很长时间。郊外的林荫大道、练兵场、卢森堡公园人迹罕至的小径，是他常去的地方。有时，他可以半天愣在那里，观看菜园子、生菜地、在肥料堆上啄食的鸡群和在戽水灌田的马。行人惊讶地打量他，有些人还觉得他衣着可疑，面目不善。那不过是个爱遐想的穷青年。

他就是在一次散步中发现戈博旧宅的。那里比较偏僻，房租低廉，对他很有吸引力，于是他住了进去。大家只知道他叫马里尤斯先生。

有几个退役将军或是他父亲的老战友同他认识了，便邀请他去家里作客。马里尤斯没有拒绝。这是谈论他父亲的好机会。因此，他经常去帕若尔家、贝拉韦纳将军家、弗里翁家，以及残老军人院。在那里听听音乐，跳跳舞。每次晚上去时，马里尤斯总是穿上新衣服。但他只在天寒地坼的日子里，才去参加这些音乐会和舞会，因为他雇不起马车，另外，他只想穿着光亮可鉴的靴子去那里。

有时，他毫无刻薄之意地说：

"人就是这样，在一个沙龙里，你身上什么都可以脏，就是鞋不可以脏。你只要有一样东西无可指摘，你就会受到热情接待。是良心？不，是靴子。"

感情以外的一切迷恋，都会消失在遐想中。马里尤斯的政治狂热，也已在遐想中烟消云散。一八三〇年的革命助了他一臂之力，同时也使他得到了满足和安慰。他还是老样子，只是不像以前那样爱动怒。

他的观点始终没变，只是变得温和了。他属于哪一派？属于人类派。在人类中，他选择了法国；在国家中，他选择了人民；在人民中，他选择了妇女。这些是他的同情所在。现在，他喜欢思想胜过行动，诗人胜过英雄，他欣赏马伦戈战役这一类事，但更欣赏《约伯记》①这一类书。而且，当他经过一天的沉思遐想，傍晚沿着郊区林荫大道回家，透过枝丛，看见无边无际的天空、无名无姓的光亮，看见深渊、黑暗、神秘，这时，人类的一切在他看来多么渺小。

他以为已领悟到，也许真的已领悟到人生和人类哲学的真谛，最后他不再看别的东西，而只看天空，那是真理从它的井底唯一可看见的东西。

但这并不妨碍他对未来作出种种打算、计划、方略和蓝图。马里尤斯处在这种幻想状态中，若有人细察他的内心，会被他纯洁的心灵耀得睁不开眼。的确，假如我们的肉眼能看见别人的意识，就能根据一个人的梦想去判断一个人，这要比根据他的思想去判断更可靠。思想中有意志，梦想没有意志。梦想完全是自发的，哪怕是宏伟和理想的梦想，也都反映和保留了我们的精神原貌。对光辉的命运不经思考和不切实际的憧憬，最能直接而真诚地反映我们的心灵。在这些憧憬中，要比在经过组合、思考和协调的思想中，更能发现每个人的真正性格。我们的梦想是我们最好的画像。每个人按照自己的性格，梦想未知的和不可能的事物。

一八三一年六七月间，给马里尤斯做家务的老婆婆告诉马里尤斯，他的邻居，贫穷的戎德雷特一家就要被赶走了。马里尤斯差不多整天在外面，几乎不知自己还有邻居。

"为什么要赶走他们？"他说。

"他们不付房租。两个季度没交了。"

---

① 《约伯记》是《圣经·旧约》中的一篇。

"欠多少？"

"二十法郎。"老婆婆说。

马里尤斯抽屉里还有作备用的三十法郎。

"这是二十五法郎，"他对老婆婆说，"拿着吧。您替这些可怜人把房租交了，剩下五法郎也给他们。不要说是我给的。"

六　替代者

凑巧，泰奥迪尔中尉所在部队调防到巴黎。于是，吉诺曼姨妈产生了第二个念头。前一次，她设想让泰奥迪尔跟踪马里尤斯；这次，她暗中筹划要让泰奥迪尔取代马里尤斯。

此外，外祖父可能隐隐觉得家里需要有张年轻的脸，这些曙光有时能温暖废墟，因此，不管怎样，找一个人代替马里尤斯，不失为一种权宜之计。

"好吧，"她想道，"这不过是我在书里看到的勘误表：马里尤斯改为泰奥迪尔。"

侄孙和外孙相差无几。少了个律师，就让枪骑兵取而代之。

一天早晨，吉诺曼先生正在读《每日新闻》一类的报纸，女儿进来，用最温柔的声音——因为事关她的宠儿——对他说：

"父亲，今天上午，泰奥迪尔要来向您请安。"

"泰奥迪尔，是谁？"

"您的侄孙呀。"

外祖父"噢"了一声。

他又读起报来，不想那侄孙了，那不过是某个泰奥迪尔罢了。不一会儿，他生起气来，他读报时常会这样。他读的"报纸"——不用说，肯定是保王派的——毫不客气地发表了当时巴黎天天会发生的一件小事，说是第二天中午十二点，法学院和医学院的学生要在先贤祠广场集合，举行讨论会，讨论当前的一个问题，即国民自卫军的炮队问题，以及陆军部和"民兵"因在卢浮宫院子里放置大炮而发生冲突的问题。大学生们将对此进行"讨论"。光这条消息，就足以让吉诺曼先生气饱肚子了。

他想起了马里尤斯，他是大学生，"明天中午"很可能也去"先贤祠广场参加讨论"。

他正在想这件伤心事，泰奥迪尔中尉由吉诺曼小姐小心翼翼地领着进来了。他穿着便服，这是狡猾的一招。枪骑兵早已作了推理："这位老祭师没把全部家产变成终生年金。有时穿穿便服，装装老百姓是有好处的。"

吉诺曼小姐大声对父亲说：

"泰奥迪尔，您的侄孙。"

接着低声对中尉说：

"他说什么你都赞成。"

说完她就退出了。

那中尉不习惯这种严肃的会见，有点胆怯，结结巴巴地说："您好，叔公。"接着，他行了个混合礼，先是下意识地行军礼，最后军礼变成了俗礼。

"啊！是您！很好，请坐。"老祖宗说。

说完，他就把枪骑兵撇在一边了。

泰奥迪尔坐了下来，吉诺曼先生站了起来。

吉诺曼先生在房间里来回踱步，双手插在衣兜里，大声说着话，衰老的手指头生气地揉捏兜里的两只表。

"这些毛孩子！在先贤祠广场上集会！岂有此理！昨天还在吃奶的顽童！捏他们鼻子，还有奶水流出来哩！明天中午讨论！他们要干什么？要干什么嘛？显然是在走向毁灭嘛！这正是无衬衣汉①引我们去过的地方！公民炮队！讨论公民炮队问题！到广场上去闲聊国民自卫军的炮队！他们和谁在一起？你们看看雅各宾主义要把我们引到哪里。我敢随便和你们打赌，他们十有八九都是累犯和苦役释放犯。共和党人和苦役犯，不过是鼻子和手帕的关系。卡诺②说：'叛徒，你要我去哪里？'富歇③回答：'蠢货，随你的便！'这就是共和党人。"

"千真万确。"泰奥迪尔说。

吉诺曼先生半转过脑袋，看见泰奥迪尔，继续说道：

"我一想到这个混蛋竟无耻到要当烧炭党人就来气！你干吗离开我的家？就为了去当共和党人？呸呸呸！首先，人民不要你那个共和国，他们不要，他们通情达理，他们知道，自古以来就有国王，将来仍还有国王！他们知道，人民说到底不过是人民，他们对你的共和国嗤之以鼻，听见没，傻瓜！这种任性够可怕的了！向迪歇纳老爹献殷勤，给断头台送媚眼，到九三年的阳台下唱情歌、弹吉他，这些年轻人太愚蠢，得朝他们吐唾沫！他们全都一个样。无一例外。只要闻一闻街上的空气，就会让你精神失常。十九世纪是毒药。随便哪个顽童都留着山羊胡，当真以为像个人样了，却丢下家里的老人不闻不问。这就是共和党人，这就是浪漫派。浪漫派是什么？您行行好，给我讲一讲是什么？一派荒唐。一年前，出了个《爱那尼》④。我倒要问问您，《爱那尼》是什么！滥用

---

① 无衬衣汉，西班牙斐迪南七世的拥护者对革命者的称呼。
② 卡诺（1753—1823），法国数学家。大革命时期曾担任过国民公会主席、救国委员会委员。
③ 富歇（约1759—1820），法国政治家和警察组织的建立者，国民公会代表，曾参与推翻罗伯斯庇尔，后帮助拿破仑发动政变。拿破仑垮台后投降复辟王朝。
④ 《爱那尼》，雨果的剧作，于一八三〇年二月二十五日首次公演，曾引起古典派和浪漫派之间的激烈斗争。

对偶,丑不堪言,简直不是法语!还有卢浮宫院子里停放大炮。都是这年头的强盗行径。"

"言之有理,叔公。"泰奥迪尔说。

吉诺曼先生接着又说:

"博物馆的院子里放置大炮!干什么用?大炮,你要我怎么说好呢?是要炮轰贝韦德尔的阿波罗雕像吗?弹药筒与梅第奇的维纳斯雕像有什么关系?呵!现在这些年轻人,都是些无赖!他们的邦雅曼·孔斯当是什么东西!这些人不是无赖,便是傻瓜!他们尽可能使自己变丑,穿得邋里邋遢。他们害怕女人,在女人身边就像乞丐,让傻大姐们笑掉大门牙。我发誓,他们是以爱情为羞耻的可怜虫。他们丑陋不堪,外加愚不可及。他们出口便是蒂埃斯兰和波蒂埃常说的双关语,他们穿袋子似的衣服、马夫的背心、粗布衬衣、粗呢长裤、粗皮靴子,而他们说的话同他们的打扮没什么两样。他们说的隐语简直可给他们当鞋底。可是这群愚蠢的毛孩子,竟还有什么政治见解。必须严禁有政治见解。他们创造制度,改造社会,推翻君主制,将一切法律推倒在地,把顶楼放到地窖的位置上,把看门人放到国王的位置上,把欧洲弄得天翻地覆,他们要重建世界。他们的好运气,也就是在洗衣姑娘跨上马车时,偷看她们的大腿。啊!马里尤斯!啊!无赖!到广场上去大叫大骂!讨论,争论,采取措施!公正的上帝!他们竟把这叫作措施!混乱虽减少了,却冒着傻气。我见过天下大乱,现在却是胡闹。学生居然讨论国民自卫军,恐怕印第安人那里也不会有!那些赤身裸体、头上顶着羽毛球般的发髻、手中握着狼牙棒的野蛮人,也没有这些学生野蛮!分文不值的毛孩子!竟然不懂装懂,发号施令!竟然要辩论,讲歪理!这是世界末日。显然,可怜的地球快到末日了。还需要最后一次冲击,法兰西正在这样做。讨论吧,这些混账东西!只要他们还到奥德翁剧院的拱廊上去读报,这些事就会发生。只要花一苏钱,还有他们的理性、智慧、良心、灵魂和头脑。从那里出来，他们从此就不再回家。所有的报纸都是瘟疫，无一例外，哪怕是《白旗报》！马坦维尔骨子里也是雅各宾派。啊！公正的上天！你可以去炫耀了，你把你的外公搞得一筹莫展！"

"显而易见！"泰奥迪尔说。

枪骑兵趁吉诺曼先生喘气的机会，巧妙地补充说：

"除了《箴言报》，不该有别的报纸，除了《军事年鉴》，不该有别的书。"

吉诺曼先生继续说：

"和他们的西哀士①一样！一个弑君者最后成了元老院议员！他们最后总要当议员的。他们互称公民，以你相称，最后却要别人叫他们伯爵先生。九月的屠夫，细如胳膊的伯爵先生！西哀士哲学家！我要为自己说句公道话，我从没把哲学家们的哲学，看得比蒂沃利街上卖艺小丑的眼镜更重要！我曾见那些议员披着绣有蜜蜂的紫丝绒斗篷，戴着亨利四世式样的帽子，在马拉盖沿河马路招摇过市。他们奇丑无比。就像老虎王国里的猴子。公民们，我向你们宣布，你们的进步是疯狂，你们的人道是梦想，你们的革命是罪恶，你们的共和国是妖魔，你们年轻的法兰西是妓院里出来的婊子。我敢在所有人面前坚持我的看法，不管你们是谁，不管你们是政论家、经济学家，还是法学家，不管你们比断头台的铡刀更懂得自由、平等和博爱！我向你们申明这一点，我的先生们。"

"天哪！"中尉惊呼道，"说得对极了！"

吉诺曼先生正要做一个手势，却中途停下来，转过身，双眸盯着枪骑兵泰奥迪尔，对他说：

"您是个蠢货。"

---

① 西哀士（1748—1836），法国教士和宪法理论家。制宪会议代表，国民公会代表，曾任元老院议长。

第六卷　　两星相会

一　绰号：姓氏形成的方式

这时候，马里尤斯已长成漂亮的小伙子了。他中等身材，头发又浓又黑，额头高高，充满智慧，鼻孔张开，充满热情，神态真诚而冷峻，整个脸上洋溢着说不出的高傲、沉思和天真。他的侧面线条浑圆，却不失坚定，具有经阿尔萨斯和洛林渗入法国人脸上的日耳曼式的柔美，这种毫无棱角的脸形，使西康伯尔族①在罗马人中一眼就能辨认出来，使狮族和鹰族有了明显的区别。他所处的人生阶段，正是深沉与天真几乎平分秋色的阶段。身处严重关头，他会做出傻事；只要再转动一下钥匙，就能卓尔不群。他的举止态度矜持冷峻，彬彬有礼，却不大开朗。不过，他的嘴巴楚楚动人，红唇皓牙，举世无双，微微一笑，满脸的严肃便烟消云散。有时，那纯洁的额头和肉感的微笑形成奇特的对照。他的眼睛细小，目光却宽阔。

他在最贫困的时候，发现姑娘们见他走过，都要回头看他，他万分

---

① 西康伯尔族，古日耳曼民族的支系，其中有一支进入高卢，与法兰克人同化。

沮丧，便赶快逃跑或躲起来。他想，她们看他，是因为他衣服破旧，她们在笑话他。事实上，她们看他，是因为他神态优雅，她们在想入非非。

他和这些过路丽人之间的这种无声的误会，使他变得不近女色。他一个也没选中，他见到女孩子就逃跑便是最好的解释。他就这样稀里糊涂地，拿库费拉克的话来说，傻里傻气地活着。

库费拉克还对他说："你别向往当正人君子（他们以'你'相称，这是年轻人之间友谊发展的必然结果）。亲爱的，听我一句劝。不要老钻在书堆里，多看看那些轻浮女子。荡妇也有长处，呵，马里尤斯！你老这样逃跑和脸红，你会越来越傻的。"

还有几次，库费拉克遇见他，对他说：

"你好，教士先生。"

库费拉克每和他讲一次类似的话，马里尤斯就会在一个星期内更加躲避女人，不管是年轻的还是年老的，更是避开库费拉克。

然而，在这芸芸众生中，有两个女人马里尤斯是从不躲避的，也从不留意。说实话，假如有人对他说她们是女人，他会大吃一惊。一个是给他打扫房间的长胡子的老婆婆。库费拉克见了还开玩笑说："马里尤斯见女用人留胡子，自己就不留了。"另一位是个小姑娘，他经常遇见，却从不看她。

在卢森堡公园，沿着苗圃护墙，有条僻静的小路，靠西街那一头，游人更少，那里有一张长凳，一年多来，马里尤斯注意到，有个男人和一个女孩几乎每次都是并肩坐在那条长凳上。马里尤斯散步时只管沉思默想，却也会信步走到那条小路上，几乎每次都能遇到这一老一少。男的看上去六十来岁，神态忧郁而严肃，就像退役军人，全身透着健壮和疲劳。假如他戴上勋章，马里尤斯会说，这是个退役军官。他慈眉善目，却很难接近，从不将目光和别人的目光接触。他穿一条蓝长裤和一件蓝紧腰大衣，戴一顶宽边帽，衣帽看上去总是新的，系一条黑领带，穿一件公谊会教徒穿的,也就是说一件白得耀眼,但却是粗布的衬衣。一天,一个轻佻女工从他身边经过时说:"好一个干净的鳏夫。"他的头发雪白雪白。

那女孩子第一次陪他来坐到像是他们专用的长凳上时,看上去只有十三四岁,瘦得形容丑陋,且神情笨拙,毫无吸引人的地方,惟有一双眼睛可望变得相当漂亮,可它们看人时,总有一种令人不悦的自信。她的穿戴像修道院寄宿生,老气横秋,又未脱稚气,那件黑粗毛呢连衣裙,穿着很不合身。他们看上去像是父女。

马里尤斯将这个尚不能称作老头的老人和这个尚未成人的女孩观察了两三天,就不再注意了。而他们却好像没看见他。他们聊着天,神情平静,对周围漠不关心。女孩兴高采烈,叽叽喳喳,说个不停。老人很少说话,不时将无比慈爱的目光看着她。

马里尤斯总要到这条小路上散步,习惯已成自然。他每次都遇见他们。事情是这样的:

他们坐在小路的这一头,而马里尤斯总是从另一头走过来。他沿着小路漫步,从他们面前走过,然后掉头返回起点,接着又往回走。每次散步,他都要在这条小路上往返五六次,而且每周散步五六次,从没同他们打过招呼。这个男人和这个女孩像是有意避人目光,尽管如此,也许正因为如此,自然引起五六个有时沿着苗圃散步的大学生的注意。勤奋的学生是下了课来的,其他人是打完弹子球来的。库费拉克属于后者。他观察了一段时间,觉得那女孩不好看,很快就敬而远之了。他就像帕尔特人①逃走时那样,还射了个回马箭,给他们各起了个绰号。那女孩和那老头留给他的唯一印象,是黑裙子和白头发,因此,他把女孩叫作"黑姑娘",父亲叫作"白先生"。既然没有人认识他们,也不知道他

---

① 帕尔特人,伊朗北部古民族,善于骑在马背上朝后向敌人射箭。

们的名字,绰号也就具有法律效力了。大学生们说:"啊!白先生坐在他的长凳上了!"马里尤斯和他们一样,认为叫这个陌生人为白先生挺方便。我们和他们一样,为了叙述方便,也叫他白先生。

这样,在第一年中,马里尤斯几乎天天在同一时间里看见他们。他觉得那男的看上去挺顺眼,但女孩不讨人喜欢。

二 光明产生了[①]

第二年,就在本故事所处的阶段,马里尤斯自己也不知道为什么,突然中断了在卢森堡公园散步的习惯,差不多六个月没有涉足那条小路。一天,他终于又来了。那是夏日一个晴朗的上午,马里尤斯心旷神怡,天气好时人人都有这种心情。他感到,他所听见的鸟儿的歌声,他透过树叶所看见的片片蓝天,全都深入他的心田。

他径直朝"他的小路"走去,走到尽头,发现他认识的那对父女仍坐在那张长凳上。不过,当他走近时,发现那男的还是那个男人,可那女孩似乎不是从前那个女孩了。他看见的是一个亭亭玉立的美丽姑娘,仍散发着少女特有的最天真烂漫的风姿,但已具有女人特有的千娇百媚的形体。这一年龄,正是白璧无瑕、转瞬即逝的时刻,只能用"十五岁"三个字来表达。一头夹着金丝的褐发令人赞叹不绝,额头似用大理石做成,双颊如玫瑰花瓣白里透红,红里透白,嘴巴秀色可餐,笑起来光辉灿烂,说起话来悦耳动听,她的脑袋妙不可言,拉斐尔[②]会把它画在圣

[①] 原文为拉丁语。
[②] 拉斐尔(1483—1520),意大利画家,文艺复兴盛期将意大利艺术发展到最高水平的杰出人物。

母像上,她的脖子完美无缺,让·古戎①会把它安在维纳斯身上。为使这张迷人的脸没有缺憾,她的鼻子虽算不上美,却相当俏丽,既不直,也不弯,既非意大利型,亦非希腊型,而是巴黎型,即俏皮、清秀、不规正、纯洁,画家会一筹莫展,诗人会心醉神迷。

她总是低垂着眼,马里尤斯从她身旁经过时,看不见她的眼睛,只见透着阴影和羞怯的褐色长睫毛。

尽管如此,那美丽的少女一面聆听白发老人同她说话,一面仍然发出微笑;什么也比不上这低垂双眸的清纯笑容更迷人。

起初,马里尤斯以为是同一个男人的另一个女儿,可能是从前那个的姐妹。可是,当他遵照不可改变的散步习惯,第二次经过长凳跟前时,仔细打量了那姑娘,认出仍是从前那一个。六个月,小姑娘出落成少女,如此而已。没有比这更常见的现象了。在某个阶段,女孩子转眼似鲜花怒放,突然变成了玫瑰花。昨天还被当作孩子,今天就令人不安了。

这一个不仅长大了,而且变得完美了。正如四月里,有些树只需三天便会繁花满枝,她只要六个月,就变成了美丽的姑娘。她的四月已来到。

有时,有些穷困平庸之辈,仿佛一觉醒来,骤然由赤贫变成巨富,大肆挥霍,突然变得光彩夺目,奢华靡丽。原来一笔年金进了腰包,昨天是付款的日子。那少女也领到了六个月的年金。

而且,她不再是戴长毛绒帽、穿粗毛呢裙、着小学生鞋、两手冻得通红的寄宿生了;人变美了,趣味也发生了变化。她穿戴得漂亮起来,优雅的打扮既朴素,又华贵,毫不矫揉造作。她穿着黑锦缎连衣裙,披着同样布料的披肩,戴着白绉纱帽子。一副白手套显出一双纤细的手,手里玩弄着小阳伞柄,那伞柄是用中国象牙做成的。一双绸缎帮的半统靴,衬出小巧玲珑的脚。她这身打扮散发着沁人心脾的青春芳香,从她

---

① 让·古戎(约1510—1568),法国雕刻家和建筑家。

跟前经过，香气扑鼻而来。

至于那男人，仍是老样子。

马里尤斯第二次经过时，少女抬起眼睑。她的双眸蓝如天空，但在这迷蒙的天蓝色中，仍只见孩子的目光。她冷漠地看了看马里尤斯，如同看在埃及无花果树下奔跑的孩童，或看在长凳上投下阴影的大理石花盆。马里尤斯则继续散步，心里想着别的事情。

他又从少女的长凳跟前走过四五次，连看都没看她一眼。

以后几天，他仍和平时一样，来卢森堡公园散步；也和平时一样，在那里遇见"父亲和女儿"，但没有再注意他们。那姑娘不好看的时候，他没有在意，现在好看了，他仍不在意。他仍从她的长凳跟前经过，因为这是他的习惯。

三　春天的作用

一天，风和日丽，卢森堡淹没在阳光和绿荫中。天空清朗，仿佛天使们一早清洗过。栗树林中鸟雀啁啾。马里尤斯向大自然敞开胸襟，他什么也不想，只是尽情地生活，尽情地呼吸。他从长凳跟前经过，少女抬头看他，四目相遇。

这一次，少女的目光中有些什么呢？马里尤斯说不清楚。什么也没有，什么都有。这是一种奇异的闪光。

她垂下眼睛，他继续散步。

他刚才看到的，不是孩子天真单纯的目光，而是一个微微张开旋即又合上的神秘的深渊。每个少女都有这样看人的一天。谁遇见，谁就倒霉！

一个对自己仍懵然无知的少女初次投射出的这种目光，有如天上的晨曦。一种灿烂的未知的东西苏醒了。这出乎意料的光辉，既含有现在的全部无知，也含有未来的全部激情，突然隐隐照亮了令人崇拜的黑暗，它的危险的魅力，绝不是言语所能形容。这是一种若明若暗的柔情，偶然流露出来，仍在等待之中。这是无知在无意中设下的陷阱，它攫取一些人的心，自己并不想这样，也不知道会这样。这是处女像女人一样看人。

这种目光在哪里落下，很少不会引起人们想入非非。在这柔情似水、无法抵御的目光中，凝聚着万般纯洁和热情，它比卖弄风情的女人精心设计的媚眼更有魔力，顷刻之间，它使人们心中开出奇香异毒的深暗色花朵，人们称之为爱情。

晚上，马里尤斯回到陋室，看了看身上的衣着，第一次发现，像这样穿着"日常"的衣服，也就是戴一顶破帽子，穿一双赶大车人的大靴子、一条膝盖发白的黑长裤和一件肘头泛白的黑上衣，还到卢森堡公园去散步，实在是邋里邋遢，有失体统，愚蠢透顶。

四　大病开始

第二天，到了平时出去散步的时候，马里尤斯从衣橱里拿出新衣服、新裤子、新帽子和新靴子，全副武装起来，再带上手套这不可思议的奢侈品，便动身去卢森堡公园。

路上，他遇见库费拉克，却假装没看见。库费拉克回到家里，对朋友们说：

"刚才我遇见马里尤斯的新帽子和新衣裳了，马里尤斯裹在里面。

他可能去参加考试。一副呆头呆脑的样子。"

到了卢森堡公园,马里尤斯先绕水池走一圈,观看池中的天鹅,然后,走到一座雕像跟前,久久凝望。那雕像满头长了黑霉,髋部少了一半。水池旁,有个四十来岁、大腹便便的有产者,手里牵了个五岁小男孩,对他说:"别太过分。儿子,你得同专制主义和无政府主义保持等距离。"马里尤斯竖起耳朵听那人说话。接着,他又绕水池走了一圈。然后,他向"他的小路"走去,走得很慢很慢,好像很不情愿,仿佛是被迫去的,又好像受到了阻拦。他自己对这一切毫无意识,以为跟平时没什么两样。

上了小路,他看见另一头,白先生和那少女坐在"他们的长凳"上。他把纽扣一直扣到脖子,然后扯了扯衣服,不让留下一丝褶皱,又得意地看了看闪光的裤子,便向那长凳进军。他这样前进,有一种进攻的意味,可以肯定,微微有一种征服的愿望。因此,我说他向那长凳进军,就像在说汉尼拔向罗马进军。

此外,他的动作全都是下意识的。他仍和平时一样,满脑子想着自己的问题,自己的工作。此刻,他正在想《中学毕业会考指南》是一本极其愚蠢的书,编者肯定是百年难遇的傻瓜,否则怎能把拉辛的三部悲剧都作为人类思想的杰作来分析,莫里哀的喜剧却只列入一部。他耳朵里响起尖锐的鸣叫声。他向那长凳走去,一面拉平衣服上的皱纹,同时眼睛盯着那少女。他仿佛感到,她使小路的那一头充满了一种幽幽的蓝光。

他越走越近,步伐也越来越慢。还没走到尽头,离长凳还有一段距离,他停了下来,自己也不知道为什么,竟然往回走了。而他心里根本没想不走到底。那少女离他远远的,几乎看不见他,很难说看得见他穿着新衣服的翩翩风度。可他挺直腰板,如果后面有人看他,好显得风度非凡。

他回到这一头,又往那一头走。这一次,他向长凳靠近了一些,离长凳只有三棵树的距离。可到了那里,不知为什么,他感到无法前进了,犹豫起来。他以为看见少女脸朝着他。于是,他拿出男子汉的气概,作了巨大的努力,不再犹豫,继续前进。几秒钟后,他从长凳前面经过,身子挺直,神色坚定,可脸却红到耳根,不敢左右张望,像政治家那样双手插在兜里。就在他经过的那一刻,他仿佛置身于要塞的炮火下,心跳十分激烈。她和昨天一样,仍然穿着锦缎衣裙,戴着绉纱帽子。他听到一个难以形容的声音,想必是"她的声音"。她正平静地聊着天。她非常漂亮。尽管他没有看她,但感觉到了。他暗自思忖,那篇关于马科斯·奥布雷贡·德拉龙达的论文,被弗朗索瓦·德·纳夫夏多据为己有,放在他出版的《吉尔·布拉斯》这部作品的卷首,假如她知道这篇论文的真正作者是他马里尤斯,一定会对他另眼相看。

他走过长凳,一直走到离得很近的小路尽头,然后往回走,又一次从美丽姑娘的面前经过。这一次,他脸色发白,而且感觉很不舒服。他离开那长凳和少女,在背朝她的那一刻,他想象她在看他,差点摔倒。

他不想再靠近那长凳了,半路停了下来,一反常态,坐了下来,不时朝那里偷看一眼,在他朦朦胧胧的思想深处想道,既然他对人家的白帽子和黑裙子赞赏不已,人家对他亮闪闪的裤子和簇簇新的衣服无论如何也不会无动于衷。

过了一刻钟,他站起来,仿佛又要向那张笼罩着光环的长凳进军了。可他站着没有挪步。十五个月以来,他第一次想到,每天同女儿坐在那里的先生想必也注意到他,对他天天来散步,一定感到很奇怪。

他也第一次感到,用白先生这个绰号称呼这个陌生人多少有点不恭,哪怕只是在心里偷偷地称呼。

他低着头待了几分钟,用一根小棍子在沙地上画画。接着,他蓦地一转身,背朝长凳、白先生和他的女儿,回家去了。

那天，他忘了去吃晚饭。八点钟他才发觉，但去圣雅克街吃饭为时已晚，他说了声"算了"，便啃起一块面包来。

他把衣服刷干净，仔细叠好，才上床睡觉。

五　布贡妈妈惊讶不迭

翌日，布贡妈妈——这是库费拉克对戈博旧宅那位门房兼二房东兼女用人的老婆婆的称呼，我们已看到，她其实叫比贡太太，但库费拉克这个捣蛋鬼对什么都不尊敬——布贡妈妈看见马里尤斯又穿着新衣服出门，惊得目瞪口呆。

他又来到卢森堡公园那条小路上，但他走到半路上他那张长凳子跟前就停下不走了。他像昨天那样坐下来，远远细看，清楚地看见那顶白帽，那条黑裙，尤其是那淡淡的蓝光。他没有动弹，直到公园关门才回家。他没看见白先生和他女儿离开。他断定他们是从西街的栅栏门出公园的。后来，过了几个星期，当他回想起这件事时，却怎么也记不起那晚是在哪里吃的晚饭。

又次日，也就是第三天，布贡妈妈又大吃一惊。马里尤斯又穿着新衣服出门了。

"一连三天！"她惊叫道。

她试图跟踪他，可马里尤斯步伐轻快，大步流星。她跟在后面，有如河马追赶羚羊，两分钟就不见了他的踪影，便气喘吁吁地回去了，差点被哮喘病窒息，不禁心头火起。

"真不像话，"她咕哝道，"天天穿新衣服，害别人跑个半死！"

马里尤斯去卢森堡公园了。少女和白先生已在那里。马里尤斯假装在读一本书，尽可能走近一些，但仍离那里很远，然后，回来坐到他的长凳上，一坐就是四个小时，望着无拘无束的麻雀在小路上跳来跳去，他觉得这些麻雀在嘲笑他。

这样半个月过去了。马里尤斯去公园不再是为了散步，而是坐在同一个位子上，却不知为什么要这样。到了那里，他就不再动弹。每天早晨他穿上新衣服，却不是为了给人看。这样周而复始，天天如此。

她确实美极了。唯一可看作是批评的指摘，便是她那忧伤的眼神和快乐的笑容不大协调，这使得她脸上有一种迷惘的神态，有时候，这张娇美的脸会变得有点古怪，但依然楚楚动人。

六　被俘虏

第二个星期下半周的一天，马里尤斯同平时一样，坐在他的长凳上，手里拿着一本书，书打开着，却两个小时没有翻一页。忽然，他浑身颤抖。小路那一头发生了件大事。白先生和他女儿刚才离开长凳，女儿挽着父亲的胳膊，缓缓朝马里尤斯所在的路中间走来。马里尤斯合上书，继而又打开，竭力装出读书的样子。他颤抖着。那轮光环径直朝他过来。"啊！天哪！"他想，"我怎么也来不及摆出姿势了。"

可那白先生和少女继续前进。他觉得这要持续一个世纪，可又觉得只要一秒钟。"他们到这边来干什么？"他心里嘀咕，"怎么！她就要经过这里！她的脚就要踩在这沙地上，在这条小路上，离我两步路！"

他手足无措。他希望自己非常漂亮，希望自己有十字勋章。他听见他们轻柔而有节奏的脚步声越来越近。他想象白先生在向他投来恼怒的目光。

"这位先生会同我说话吗？"他想道。他低下头。当他抬起头来时，他们已走到他跟前了。少女过去了，边走边看他。她的眼睛紧紧地盯着他，温情脉脉，若有所思，马里尤斯浑身哆嗦。她似乎在责怪他这么久没走到她那边，仿佛在对他说："只好我过来了。"

马里尤斯面对这光芒四射、幽深莫测的双眸，不禁目眩神迷。他感到脑袋里有盆炭火在燃烧。是她向他走来，多令人高兴啊！而且，她是怎样看他的呀！他觉得，她比前几天见到的更美了。那是一种女性和天使相结合的美，一种能使彼特拉克①歌唱、但丁拜倒的绝世无匹的美。他感到自己在广阔的蓝天上遨游，可同时又有些气恼，因为靴子上有灰尘。

他认为她一定也看他的靴子了。

他目送她远去，直到她消失不见。然后，他发了疯似的，开始在公园里乱走。他还很可能不时地独自傻笑，大声说话。他看见带孩子散步的保姆，便站在那里出神，使得她们人人都以为他爱上了自己。

他走出公园，希冀能在一条街上再见到她。

他在奥德翁剧院的拱廊下遇见库费拉克，对他说：

"跟我去吃晚饭。"

他们来到卢梭饭馆，花了六法郎。马里尤斯狼吞虎咽。他给了侍者六苏。吃甜品时，他对库费拉克说：

"你读过报了吗？奥德里·德·皮伊拉沃的演说太精彩了！"

他已爱得发狂了。晚饭后，他对库费拉克说：

"我请你看戏。"

他们去圣马丁门看费雷德里克演的《阿德雷客栈》。马里尤斯看得乐不可支。

---

① 彼特拉克（1304—1374），佛罗伦萨学者、诗人、人文主义者和新思想的促进者。

同时，他比平时更不近女色了。离开剧院时，恰遇一个制帽女工跨过街上的阳沟，露出了吊袜带，马里尤斯看都不看。库费拉克却说："我很想把这个女人列入我的收藏里。"马里尤斯听了颇感厌恶。

翌日，库费拉克请他到伏尔泰咖啡馆吃午饭。马里尤斯去了，吃得比头天还多。他心事重重，却又快乐无比。他似乎抓住一切机会纵声大笑。有人向他介绍一个外省人，他便亲热地拥抱他。他们桌上有一群大学生，他们谈到，国家出钱，让人们在索邦大学的讲台上胡言乱语，接着，又谈到词典和基什拉①诗律学的错误和漏洞。马里尤斯打断讨论，大叫大嚷说：

"能有十字勋章，那才神气呢！"

"他怎么怪怪的！"库费拉克低声对让·普鲁韦说。

"不，"让·普鲁韦回答，"他问题严重了。"

问题的确严重。马里尤斯正处在热恋的开始阶段，那是强烈而令人神魂颠倒的时刻。就因为看了一眼。炮眼一旦放满炸药，点火的准备工作一旦就绪，一切就简单了。看一眼，便是火花。

这下全完了。马里尤斯爱上一个女人了。他的命运成了未知数。

女人的目光好比某些齿轮，表面平静，实则可怕。你天天从旁边经过，平平静静，安全无恙，毫无感觉。有时，你甚至忘了它们的存在。你走来走去，做着梦，说着话，大声笑着。突然，你感到被夹住了。一切都完了。齿轮夹住了你，目光勾住了你。反正它勾住了你，至于勾在哪里，怎样勾的，这都无关紧要，也许因为你的一部分思想拖拖拉拉，也许你曾一度心不在焉。你完了。你整个人都陷进去了。你被一串神秘力量抓住。你苦苦挣扎，却无济于事。人再也救不了你。你从一个齿轮落入另一个齿轮，烦恼和折磨接连不断，你本人、你的思想、你的财

---

① 基什拉（1799—1884），法国词典编纂家和诗律学家。

产、你的未来、你的灵魂,无一能幸免。你离开这个可怕的机器时,或者羞愧满面,形容改变,或者激情满怀,眉开眼笑,根据控制你的人是心地险恶,还是心地高尚。

七　U字母之谜

离群索居,超脱一切,高傲,独立,热爱大自然,缺少日常的和物质的活动,喜欢沉思默想,为保持贞洁同自己暗暗斗争,对天地万物心醉神迷,这一切,为马里尤斯这种被称作激情的神魂颠倒作了准备。他对父亲的崇拜渐渐化为一种宗教,同所有宗教一样,已退居灵魂深处。表层总得有点什么。爱情便乘虚而入。

整整一个月过去了。马里尤斯天天去卢森堡公园。时间一到,什么也留不住他。

"他去值班了。"库费拉克说。

马里尤斯心花怒放。他相信那少女在注意他。

他终于有了胆量,他朝那张长凳走去。可他不再是从前面过去。恋爱中的人都有这种怯弱和谨慎的本能。他认为决不能引起"父亲的注意"。他挖空心思,不择手段,在那些树木和雕像基座后面,选择了一个个观察点,尽量让少女看得见自己,而不让老先生发现。有时,他长达半小时一动不动,待在莱奥尼达斯或斯巴达克斯的雕像的阴影里,手里拿着一本书,眼睛微微探出书本,寻找美丽的少女;而那少女露出朦胧的笑容,向他转过迷人的侧脸。她一面极其自然而平静地同白发老人交谈,一面又以纯洁而热烈的目光,向马里尤斯送去她所有的梦幻。这是自古以来就有的伎俩,夏娃在创世之日就知道,任何女人在出生之日也都知道!她们的嘴巴在回答一个人,她们的眼睛却在回答另一个人。

然而,可以肯定,白先生最终还是有所觉察,因为马里尤斯一到,他就站起来,开始走动。他离开他们的专座,走到小路的另一头,在古罗马角斗士雕像附近的那张长凳上坐下,仿佛要看看马里尤斯是不是跟着他们。马里尤斯蒙在鼓里,果然犯了这个错误。那"父亲"开始不准时了,也不再天天带"女儿"来了。有时他一个人来。马里尤斯见了扭头就走。这下他又犯个错误。

马里尤斯丝毫没注意到这些迹象。他已从胆怯进入盲目阶段,这是自然而必然的发展过程。他的爱与日俱增。他天天夜里做梦。此外,他还遇到一件出乎意外的开心事,这就如同火上加油,使他更加盲目。一天傍晚,他在"白先生和他女儿"刚离开的凳子上,拾到一块手帕。那是极其普通的手帕,没有绣花,但白洁精细,他觉得闻到了难以形容的芳香。他狂喜不已,一把抓起手帕。手帕上标着 U. F. 两个字母。马里尤斯对这美丽的少女一无所知,既不了解她的家庭,也不知道她的名字和住址。这两个字母,是他得到的有关她的第一件东西,那是名字的首字母,他立即在这两个可爱的字母上面,开始构筑他的空中楼阁。U 显然是名。"于絮尔①!多美妙的名字!"他亲吻手帕,闻着它的芳香,白天把它贴在胸口上,夜里睡觉放在嘴唇上。

"我在上面感觉到了她的整颗心。"

这手帕是那老先生的,的确是从他的口袋里掉出来的。自从发现了这块手帕,马里尤斯每次去公园,总要吻它,把它贴在胸口上。那美丽的少女茫然不解,便用不易看出的手势向他示意。

"呵!廉耻心!"

---

① "于絮尔",Ursule 的音译,首字母是 U。

八　残废军人也有权快乐

既然提到了"廉耻心",既然什么也不隐瞒,这里就该交代一件事:有一次,正当他心醉神迷的时候,"他的于絮尔"伤透了他的心。这事发生在她要白先生离开长凳,在小路上走走的那些日子里。一天,吹起了牧月①的和风,梧桐树梢摇曳不停。父亲和女儿臂挽着臂,刚从马里尤斯的长凳前经过。他们过去后,马里尤斯站起来,目光跟随他们的背影,就像人在神魂颠倒时会做的那样。

忽然,一阵更为欢快的、可能肩负着春天使命的风儿从苗圃吹来,落在小路上,将少女裹住,少女打了个寒噤,其妩媚动人的姿态,堪与维吉尔笔下的林泉仙女和忒奥克里托斯笔下的农牧女神相媲美。风儿把她圣洁得连伊希斯也自叹弗如的衣裙掀起来,一直掀到了吊袜带的高度。一条妙不可言的玉腿露了出来。马里尤斯看见了。他又气又恼。

那少女吓了一跳,连忙将裙子按下去,可马里尤斯仍然气愤不已。——不错,小路上只有他一个人。可是,也许刚才还有别人。万一有别人呢! 人家会怎么看! 她刚才的行为实在恶劣! ——唉! 那可怜的姑娘什么也没做。在这件事上,唯一有罪的是风。可是马里尤斯这个谢吕班,身上附着巴托洛②,隐隐产生了醋意,决计要表现出不满,连自己的影子也嫉妒起来。的确,人的这种苦涩而古怪的嫉妒,正是这样在人心中萌生,即使没有权利,也会强加于你。此外,除了这嫉妒情绪,看见那条迷人的玉腿,马里尤斯并不感到快意;随便哪个女人的白袜子,也会比这更引起他的兴趣。

---

① 牧月,法兰西共和历的第九个月,相当于公历五月二十日到六月十八日。
② 谢吕班和巴托洛,法国十八世纪剧作家博马舍剧作中的人物。谢吕班是个多情的男孩,巴托洛是个爱嫉妒的老头。

"他的于絮尔"走到小路的另一头,又和白先生一起往回走,而马里尤斯也已坐下来。当他们经过他的长凳时,他向她狠狠瞪了一眼。那少女微微挺了挺身子,眼皮抬了抬,好像在说:"咦!他怎么啦?"

这是他们的"第一次吵架"。

马里尤斯刚向她瞪完眼,小路上来了个人。那是个残废军人,弯腰曲背,满脸皱纹,满头白发,身穿路易十五时代的军服,胸佩士兵佩戴的圣路易十字勋章,那是一小块椭圆形的红呢,上面有两把交叉的剑。此外,还有一条无胳膊的衣袖、一个银下巴和一条木腿作为装饰品。马里尤斯相信看到了那人心满意足的神态。他甚至觉得,这个厚颜无耻的老头一瘸一拐地从他面前经过时,还极其友好和快乐地向他挤了挤眼,仿佛他们偶然之中成了同谋,共同分享了意外的收获。这个战神的残渣余孽,为何如此开心?在他的木腿和她的玉腿之间发生了什么?马里尤斯嫉妒到了极点。他想:"刚才他可能也在场。他可能看见了。"于是,他想杀死这个残废军人。

时间能把任何锋尖磨钝。马里尤斯对"于絮尔"的愤怒不管多么正确,多么正当,最终烟消雾散了。他最后还是原谅了她,不过作了巨大的努力,他有三天一直气鼓鼓的。

不过,经过这一切,也正因为这一切,他的爱越来越强烈,越来越疯狂。

九　销声匿迹

刚才,我们看到了马里尤斯是怎样发现,或者说自以为发现她叫于絮尔的。

越有越想有。知道她叫于絮尔,已是很多了,但也是很少。三四个星期来,马里尤斯贪婪地享受着这个幸福。现在他想得到另一个幸福。他想知道她住在哪里。

他犯了第一个错误:当白先生在角斗士雕像旁的长凳上坐下后,他不知是陷阱,跟了过去。接着又犯了第二个错误:白先生一个人来时,他没有留在公园里。现在,他又犯第三个错误。这个错误实在太大:他跟踪"于絮尔"。

她住在西街最不热闹的地段,一幢外表简朴的四层新楼房里。

从这时起,除了在卢森堡公园里看见她这个幸福外,又多了个跟踪她到家门口的幸福。他的胃口越来越大。他知道了她的名字,至少是她的小名,一个可爱的名字,一个真正的女人名字;他知道了她住在哪里;他还想知道她是谁。

一天晚上,他跟他们到了家门口,看见他们消失在马车大门里,他也跟着进去了,并且勇敢地问门房:

"刚才是二楼的先生回来了吧?"

"不是,"门房回答,"是四楼的先生。"

又前进了一步。这一成功使马里尤斯胆子更大。

"是临街的吗?"

"当然!"门房说,"这房子只有临街的一面。"

"这先生是干什么的?"马里尤斯又问。

"吃年金的,先生。一个好人,虽不富裕,却常接济穷人。"

"他叫什么?"马里尤斯继而又问。

门房抬起头,对他说:

"先生是密探吗?"

马里尤斯相当尴尬地走了,但他欣喜若狂。又有了进展。

"好,"他想,"我知道她叫于絮尔,她父亲是靠年金生活的,她住在这幢房子里,西街,四楼。"

翌日,白先生和他女儿只在公园里待了很短的时间。他们走的时候,仍是大白天。马里尤斯跟他们到西街,这已成了他的习惯。走到大门口,白先生让女儿先进去,自己在跨门槛前停了停,转过头,凝眸看了他一眼。

第三天,他们没有来公园。马里尤斯等了整整一天。天黑了,他去西街,看见四楼的窗口有灯光。他在窗下踯躅到灯光熄灭。

第四天,仍不见他们的人影。马里尤斯等了一天,晚上又到窗下守候,直到晚上十点钟。他晚饭也没吃。发高烧的人不用吃饭,热恋的人也一样。

他像这样过了一星期。白先生和他女儿始终没在公园露面。马里尤斯作着种种不安的猜测。他不敢白天去监视大门,只好夜里去仰望玻璃窗上淡红色的灯光。他不时地看见人影晃过,他的心怦怦直跳。第八天,当他来到窗下,不再见到灯光了。

"怎么了!"他说,"还没点灯。天已黑了。他们出门了?"

他等待着。等到十点。等到半夜。等到凌晨一点。四楼的窗口一直没有亮光,也没有人回来。他忧心忡忡地走了。

第二天,——他现在只靠第二天活着,可以说,对他已不存在今天,——第二天,他在公园里没见他们人影。他期待他们出现。黄昏时分,他到那幢房子去了。窗口没有灯光,百叶窗紧闭着,四楼漆黑一片。

马里尤斯叩敲大门,他进去问门房:

"四楼的先生呢?"

"搬家了。"门房回答。

马里尤斯摇晃了一下,有气无力地说:

"什么时候?"

"昨天。"

"现在住在哪里?"

"不知道。"

"没留下新地址吗?"

"没有。"

门房抬起头,认出是马里尤斯。

"怎么!又是您!"他说,"难道您真是密探?"

第七卷 "猫露屁股"[①]

一 坑道和坑道工

人类社会都有舞台上所谓的"第三层台仓"。在社会土地下面，到处挖了坑道，有的从善，有的从恶。坑道层层叠叠。有上层坑道和下层坑道。这黑暗的地下层有上下两部分，有时会被文明的重量压得崩塌坍毁，被我们漠不关心且无忧无虑地踩在脚下。上个世纪，百科全书便是个坑道，几乎是露天的。黑暗——这个早期基督教凄惨的孵化器——只待时机成熟，就在君王们的宝座下爆炸，将光明普照人类。因为在神圣的黑暗中，潜伏着光明。火山内充满黑暗，却能火光熊熊。一切熔岩都始于黑暗。举行首次弥撒的坑道，不仅仅是罗马的地窖，也是世界的地下室。

在社会建筑的下面，如同在一座破房子下面一样，有着形形色色、错综复杂、奇妙非凡的坑道。有宗教坑道、哲学坑道、政治坑道、经济

[①] "猫露屁股"，黑道上一个盗窃团伙的绰号。"猫露屁股"是俗语，意即"黎明"。这里的意思是那帮强盗在黎明时分作完案，回到自己的巢穴。

坑道、革命坑道。有的用思想挖掘，有的用数字挖掘，有的用愤怒挖掘。各坑道间互相呼唤，互相应答。形形色色的乌托邦，在这些地道里缓慢行进。它们将分支伸向四面八方。有时它们相遇，彼此称兄道弟。让－雅克·卢梭把十字镐借给第欧根尼，第欧根尼则把灯笼借给让－雅克·卢梭。有时，它们互相搏斗。卡尔文揪住索齐尼①的头发。可是，什么也不能阻止和中断这些力量向着目标前进，它们同时展开广泛的活动，在黑暗中来来往往，上上下下，缓慢地进行从下到上、从里到外的改造。那是不为人知的大规模的乱挤乱爬。对这保留表皮而改换内脏的挖掘，社会几乎毫无意识。有多少地下层次，便有多少不同的工程，也就有多少不同的挖掘。从这些深层的挖掘中会产生什么呢？未来。

　　愈是深入地下，坑道工就愈神秘。直到社会哲学家尚能识别的一个层次，挖掘工作还是好的；超过这一层，挖掘就变得可疑和混杂了；再往下，就变得可怕了。到了某一深度，文明思想便不再能渗透那些坑道，人在里面无法呼吸，就可能出现妖魔鬼怪。

　　下去的梯子是很奇特的，每一梯级相当于哲学可能立足的一个层面，可能会遇见一些工人，有的神圣，有的丑陋。让·胡斯②下面有路德，路德下面有笛卡儿，笛卡儿下面有伏尔泰，伏尔泰下面有孔多塞，孔多塞下面有罗伯斯庇尔，罗伯斯庇尔下面有马拉，马拉下面有巴贝夫③。这还在继续。再往下，在看不清和看不见的分界处，依稀可见另一些模糊不清的、可能尚未存在的人影。昨天的已成为幽灵，明天的还是鬼魂。思想的眼睛能模模糊糊地看到它们。未来的胚胎工程，是哲学家的一种幻觉。

---

① 索齐尼（1525—1562），意大利神学家，否定三位一体教义。
② 让·胡斯（约1369—1415），捷克异端分子的首领，宗教改革的先驱，被活活烧死。
③ 巴贝夫（1760—1797），法国革命家，法国大革命的早期政治鼓动家。他提出平分土地和平均分配收入的学说。

一个处于胚胎状态的模糊不清的世界，是多么奇特的身影啊！

圣西门、欧文、傅立叶也在那里，在侧面的坑道里。

所有这些地下先驱，几乎总认为自己与别人隔绝，其实不然，一条无形的神奇的链条不为他们所知地把他们联结在一起。尽管如此，他们的工作各各相异，一些人的光辉，与其他人的烈焰形成鲜明的对照。有些人属于天堂，另一些人悲惨凄凉。然而，不管对照多么鲜明，所有这些坑道工，从最高层的到最低层的，从最明智的到最疯狂的，都有一个共同的特点，那就是都有忘我精神。马拉和耶稣一样忘我。他们将自己撂在一旁，忘却自己，丝毫不考虑自己。他们眼里没有自己，只有别的东西。他们都有目光，这目光在寻找绝对。前者眼睛里看到整个天空；后者尽管高深莫测，但眉毛下仍有无限的微光。不管是谁，不管是做什么的，只要具有眸子闪光这个特征，都应受到尊敬。

另一个特征是眸子发黑。

罪恶便从这发黑的眸子开始。在没有目光的人面前，你只有思索，只有发抖。社会秩序有其邪恶的坑道工。

有一个地方，深入进去便是埋葬，那里光明已熄灭。

在上面提到的所有这些坑道下面，在所有这些地道下面，在进步和乌托邦这庞大的地道系统下面，在地下极深极深的地方，在比马拉，比巴贝夫还要低的地方，在很低很低的、与上面各层毫无联系的地方，还有最后一层坑道。那是十分可怕的地方。那是我们所谓的舞台的第三层台仓。那是黑暗的坑道。那是瞎子的地窖。那是**地狱**[①]。

它通往深渊。

[①] 原文为拉丁语。

二 社会底层

那里，忘我的精神消失殆尽。魔鬼隐隐显露；人人只为自己。没有眼睛的"我"吼叫着，寻觅着，摸索着，啃噬着。社会的乌戈里诺①就在这个深渊里。

在这深渊里游荡的凶恶身影，同猛兽、鬼怪相差无几。他们不关心人类进步，不知道有人类进步这个概念和这个词，只管个人得到满足。他们几乎没有意识，他们的内心可说一片空白。他们有两个母亲，无知和贫穷，都只会虐待子女。他们有一个向导，那就是需要；而满足的各种形式，概括起来是食欲。他们极其贪食，就是说非常凶恶，不是像暴君，而是像猛虎。这些鬼怪从受苦走向犯罪；这种演变是必然的，是令人眩晕的生育，是黑暗的逻辑。在社会的第三层台仓里匍匐而行的，不再是绝对发出的瓮声瓮气的要求，而是物质发出的抗议。人在那里成了凶神恶煞。饥渴是出发点，成为撒旦便是终点。拉瑟内尔从这个坑道里产生。

在第四卷里，我们看到了上层坑道的一个区，那是政治、革命和哲学的大坑道。我们说过，那里的一切都是高尚、纯洁、尊贵而诚实的。当然，那里的人也可能出错，而且肯定会出错，但是，那是值得钦佩的错误，因为包含着强烈的英雄主义。那里所从事的工作都有一个名字：进步。

现在是看一看其他一些坑道，即极其丑恶的深层坑道的时候了。

我们要强调指出，在社会下面，有一个藏污纳垢的大洞窟，在愚昧无知消除之前，这洞窟不会消失。

---

① 乌戈里诺，十三世纪意大利比萨暴君，后来大主教发动政变，他和两个儿子及两个孙子同关在一个饥饿塔里。据说，他最后把儿子和孙子们吃掉后才死去。

这一坑道，在所有的坑道下面，也是所有坑道的敌人。这里只有仇恨。这个坑道没有哲学家，它的匕首从没削过笔。它的黑色与墨水崇高的黑色毫无关系。黑夜的手指头在令人窒息的天花板下抽搐，从没翻开过一本书，打开过一份报。在卡图什看来，巴贝夫是剥削者，在欣德拉纳①眼里，马拉是贵族。这个坑道的宗旨，是毁坏一切。

毁坏一切。包括那些上层坑道，它对它们恨之入骨。它在令人憎恶的乱挤乱爬中，不单单破坏现存的社会秩序，还破坏哲学，破坏科学，破坏法律，破坏人类思想，破坏文明，破坏革命，破坏进步。它的名字干脆就叫偷盗、卖淫、凶杀和谋杀。它是黑暗，它希望天下大乱。它的拱顶由无知构成。

其他所有坑道，即上层坑道，只有一个目的，即把它消灭。此乃哲学和进步之目的，通过它们所有的器官，通过凝思绝对和改善现实。摧毁无知的坑道，便是摧毁罪恶的巢穴。

让我们用几个字概括我们刚才所讲的一部分内容。黑暗是社会万恶之源。

人类是同类。所有人都是由同一种黏土做成。至少在人世间，人类的命运是没有差别的。生前都是黑暗，活着时都是肉体，死后化成骨灰。可是，捏人的泥团搀进无知，就变成黑色了。这种难以根除的黑色侵入人的内心，就产生了罪恶。

---

① 欣德拉纳，法国一伙盗贼的头目，几次被捕，几次逃跑，于一八〇三年十一月二十日被处死。

三 巴贝、格勒梅尔、克拉克苏和蒙巴纳斯

从一八三〇到一八三五年，巴黎的第三层台仓由一个四人匪帮统治，他们是克拉克苏、格勒梅尔、巴贝和蒙巴纳斯。

格勒梅尔是个降格的大力士。他的巢穴设在马里翁桥拱街的下水道里。他身高六尺，有大理石般的胸膛，青铜般的臂膀，岩洞风声般的呼吸，巨人般的身躯，小鸟般的脑袋。看见他，你会以为看见了法尔内斯的赫丘利①，只是穿着斜纹布裤和棉绒上衣。格勒梅尔具有这种雕塑般的身材，本可以降妖伏魔，但他认为当个妖魔更方便。他的额头很低，鬓角很宽，不到四十，已有了鱼尾纹，毛发又硬又短，面颊有如板刷，胡子有如野猪毛。这就是他的尊容。他的肌肉要求工作，可他愚蠢无知，不愿工作。他力大无比，却懒惰成性。他是因为懒惰才成为杀人凶手的。有人认为他是克里奥尔人②。一八一五年，他在阿维尼翁当脚夫，可能与布律纳③元帅的谋杀案有点瓜葛。那是他的见习期，以后他便当了强盗。

巴贝瘦得近乎透明，与格勒梅尔的满身肥肉恰成鲜明对照。巴贝骨瘦如柴，知识渊博。他的身体是透明的，但他的人却难以捉摸。透过他的骨头可以看见日光，但透过他的眼珠却什么也看不见。他自称是化学家。他在博贝什戏班里当过小丑，在博比诺戏班里演过丑角。他在圣米歇尔街头演滑稽喜剧。他老谋深算，能说会道，说话时满脸堆笑，指手画脚。他的职业是在露天叫卖半身石膏像和"国家元首"的肖像。此

---

① 法尔内斯的赫丘利，指罗马法尔内斯宫内的大力神赫丘利的雕像。
② 克里奥尔人，指出生于旧殖民地的欧洲人的后裔。
③ 布律纳（1763—1815），拿破仑麾下的元帅，一八一五年八月二日在阿维尼翁的一家旅馆里被游行示威者谋杀。

外，他还给人拔牙。他曾在集市上展示过畸形儿，有过一个流动小木棚，挂着喇叭，贴着广告："巴贝，牙科大师，科学院院士，进行金属和非金属物理实验，拔牙，善拔同行拔不了的断牙。收费：拔一颗牙一法郎五十生丁；两颗牙两法郎；三颗牙两法郎五十。良机不可失。"——（这"良机不可失"即"尽量多拔"。）他结过婚，有过孩子。他不知道老婆和孩子的情况。他就像扔手绢那样把他们扔掉了。巴贝常常读报，这在他那个黑暗世界里绝无仅有。在他还跟家里人一起生活在流动小木棚里的时候，一天，他在《信使报》上读到一则消息，说是有个女人生下一个能成活的长着牛犊嘴脸的畸形儿，他拍案惊叫："这可是一笔财富！我老婆怎么不想到给我生一个这样的孩子！"

从此，他放弃了一切，去"闯巴黎"。这是他的原话。

克拉克苏是何许人？他是黑夜。要等到天黑才露脸。晚上，他从洞里出来，天亮前又回到洞里。他的洞在哪里？无人知晓。即使是黑得伸手不见五指，他和同伙说话时，也背对着他们。他是叫克拉克苏吗？不是。他说："我叫'绝对不是'"。如果突然出现一支蜡烛，他便立即戴上面具。他能用肚子说话。巴贝说："克拉克苏是二声部夜曲。"克拉克苏漂泊无定，四处流浪，凶狠毒辣。很难说他有没有名字，克拉克苏只是个绰号；很难说他有没有嗓子，他用肚子说话比用嘴巴多；很难说他有没有面孔，人们从来只见他的面具。他说消失就消失了，出现时，就像是从地里冒出来的。

还有个阴沉可怕的人，那就是蒙巴纳斯。蒙巴纳斯是个孩子，不到二十岁，有一张英俊的面孔，一副樱桃般的嘴唇，一头迷人的黑发，眼睛里闪烁着春天的光辉。他身上有各种恶习，渴望干尽恶行。干了坏事还想干更坏的事。他从流浪儿变成了流氓，继而又成了强盗。他漂亮，柔美，文雅，健壮，怠惰，凶恶。他左边帽檐儿翘起，露出一绺头发，这是一八二九年流行的式样。他以盗窃抢劫为生。他的紧腰中大衣十分合身,但已破旧。蒙巴纳斯是一幅时装式样图,但穷困落泊,谋财害命。这个少年行凶杀人,只为了穿漂亮的衣服。那第一个对他说"你真漂亮"的轻佻女工,在他心里投进了黑暗的阴影,并把这个亚伯变成了该隐①。他觉得自己漂亮,就想变得风雅。可风雅首先得悠闲;穷人悠闲,即是犯罪。在东游西逛的流浪者中,像蒙巴纳斯这样十恶不赦的,为数不多。才十八岁,身后就有了几条人命。不止一个过路人,张开双臂,面朝血泊,倒在这个恶棍的阴影里。烫着头发,涂着发蜡,紧束腰身,有女人的臀部,普鲁士军官的胸部,引得走在大街上的姑娘们啧啧称羡,领带结得十分考究,口袋里藏着棍棒,扣眼里插着鲜花,这便是我们这位引人入墓的花花公子的画像。

四 黑帮的成员

这四个强盗结成团伙,成了变幻无常的普洛透斯②,在警察中间迂回而行,"变出树木、火焰、水泉等各种面孔",竭力避开维多克冒失的目光。他们互相借用名字,交流窍门,躲在自己的影子里,那是可以互相使用的秘密窟和避难所。他们就像在化装舞会上取下假面具那样变换面孔,他们有时简化成一个人,有时则变出许多人,以致科科-拉库尔也错以为他们是一大群人。

这四个人,绝对不是四个人,而是在巴黎到处作案的长着四颗脑袋的神秘盗贼,是住在社会地下墓室里为非作歹、无比可怕的珊瑚虫。

---

① 该隐和亚伯,亚当和夏娃的长子和次子,该隐种田,亚伯牧羊。耶和华看中亚伯及其供品,而不喜欢该隐及其供物,于是,该隐生了嫉妒之心,把弟弟亚伯杀死。
② 普洛透斯,希腊神话中的海神,变幻无常。

巴贝、格勒梅尔、克拉克苏和蒙巴纳斯各自都有分支，结成了隐蔽的关系网，通常在塞纳河省拦路抢劫。他们从下面对路人进行政变式的偷袭。善于出这类主意的人，擅长夜间想象的人，都来找他们实现自己的计划，将剧本交给这四个无赖，由他们付诸实施。他们对剧本进行加工。对所有需要助一臂之力，并绝对有利可图的谋杀，他们总能出借相称的合适的人员。一件罪行在寻找帮助，他们就转租帮凶。他们拥有夜间演出的剧团，为一切盗匪悲剧提供服务。

他们习惯在傍晚时分，他们醒来的时刻，在硝石库医院附近的草地上集合。他们在那里商议计策。他们前面有十二小时的黑暗，够他们安排利用。

"猫露屁股"，这是黑道给这四人起的名字。在日渐消失的古老而荒诞的俗语中，"猫露屁股"即拂晓，正如"犬狼之间"即傍晚。"猫露屁股"的称呼，可能出自他们干坏事结束的时刻，因为黎明正是幽灵消失，强盗分手的时刻。这四个强盗以这个称谓闻名遐迩。刑事法庭庭长到监狱探望拉瑟内尔时，就他否认的一件罪行审问他。庭长问："是谁干的？"拉瑟内尔回答："可能是猫露屁股干的。"这个回答对法官是个谜，但警察心里明白。

有时，人们能从剧中人物表上猜出剧的内容；同样，可以根据强盗的名册，大致评价一伙盗贼。下面是猫露屁股团伙主要成员的名字（是由专门记录保存下来的）：

庞肖，又叫春天、比格纳耶。

布吕戎。（有一个布吕戎王朝，以后还会提到。）

布拉特吕埃尔，前面出现过的养路工。

寡妇。

菲尼斯太尔。

荷马·奥居，黑人。

星期二晚上。

快信。

福特勒洛瓦,又叫卖花女。

自命不凡者,刑满释放的苦役犯。

刹车杆,又叫杜邦先生。

南广场。

普萨格里夫。

卡马尼奥拉短裤子。

克吕德尼埃,又叫怪客。

啃花边。

脚朝天。

半文钱,又叫二十亿。

等等,等等。

还有些没有列举,不属于最坏的。这些名字都是比喻,不只是表达一些人,而且表达一些种类。每个名字都与文明底层的一种奇形怪状的毒蕈相呼应。

这些人很少露面,不是大街上看见的人。他们夜里干坏事干得精疲力竭,白天就去睡觉,有时在石膏窑里,有时在蒙马特尔或蒙鲁日的废采石场里,有时在下水道里。他们躲了起来。

这些人现在怎么样了?他们依然存在。他们自古都存在。贺拉斯说他们是一群**妓女、江湖骗子、乞丐、街头卖艺者**[①];只要社会不改变,他们永远是这样子。他们在黑乎乎的洞顶下,永远会从社会的渗液中再生。他们成了鬼,又回来了,仍然是原来的样子。只是改了个名,换了层皮。

---

① 原文为拉丁语。

个人被铲除了，部落依然存在。

他们具有一成不变的官能。从无赖到夜间出没的强盗，都保持着纯洁的血统。他们能猜到衣服口袋里有钱包，能嗅出背心口袋里有怀表。对他们而言，金子和银子是一种气味。有一些头脑简单的资产阶级，他们的神态让人一看便知有东西可偷。于是，强盗们耐心跟踪他们。见有一个外国人或外省人经过，他们会高兴得像蜘蛛那样颤抖。

半夜，当你从人迹稀少的大街上经过，遇见或远远看到这些人，会吓得魂不附体。他们不像是人，而是由有生命的雾化成的形体。他们似乎常和黑暗融为一体，彼此分不清楚。他们的灵魂便是阴影，只是为了过几分钟罪恶生活，才暂时从黑夜中分解出来。

怎么做才能清除这些幽灵？要用光明。必须有大量的光明。没有一只蝙蝠能抗拒曙光。那就用光明照亮这个地下社会吧。

第八卷　　作恶的穷人

一　马里尤斯寻找一个戴帽子的姑娘，却遇见一个戴鸭舌帽的男子

夏天过去了，秋天过去了，冬天到了。白先生和那少女一直没再去卢森堡公园。马里尤斯只有一个念头，要再见到那张温柔可爱的脸。他不停地寻找，到处寻找，却一无所获。他已不再是那个满腔热情、喜欢遐想的马里尤斯了，不再是那个果断、热烈和坚定的人，不再是大胆向命运挑衅的人，不再是构筑空中楼阁的幻想家，不再是满怀计划、打算、豪情、思想和意愿的年轻人，而是成了无可救药的狗。他变得忧心忡忡。他完了。他厌烦工作，厌倦散步，厌恶孤独。从前，广袤的自然界充满了形态、光明、声音、建议、远景、前途、教导，可现在他面前一片空白。他觉得一切全消失了。

他仍然爱沉思，因为他不可能做别的事，但不再自得其乐。他的思想仍不断低声地向他提出各种建议，可他每次都暗暗回答：有什么用？

他千百次责备自己。我干吗要跟踪她？能看见她，我就够幸福的了！她用眼睛看我，难道这还不够吗？看样子她是爱我的。这不就行了吗？

我还想要什么呢？现在什么也没了。我真是太蠢。完全是我的错……他什么都不向库费拉克吐露，这是他的性格，可库费拉克也猜个差不离，这也是他的性格。起初，库费拉克为他有了心上人而深感高兴，同时也不胜惊讶；后来，看见马里尤斯郁郁寡欢，终于对他说：

"我看你简直是个傻瓜。喂，跟我去茅屋舞场①吧。"

一次，马里尤斯相信九月明媚的阳光会给他带来运气，便跟着库费拉克、博絮埃和格朗泰去索城舞厅了，希望——多美的梦！——能在那里找见她。当然，他没有看见要找的人。格朗泰在一旁嘀咕："可是，丢失的女人都能在这里找到的呀。"马里尤斯丢下朋友，离开舞厅，独自步行回家。他疲惫不堪，焦虑不安；夜色深沉，而他的双眸蒙眬而忧郁；公共马车满载客人从舞厅返回，唱着歌从他身旁经过，歌声嘈杂，尘土飞扬，他目瞪口呆，心灰意冷，为了清醒一下头脑，便使劲地呼吸路旁核桃树刺鼻的气味。

他又过起了越来越孤独的生活。他心神错乱，意气消沉，内心焦虑不安，像落入陷阱的狼，在痛苦中走来走去，四处寻找不见踪影的心上人，被爱情弄得晕晕乎乎。

还有一次，他遇见了一个人，产生了一种奇怪的感觉。那是在残老军人院附近的小巷子里，迎面走来一个工人打扮的男子，头戴长檐鸭舌帽，露出了几绺白发。那漂亮的白发引起了马里尤斯的注意，他仔细打量那人，只见他走得很慢，仿佛陷入痛苦的沉思中。奇怪的是，他觉得那人像是白先生。从鸭舌帽下露出的部分，可以看到他们有着同样的头发，同样的侧影，另外，走路的姿态也一样，只是那人更显得心事重重。可为什么要穿工人服？这如何解释？为什么要乔装打扮？马里尤斯迷惑不解。他在镇定下来后，第一个动作便是去跟踪那个人。谁知道呢？

---

① 茅屋舞场在蒙巴纳斯林荫大道28号，建于一七八七年，在王朝复辟和路易十八时期很时髦，去那里跳舞的大多为大学生和青年女工。

说不定真能找到他正在寻找的线索。不管怎样，得走近去再看一看，把这谜团解开。可为时晚矣，那人已不见了。他拐到一条小街上去了，马里尤斯没能找到他。这件事他牵挂了好几天，后来就淡忘了。他想："很可能只是长得相像罢了。"

二　新发现

马里尤斯仍住在戈博旧宅里。他对谁也不留意。

其实，那时候，在这幢破房子里，除了他和戎德雷特一家，再没有别的住户了。他曾为戎德雷特家付过房租，但从没有同那家的父亲、母亲和两个女儿说过一句话。其他房客搬家的搬家，去世的去世，还有的因交不起房租而被赶走。

那年冬季的一天，下午，太阳稍微露了下脸。可那是二月二日，是古老的圣烛节，那迷惑人的太阳，预示着将有六星期寒冷的天气，马迪厄·朗斯贝格就受这太阳的启迪，写下了两句堪称古典的诗文：

> 不管有无阳光，
> 大熊返回洞穴。

马里尤斯刚从他的洞穴里出来。夜幕降临。是去吃晚饭的时候了，总得恢复吃晚饭吧。唉！再是理想的爱情，也克服不了这个弱点！他刚跨出门槛，就听见正在扫地的布贡妈妈自言自语着令人难忘的话：

"如今有什么东西便宜？什么都很贵。这世上只有辛苦便宜。世上的辛苦一钱不值！"

马里尤斯沿着林荫大道，缓步朝城门走去，以便去圣雅克街。他低着脑袋，边走边想心事。

忽然，他感到夜雾中被人撞了一下。他回过头，看见两个衣衫褴褛的姑娘，一个又高又瘦，另一个稍矮一些，正气喘吁吁、神色慌张地匆匆走来，好像在逃跑似的。她们迎面遇见他，却没看见他，经过他身边时撞了他一下。在暮色中，马里尤斯看出她们脸色苍白，头上没戴帽子，头发乱七八糟，拿着难看的便帽，短裙又破又烂，脚上没穿鞋子。她们边跑边说着话。个儿高的低声说：

"雷子来了。差点把我铐住。"

另一个回答：

"我看见他们了。我拼命颠呀，颠呀，颠呀！"

从这晦涩的俚语中，马里尤斯明白，宪兵或治安警察差点抓住这两个孩子，她们逃脱了。

她们钻进他身后那条林荫道的大树下面，一团模糊的白影在那里滞留片刻，然后消失了。

马里尤斯停了一会儿。他正要继续赶路，却看见脚边有个灰乎乎的小包。他弯腰捡起来。好像是个信封，似乎装了些纸。

"嗯，"他说，"没准是那两个可怜姑娘丢失的！"

他转身往回走，大声呼叫，没有找着。他想，她们已走远了，就把那纸袋放进兜里，去吃晚饭了。

路上，他看见穆夫达街旁的一条小巷子里有口小棺材，蒙着黑罩，放在三张椅子上，被一根蜡烛照亮。他又想起了暮色中看见的两个姑娘。

"可怜的母亲！"他想道，"有一件事比看见亲生骨肉死去更悲伤，那就是看见他们受苦受罪。"

接着，这些使他愁上添愁的伤心事远离他的脑海，他又陷入惯常的忧虑中。他又想起在露天，在充足的阳光下，在卢森堡公园美丽的大树下度过的六个月幸福的初恋时光。

"我的生活变得多么凄惨！"他想道。"我眼前总有年轻姑娘出现。不过，从前是天使，现在是鬼。"

三　有四张面孔的人

晚上，他脱衣睡觉时，手碰到兜里那个在大街上捡的纸袋。他已忘得一干二净了。他想有必要打开来看看，假如纸袋确实是那两位姑娘的，里面也许有她们的住址，不管怎样，总能发现一些线索，以便物归原主。

他拆开纸袋。纸袋没有封口，里面有四封信，也没封口。四封信都写着地址。四封信都发出浓厚的烟草味。

第一个信封上写着：夫人收，格吕什雷侯爵夫人，国民议会对面广场，……号。

马里尤斯心想，从信中也许能发现他要找的线索，信没封口，读一读似无不妥。

信上是这样写的：

侯爵夫人：

　　仁兹和怜棉是紧密团结社会的美德。请您把基督教的青感散发到周围，用怜棉的目光看一看我这个不辛的西班牙人，他是忠诚和热爱神圣的正统事业的牺牲品，为了保卫这个事业，他副出过鲜血，贡现出了全部才产，今天，他落到一平如洗的地步。夫人是值得尊敬的人，肯定会给他邦助，使一个受过教

育伤痕累累的军人能够维持及度艰难的生活。我预先相信您的仁道主义，相信侯爵夫人会关心一个同样不辛的民族。他们的祈祷不会涂劳，他们的感机之青将永远保持动人的回乙。

夫人，请接受在下的敬意。

> 堂·阿勒瓦雷，西班牙骑兵上尉，
> 避难法国的保王派，在回国图中，缺小路费，不能继续旅行

寄信人签了名，却没写地址。马里尤斯希望在第二封信里能找到地址。信封上写着：夫人收，蒙韦内白爵夫人，卡塞特街，9号。

马里尤斯念道：

白爵夫人：

我是不辛的毋亲，六个孩子，最小的才八个月。自从生了最后一个孩子，我就病倒了，五个月前，丈夫泡弃了我，没生活来原，穷得渴不开锅。

寄希望于白爵夫人，表示深深的敬意，夫人！

> 妇人巴利扎尔

马里尤斯开始读第三封信，也是求援信。信上写道：

圣德尼街，铁蹄街拐角，
选举人，针织品批发商，
帕布若先生：

我冒昧给您写信，请求您给于宝贵的同青，关心一下一个文人，他刚给法兰西剧院寄去了一个剧本。是历史题材。故事发生在帝国时代的奥弗涅。剧本的风格我想是自然间炼，可能

有些价值。四个地方有唱段。滑稽，严肃，出人意料，加上人物性格各异，全剧情节带点浪漫主义，剧情发展神密莫侧，经过多少惊心动魄的曲拆，在灿兰夺目的场景中结束。

我的主要目的是满足当今人们越来越爱剌机的浴望，也就是风尚，这是个任心古怪的风标，每刮一次风，几乎都要转向。

尽管这个剧本有这些优点，但我仍有理由担心，由于那些有特权的作者疾妒、自私，剧院会拒绝我的剧本，因为我知道，人们是怎样强迫新手喝下苦水的。

帕布若先生，您以保护文人闻名四方，我斗胆让我女儿来向您讲一讲我们平困的处境，在这寒冬蜡月，没有面包，没有火。我之所以要对您说，我要用我这个剧本以及以后写的所有剧本向您表示敬意，并恳求您接受我的敬意，是要向您证明，我多么渴亡您的保护，并想借您的大名装饰我的作品。假如您肯垂顾，给我一丁点儿资助，我将立即着手写一部寺剧，以表我的感机之青。这部寺剧，我将尽力写得完美，并在把它插进我那本历史剧的开头和上演之前，呈送给您过目。

向帕布若先生和夫人致以最崇高的敬意。

作家让弗洛

又及：哪怕是四十苏。

原谅我没有亲自登门，而是派小女前来，因为衣服寒酸，唉！不好意思出门……

马里尤斯最后打开第四封信。信上写着：圣雅克－奥帕教堂乐善好施的先生收。信的内容如下：

乐善好施的人：

  假如您肯跟我女儿来我家里，您会看到悲参的灾难，我会向您出示我的证件。

  看到这封信，您康慨的心会充满仁兹和同青，因为真正的哲学家随时都会有强烈的感青。

  好心肠的人，应该承认，人们得经受最残酷的平穷，为得到一点儿救助，必须让当局开证明，这是很痛苦的，好像在等待别人来减轻我们的平困之前，我们连受穷和饿死的自由都没有。命运对有些人很残酷，但对另一些人又太康慨，太爱护。我等待您的光灵或接济，假如您愿意的话。请接受我崇高的敬意。

一个真正高尚的人
您的及其卑微和及其恭顺的仆人，
戏剧家，P. 法邦图

  马里尤斯看完这四封信，感到没什么收获。首先，没有一个写信人写明地址。其次，它们似乎是由四个不同的人写的，堂·阿勒瓦雷、妇人巴利扎尔、作家让弗洛和戏剧家法邦图，可奇怪的是，这四封信的笔迹是相同的。只能得出结论，它们出自同一个人。

  还有一点使我们的推测更站得住脚，四封信都用同样粗糙发黄的信纸，都有烟草味，尽管写信人显然有意改变风格，但同样的错别字心安理得地反复出现，作家让弗洛的错别字不比西班牙骑兵上尉的少多少。

  挖空心思去猜这个哑谜，无疑是白费力气。这东西要不是捡来的，倒真像是愚弄人的把戏。马里尤斯有太多的忧愁，根本没心思参与这场意外的玩笑，这场仿佛大街想同他玩的游戏。他感到，这四封信在同他捉迷藏，在嘲弄他。

此外，毫无迹象表明，这些信属于马里尤斯在林荫道上遇见的两个姑娘。总之，这不过是些废纸，毫无价值。马里尤斯把它们放回信封，扔到一个角落里，然后就睡觉了。

第二天早晨，将近七点，他起床后刚吃完早饭，正想开始工作，听见有人轻轻叩门。

他一无所有，所以门上的钥匙从不取下来，除非有急活儿要赶，但这是很少发生的。而且，即使不在家，他也把钥匙留在门上。

"会有人来偷您东西的。"布贡妈妈说。

"有什么可偷的？"马里尤斯回答说。

这还真的被言中了，一天，他的一双旧靴子被偷走，布贡妈妈得意洋洋。

房门又敲了一下，和第一次一样轻。

"进来。"马里尤斯说。

门开了。

"什么事，布贡妈妈？"马里尤斯又说，但眼睛仍看着桌上的书和手稿。

一个声音回答，但不是布贡妈妈的声音：

"对不起，先生……"

这声音低沉、微弱、沉闷、沙哑，就像被烧酒和烈酒烧哑的老人的破嗓门。

马里尤斯猛地回头，看见一个年轻的姑娘。

四　贫苦中的一朵玫瑰

一位非常年轻的姑娘站在半开着的房门口。陋室的天窗正对着房门，惨淡的光线从天窗里射进来，照着她的面孔。她苍白、羸弱、枯瘦。只穿一件衬衫和一条短裙，衣不遮体，冻得索索发抖。一根细绳作腰带，另一根细绳作发带，瘦削的肩膀从衬衣里露出来，肤色显出金发和淋巴体质特有的苍白，锁骨部位发灰，双手通红，嘴巴半张半合，露出残缺不全的牙齿，目光无神，却大胆淫荡，形体像个发育不全的少女，目光却似堕落的老妇，五十岁和十五岁混在一起。她是那种既孱弱又可怕的人，让人见了不是落泪，便是发抖。

马里尤斯站起来，惊愕地打量这个像是梦里出现的幽灵。

尤其令人心酸的是，这姑娘并非生来就这样丑。她幼时甚至可能很漂亮。青春的魅力仍在同因堕落和贫穷而提前而至的丑陋老态进行着斗争。一丝残存的美，正在这十六岁少女的脸上消失，正如冬日拂晓的惨淡阳光，在丑陋的乌云下消失一样。

这张脸对马里尤斯来说并不完全陌生，好像在哪里见过。

"小姐，有什么事吗？"他问道。

姑娘用喝醉了酒的苦役犯似的声音回答：

"马里尤斯先生，给您的信。"

她叫他马里尤斯，毫无疑问是来找他的。可是，这姑娘是谁？她怎么会知道他的名字？

没等喊她进来，她就进来了。她进得那样坚决，朝整个房间和凌乱的床扫视一遍，那自信的神态让人见了心里难过。她光着脚，裙子上有许多大洞，露出了长腿和枯瘦的膝盖。她冷得瑟瑟发抖。

她手里确实拿着一封信。她把信递给马里尤斯。

马里尤斯打开信时，发现封信的大面团还是湿的。这封信不可能来自很远的地方。他读道：

我亲爱的邻居，年轻人！

  我得知您为我做了好事，半年前帮我付了一季度的房租。我祝福您，年轻人。我的大女儿会告诉您，我们短粮已有两天，一家四口，我内人病了。如果说我思想上毫不决忘的话，那是因为我相信您有一颗康慨的心，对我的陈说会表示同青，会原意保护我，屈尊施给我一点儿恩会。

  向人类的恩人致以崇高的敬意。

戎德雷特

又及：亲爱的马里尤斯，小女等候您的吩咐。

从昨晚起，马里尤斯就被一团迷雾包围，这封信好比黑暗中的烛光，照得他云开雾散。这封信与另外四封信，出自同一个地方。同样的笔迹，同样的风格，同样的拼写，同样的信纸，同样的烟草味。

五封信，五个故事，五个名字，五个署名，写信人却只有一个。西班牙骑兵上尉阿勒瓦雷、不幸的母亲巴利扎尔、作家让弗洛、戏剧家法邦图，四个人都叫戎德雷特，假如戎德雷特本人就叫戎德雷特的话。

马里尤斯住在这幢旧宅里相当久了，但如前面所说，很少有机会看见，或者瞥见这家生活在社会底层的邻居。他的心在别的地方，心在哪里，目光就到哪里。他可能不止一次地在走廊或楼梯上遇见过戎德雷特家的人，但他们对他不过是人影，他根本没有注意，以至于昨晚在林荫大道上遇见戎德雷特姐妹俩——因为肯定是她们——却没有认出来，而这位刚进屋的姑娘，在使他感到厌恶和怜悯的同时，又使他感到似曾见过。

现在，一切都清楚了。他明白，他的邻居戎德雷特因生活穷困，竟用不正当手段，骗取慈善家的布施，他设法弄到住址，用假名给他认为有钱并有同情心的人写信，并让女儿冒险送到那些人家里。这位父亲已到了拿自己女儿去冒险的地步，他在同命运赌博，不惜拿女儿做赌注。马里尤斯明白，从她们昨天气喘吁吁、惶恐不安地逃跑的情景，以及她们说的那些俚语，可以判断出，这两个不幸的女孩还可能干过一些见不得人的勾当，这一切也就在这样的人类社会中，造就了两个苦命人，她们既不是孩子，又不是姑娘，也不是妇女，而是由贫困产生的肮脏而无辜的怪物。

她们是没有名字、没有年龄、没有性别的可怜人，对她们而言，不再有善，也不再有恶，走出童年，在这世上便变得一无所有，没有自由，没有贞操，没有责任。昨天才开放，今天就枯萎，就像掉在大街上的鲜花，被污泥玷污，车轮碾碎。

可是，当马里尤斯用惊讶和痛苦的目光注视她时，她却像幽灵那样，放肆地在他房间里走来走去，对自己的衣不遮体毫无顾忌。她的未扣好扣子的破衬衫不时落到腰际。她搬搬椅子，动动五斗橱上的盥洗用具，摸摸马里尤斯的衣服，搜搜屋角里的东西。

"哇，"她说，"您有镜子！"

她还旁若无人地哼唱滑稽剧中的片段，那些快乐的叠句，用她沙哑的喉音哼来，叫人惨不忍闻。但在这毫无顾忌的行为下面，可以感到一种窘迫、不安和屈辱。放肆其实是一种害羞的表现。

她就像被阳光惊扰或断了翅膀的小鸟，在房间里蹦来蹦去，或者说飞来飞去，没有比这更令人不快的场面了。可以感到，如果能受到教育，有更好的命运，这姑娘活泼自由的姿态，倒是赏心悦目的。在动物中，生来是白鸽的，绝不会变成海雕。在人类中才会有相反的事发生。

马里尤斯只顾思索，任她在他房里走来走去。她走到桌子跟前。

"哈！"她说，"书！"

一道光从她无神的眸子里闪过。

"我认得字，我。"她继续说道。因为有东西可以炫耀，说话的语调显得非常高兴，任何人听了都不会无动于衷。

她一把抓过摊开在桌上的那本书，相当流利地读了起来：

"……博杜安将军奉命率领本旅的五个营，夺取位于滑铁卢平原中央的乌戈蒙城堡……"

她停下来说：

"啊！滑铁卢！这我知道。这是从前的一场战役。我父亲参加过。我父亲在军队里干过。我们家可都是波拿巴派的。滑铁卢，是打英国人。"

她放下书，拿起笔，大声说：

"我还会写字！"

她在墨水里蘸了蘸笔，转身对马里尤斯说：

"您想看吗？喏，我就写几个字让您看看。"

马里尤斯还没来得及回答，她就在桌子中间的一张白纸上，写了"雷子来了"几个字。

写完，把笔一扔，又说：

"没有拼写错。您可以看到的。我和我妹都受过教育。我们过去可不是这样。我们不是生来……"

她戛然而止，将无光的眸子看着马里尤斯，并纵声大笑，接着说了声："算了！"语调中包含着被极端厚颜无耻所压抑的极端的不安。

接着，她开始用欢快的调子，哼唱如下歌词：

　　我饿呀，父亲，
　　没有饭吃。
　　我冷呀，母亲，

没有衣穿。

你抖吧，

洛洛特！

你哭吧，

小雅克。

她刚唱完这段歌，又嚷道：

"马里尤斯先生，您有时去看戏吗？我可是常去。我有个弟弟，同几个演员很要好，常给我票。老实说，我不喜欢楼座的长凳。坐着挺难受，不舒服。有时人很多。有些人身上的味儿很难闻。"

然后，她打量一下马里尤斯，换上奇特的神情，对他说：

"马里尤斯先生，您知道您是个很漂亮的小伙子吗？"

他们俩在同一时刻，想到了同一个问题，她莞尔而笑，他则羞得涨红了脸。她走近他，一只手搭到他肩上。

"您不注意我，我却认识您，马里尤斯先生。我在楼梯上常遇见您，还有几次，我到奥斯特里茨桥那边溜达时，见您去一个住在那里的名叫马伯夫大爷的人家里。您头发乱蓬蓬的，这很合适您。"

她想使声音变得很温柔，结果只是变得很低很低。就像在缺音的琴键上弹奏一样，话语在从喉咙到嘴唇的过程中消失了一部分。

马里尤斯往后退了退。

"小姐，"他冷淡而严肃地说，"我这里有个纸袋，我想是您的。请允许我交还给您。"

他把装着四封信的纸袋递给她。

她拍拍手，嚷道：

"我们到处找都没找到。"

说完，她一把夺过纸袋，把它拆开，边拆边说：

"天哪！可把我和妹妹找苦了！原来是您捡到了！在林荫大道上，是不是？您瞧，我们是在跑的时候丢的。是我妹妹这个死丫头干的好事。回到家里，我们就找不见了。我们不想挨打——打也没用，这完全没用，绝对没用——因此回到家里，我们便说信已送给人家了，人家说不行！原来在这里，这几封可怜的信！您怎么看出来是我的？啊！对了，是从笔迹！昨晚我们撞着的原来是您。没有注意！我问我妹：'是位先生吧？'我妹妹说：'我想是位先生！'"

这时，她已把写给"圣雅克－德－奥巴教堂乐善好施的先生"的信拆开了。

"啊！"她说，"这是给那位去做弥撒的先生的信。我这就给他送去。说不定会给我们点钱，就有午饭吃了。"

说完，她又纵声大笑。接着，她又说：

"您知道今天我们有午饭吃意味着什么吗？这意味着，前天的午饭，前天的晚饭，昨天的午饭，昨天的晚饭，都合到今天上午一起吃。喂！当然！你们这些饿狗，要是不满意，那就饿死吧！"

这使马里尤斯想起这可怜的姑娘来找他的目的。他在背心兜里摸了摸，一个子儿都没找到。那姑娘继续往下讲，就像马里尤斯不在场似的。

"有时，我晚上出去。有时我不回家。搬到这里以前，那年冬天，我们住在桥洞里。我们挤在一起，免得冻僵。我妹冻得直哭。水是多么寒冷！每当我想投河自杀，我总对自己说：不能，水太冷了。我想一个人出去，就一个人出去，我睡在沟里面。您知道吗？夜里，我走在林荫大道上，我看见树木像叉子，黑漆漆的房屋高大得像圣母院的钟楼，我把白墙想象成河，我对自己说：咦，这里有水！星星就像彩色灯笼，仿佛在冒烟，要被风吹灭，我目瞪口呆，耳朵里仿佛有几匹马在喘气。尽管是夜里，但我听见手摇风琴声和纺车声，谁知道是什么声音？我觉得有人在向我扔石头，我不知道是什么，赶紧逃跑。一切都在旋转，一切都在旋转。人没吃东西,是挺可笑的。"

她神态茫然地看着他。

马里尤斯把所有的衣兜搜了个遍,终于搜出五法郎十六苏。这是他在这世上拥有的全部财产。

"够今天晚饭就行了,"他想,"明天再说明天的。"

他留下十六苏,把五法郎给了那姑娘。她一把抓过那枚硬币。

"好,"她说,"出太阳了。"

正如太阳能融化积雪那样,她头脑里的俚语如雪崩似的冲了出来,她继续说道:

"五个法郎!闪着光!一个大头!在这个蜗舍里!您是个好娃娃。我要把我的心拿给您。伙计们,太好了!有两天的老酒了!有肉吃了!有塞牙的了!可以美美喝他一喝了。穷得不错嘛!"

她把衬衣往肩上拉了拉,向马里尤斯深深行了个礼,又亲昵地打了个手势,向门口走去,边走边说:

"再见,先生。反正一样。我要去找我那个老头了。"

经过五斗橱时,她见上面有块落满灰尘并已发霉的干面包,便扑上去,抓起来就啃,嘴里还咕哝道:

"真香!这么硬!牙齿都硌崩断了!"

说完就出去了。

五　天赐的窥视孔

五年来,马里尤斯一直生活在穷困、匮乏,甚至困境之中,可此刻,他发现自己根本没经历过真正的贫困。真正的贫困,刚才见到了。

前面讲到过的幽灵,刚才在他面前出现了。的确,光见过男人的悲惨,等于什么也没看见,应该看一看女人的悲惨;光见过女人的悲惨,也等于什么也没看见,应该看一看孩子的悲惨。

男人陷入困境时,也就到了走投无路的地步。他身边没有自卫能力的亲人跟着遭殃!工作、工钱、面包、炉火、勇气、意志,一切都同时消失。外界,太阳之光熄灭了,内心,精神之光熄灭了。在黑暗中,男人碰到无能为力的女人和孩子,便残暴地逼迫他们去干卑鄙的勾当。

于是,一切丑恶的事都可能发生。绝望周围围着脆弱的隔板,全都朝向邪恶和罪恶。

健康、青春、名誉、圣洁娇嫩的肉体、良心、童贞以及灵魂的外皮——廉耻心,都遭受到那位摸索出路、遇到污秽并安于污秽的男人的疯狂蹂躏。父亲、母亲、孩子、兄弟、姐妹、男人、女人、女孩,犹如一种矿藏,黏着聚合成一个不分性别、血统与年龄,不辨卑鄙与纯洁的模糊不清的混合体。他们背靠背,蹲在一种命运的黑洞里。他们悲惨地面面相觑。呵!不幸的人们!他们脸色多么苍白啊!他们身体多么寒冷啊!他们好像生活在比我们离太阳更远的星球上。

对马里尤斯来说,这个姑娘好像是地狱派来的使者。她向他揭露了黑夜的丑恶的一面。

马里尤斯有点责备自己不该整日胡思乱想,被男女情爱弄得神魂颠倒,以至于直到今天还没有看一眼他的邻居。替他们付房租,那是不自觉的行动,人人都会这样做。他,马里尤斯,本该做得更好些。什么!他和这些被社会遗弃的人之间,仅一墙之隔,他们在黑暗中摸索,与世隔绝,他同他们擦肩而过,可以说,他是他们所接触的人类链条中的最后一环,他听见他们生活在他身边,更确切地说,听见他们发出嘶哑的喘息,他却置若罔闻!每天,隔着墙壁,他时刻听见他们走来走去,说着话儿,他却充耳不闻!他们说话时,常发出凄恻的呻吟,他却无动于衷！他的思想不在这里，而在梦幻中，在虚无的光辉中，在缥缈的爱情中，在想入非非中；然而，有些人，和他一样信仰基督，和他一样属于人民，是他的兄弟姐妹，却在他身旁垂死挣扎！徒然地垂死挣扎！他甚至给他们造成了苦难，增加了的苦难。因为假如他们的邻居是别人，不像他那样爱幻想，却比他多一分关心，普普通通，乐善好施，那么，他们的贫困处境和求救信号肯定早就被注意到了，他们也许早就受到照顾而摆脱困境了。当然，他们似乎道德败坏，极其堕落，极其卑鄙，甚至极其可憎，不过，很少有人跌落而不堕落的；况且，不幸的人和无耻的人在某一点上可以混为一谈，可以用一个词，一个命中注定的词来称呼——悲惨的人。这究竟是谁的错？再说，跌落得越深，对他们的布施不是应该越多吗？

马里尤斯一面斥责自己——和所有诚实的人一样，马里尤斯有时会过分地教育自己，责备自己——一面察看把他和戎德雷特家隔开的墙壁，仿佛他的充满怜悯的目光可以穿透墙壁，去温暖这些可怜人。那墙壁不过在格栅上涂了层薄薄的石膏，正如刚才说的，隔壁讲话的声音听得一清二楚。只有像马里尤斯这样沉湎于梦幻的人，才至今没有发现。墙上没有糊纸，戎德雷特家那边和马里尤斯这边都这样。粗糙的结构暴露在外。马里尤斯几乎是下意识地审视这隔板；有时，梦幻也会和思想一样进行研究、观察和探究。蓦然，他站了起来，他发现墙上方，天花板附近，有一个三角形的窟窿，是三根木条形成的空隙。堵住这空隙的石膏灰泥已掉落，站到五斗橱上，可从这个窟窿里看见戎德雷特家的陋室。怜悯会引起好奇心，而且，这也是理所当然的。这个窟窿有点像窥视孔。偷看别人的不幸，以便给予帮助，这是允许的。

"我们来看看这些人是什么人，"马里尤斯想道，"他们穷到什么地步。"

他爬上五斗橱，将眼睛凑近窟窿，向里面张望。

六　窟中魔鬼

城市和森林一样，有其兽穴，隐藏着最恶毒、最可惧的动物。只是城市里隐藏起来的，是凶残、邪恶、矮小，即丑陋的动物，而森林里隐藏起来的，是凶残、野蛮、高大，即美丽的动物。同样是洞穴，兽穴好过人穴，野窟胜过穷窟。

马里尤斯看到的是穷窟。

马里尤斯很穷，他的房间四壁萧然，但他的穷是高尚的，他的陋室是干净的。此刻他的目光所及的破屋肮里肮脏，臭气熏天，黑咕隆咚，污秽不堪。全部家具，只有一把草垫椅子，一张破桌子，几个破坛子，在两个角落里，有两张难以形容的破床。全部光线，来自一个有四块方玻璃的屋顶室窗户，上面挂满了蜘蛛网，射进来的微弱光线恰好把人脸照成了鬼脸。墙壁像得了麻风病，布满了一块块疤痕，恰如因恶疾破了相的脸。墙上渗出潮湿的眼屎样的东西。还有用木炭涂画的下流图画。

马里尤斯的房间，地上铺着砖，但已残缺不全；隔壁那间没有铺砖，也没铺木板，直接踩在旧宅原有的石膏地面上，已踩得黑乎乎的了。地面高低不平，灰尘像是结了壳似的，不曾被扫帚扫过，这是唯一纯洁的地方。地上东一堆西一堆，满天星斗似的散布着破布鞋、旧拖鞋和烂布片。屋里还有个壁炉，每年为此要多付四十法郎租金。壁炉里什么都有：一个炉子，一个锅子，几块破木板，几块挂在钉上的破布片，一只鸟笼，一些灰烬，甚至还有一点儿火。两根没有燃尽的木柴在里面凄凉地冒着烟。

这间陋屋本已丑不忍睹，没想到还很大，这就使它丑上加丑。不是这里凸出来，便是那里凹进去，到处是黑乎乎的窟窿，看得见屋顶底部，还有海湾和海角。因此，到处是不可测知的阴森可怕的旮旯，可能

蹲伏着拳头般大小的蜘蛛,脚掌般大小的土鳖,谁知道呢,说不定还有魔鬼般的人呢。

两张破床一张靠着门口,另一张挨着窗子。它们的一端都紧贴着壁炉,正好对着马里尤斯。

马里尤斯用来窥视的窟窿附近有个墙角,墙上挂着镶有彩色版画的黑木框,版画下端写着两个大字——"梦境"。上面画着熟睡的母亲和孩子,孩子睡在母亲的膝头上,云中有只老鹰,嘴里衔着王冠,母亲熟睡中用手挡住王冠,不让它挨近孩子的脑袋;远处,拿破仑头顶罩着光环,靠在一根深蓝色的柱子上,黄色的柱头装饰着如下铭文:

马伦戈
奥斯特里茨
耶拿
瓦格拉姆
埃洛特[①]

画框下,有个长形木板似的东西,斜靠着墙,竖在地上。看上去像是一幅反放着的油画,或是另一面可能乱涂着什么的画布框,或是从墙上摘下后丢在那里等待再挂的镜子。

马里尤斯见桌上放着一支羽笔、一瓶墨水和一些纸。桌旁坐着个六十来岁的男人,又矮又瘦,脸色苍白,面容凶悍,神态狡黠、残忍而不安;一个卑鄙无耻之徒。

拉瓦特尔[②]若观察过这张脸,会发现它具有秃鹫和讼师混合的特征;

---

① 这些都是拿破仑打胜仗的地方。
② 拉瓦特尔(1741—1801),瑞士作家,新教牧师,观相术创立者。认为身心互相影响,可以从人的面容上发现精神的痕迹。

猛禽和讼师互相丑化，互相补充，讼师使猛禽变得卑鄙无耻，猛禽使讼师变得狰狞可怕。

那人长着灰白长胡子，穿一件女人的衬衣，露出毛茸茸的胸脯和竖着灰毛的胳膊。衬衣下面，可见污泥斑斑的长裤和露出脚指头的靴子。他嘴里叼着烟斗，正在抽烟。陋屋里没有面包，却还有烟叶。他可能正在写马里尤斯读过的那种信。

桌子的一个角上，放着一本红兮兮的不配套的书，好像是一本小说，是书摊上出租的那种十二开的旧版本。封面上，用粗体大写字母印着：上帝、国王、荣誉和贵妇，迪克雷－迪米尼尔著。一八一四年。

那人边写边大声说着话。马里尤斯听见他说：

"哼，人死了都没有平等！你们看看拉雪兹神甫公墓！大人物、有钱人都葬在高处，路两旁种着刺槐，路面铺着石板。车子可以通到那里。小人物，穷人，可怜人，什么！却让葬在烂泥没到膝盖的低洼处，葬在泥坑里，埋在湿土中。让他们葬在那里，好让他们快点腐烂！想去看看他们，就得准备陷进泥里。"

说到这里，他停了停，用拳头敲了敲桌子，接着又咬牙切齿地说："呵！我真想把这世界吃掉！"

一个胖女人光着脚，蹲在壁炉旁。她可能有四十岁，也可能有一百岁。她也只穿一件衬衣，还有一条用旧呢补了又补的针织衬裙。一条粗布围裙把这裙子遮住了一半。这女人虽然缩成一团，仍能看出她身材高大。与丈夫相比，她就是巨人了。她的头发呈淡橙黄色，已经花白，极其难看。她不时地用长着扁平指甲的发着光的大手拢一拢她的头发。

她旁边的地上，放着一本打开的书，和桌上那本一样大小，说不定是同一部小说。

在一张破床上，马里尤斯依稀看见坐着一个苍白瘦长的小姑娘，几乎没穿衣服，下垂着双脚，既不像在听，也不像在看，毫无生命的迹

象。可能是上他家来的那位姑娘的妹妹。

她看上去有十一二岁。可仔细看看,能看出她有十五岁了。她就是昨晚在那条林荫大道上说"我拼命颠呀,颠呀,颠呀"的女孩子。

她属于那种体质孱弱的女孩子,长期停止发育,可突然猛地蹿了个儿。这些悲惨的人类植物,是由贫困造成的。她们没有童年,没有少年。十五岁,她们看上去只有十二岁,可到了十六岁,却又看上去像二十岁。今天还是少女,明天便成了女人。她们似乎在大步跨过人生,以便快快结束生命。眼下,那姑娘看上去像孩子。

此外,在这间屋里,看不出任何劳作的迹象。没有织机,没有纺车,没有工具。在一个角落里,有一堆可疑的废铜烂铁。一派绝望之后、临终之前那种懒怠凄凉的景象。

马里尤斯把这阴森森的屋子看了半天,觉得它比坟墓里的景象还要可怕,因为可以感到屋里有人的灵魂在晃动,人的生命在颤动。

陋室、地窖、地牢,这些位于社会建筑最底层,某些穷人匍匐爬行的地方,并不完全是坟墓,而是坟墓的前室。但是,正如有钱人把最豪华的东西,摆设在他们豪华住宅的前厅里那样,近在咫尺的死亡,也把最贫困的东西展示在这前室里。

那男的已闭口不语,女的不吭一声,女孩仿佛不呼不吸。只听见笔在纸上沙沙响。

那男的不停地写着,嘴里嘟嘟囔囔:

"混蛋!混蛋!全都是混蛋!"

这句所罗门感叹语①的变体,引得那女人一声叹息。

"小朋友,冷静些!"她说,"亲爱的,不要伤着身体。我的老公,你给这些人写信,也算对得起他们了。"

---

① 据传,所罗门在《旧约·传道书》中有这样一句话:"*虚空的虚空,虚空的虚空,凡事都是虚空。*"

人在贫困中，就像在寒冷中一样，身体靠得很近，但心却离得很远。从表面上看，这个女人想必曾倾己所有，爱过这个男人，但是，由于家境极其悲惨，整天互相埋怨，她对丈夫的爱大概已经熄灭，对他只剩下一点儿柔情的死灰了。可是，正如常有的那样，亲昵的称呼依然挂在嘴上。她嘴上对他说"亲爱的""小朋友""我的老公"，可心里却是死水一潭。

那男的继续写信。

七　战略和战术

马里尤斯感到胸口发闷，正要从这临时观察点下来，突然一个声音引起了他的注意，便待在原地不动了。

刚才，破屋的门突然打开。大女儿出现在门口。她脚穿男式大鞋，鞋上尽是泥巴，连冻得通红的脚脖子上也满是污泥。她披着一件破烂的旧斗篷，一小时前，马里尤斯没见她穿，可能为了博得他更多的同情，而把它放在门外了，从他家里出去后才又披上。她进屋后，顺手关上门，因为气喘不已，便停下来喘口气。接着，她得意而高兴地喊道：

"他来了！"

父亲转过眼，母亲转过脸，妹妹没有反应。

"谁？"父亲问。

"那位先生！"

"慈善家？"

"对。"

"圣雅克教堂的？"

"对。"

"那位老头?"

"对。"

"他要来?"

"他跟在我后面。"

"你能肯定?"

"我能肯定。"

"真的?他要来?"

"他坐出租马车来。"

"出租马车。真阔气!"

父亲站了起来。

"你怎么就能肯定?假如他坐马车来,你怎么到得比他早?你不会没告诉他地址吧?你告诉他是走廊尽头右边最后一个门了吗?但愿他不要走错门。你是在教堂里找到他的吗?他读了我的信了吗?他同你说了什么?"

"嗒!嗒!嗒!"女儿说,"像开连珠炮似的,老爸!听着,我进了教堂,他坐在老位子上,我向他问了安,把信交给他,他读完信,问我:'孩子,您住在哪里?'我说:'先生,我带您去。'他对我说:'不用,给我地址就行了。我女儿要去买东西,我雇辆车,和您同时到您家里。'我把地址告诉了他。当我说到这幢房子时,他好像有些惊讶,迟疑了一会儿,然后说:'没关系,我去。'做完弥撒,我看见他和他女儿离开了教堂,上了出租马车。我对他说得一清二楚,走廊尽头右边最后一个门。"

"那你怎么就知道他要来了呢?"

"我刚才见那辆马车已到了小银行家街,我就跑回来了。"

"你怎么就知道是那辆车呢?"

"我记住车牌号了嘛。"

"几号？"

"四四〇。"

"好，你是个有头脑的姑娘。"

女儿大胆地看着父亲，指着脚上的鞋说：

"可能是个有头脑的姑娘。不过，我说，我再也不穿这种鞋了，再也不穿了，一是为了身体，二是为了清洁。我不知道还有比这出水的鞋底更讨厌的东西，咯吱咯吱响了一路。我宁愿光脚不穿鞋。"

"你说的对，"父亲和蔼地回答，说话的语气和姑娘的粗暴恰成对照，"可那样，人家就不会让你进教堂了。穷人也应该穿鞋。"接着，他又辛辣地补了句："不能光着脚去仁慈的上帝家。"然后，他又回到他挂虑的那件事上：

"这么说，你肯定他会来？"

"就跟在我后头。"她说。

那男人挺直身子，脸上顿时一亮。

"老婆！"他喊道，"你听见了。那位慈善家来了。快把火弄灭。"

母亲目瞪口呆，一动不动。父亲江湖艺人般敏捷地从壁炉上抓起一只破罐子，把水倒在尚未烧尽的木柴上。然后对大女儿说：

"你！快把椅子弄破！"

女儿茫然不解。他抓住椅子，一脚把它踢破了，腿穿了过去。他一边抽出腿，一边问女儿：

"外面冷吗？"

"很冷，在下雪。"

父亲转向坐在靠窗那张破床上的小女儿，对她吼道：

"快！下床，懒鬼！什么事也不会做！快砸碎一块窗玻璃！"

小女孩哆嗦着跳下床。

"快砸呀！"他又说。

孩子呆若木鸡。

"听见没？"父亲重复道，"我跟你说砸碎一块窗玻璃！"

孩子吓得只好服从，她踮起足尖，在一块玻璃上砸了一拳。玻璃碎了，哗啦啦掉下来。

"好。"父亲说。

他神情严肃而粗暴。他用目光迅速扫视破屋的角角落落，看他的神情，俨然是将军在做开战前的最后准备工作。

至此，母亲没说过一句话，这时她站起来，用缓慢而低沉的语调、僵硬的话语问道：

"亲爱的，你想干什么？"

"给我躺到床上去！"那男人回答。

语气不容置辩。母亲乖乖服从，沉甸甸地躺到一张破床上。这时，一个角落里有人在啜泣。

"怎么啦？"父亲吼道。

小女儿蹲在黑暗中，没有出来，只是伸出血淋淋的拳头。她在砸玻璃时受了伤，她走到母亲的床边，暗自嘘唏。

这次，轮到母亲坐起来大叫大嚷了：

"你看见了吧！你干的蠢事！她砸玻璃时割破手了！"

"这样更好！"那男人说，"这是预料中的。"

"什么？这样更好？"那女人又说。

"住嘴！"父亲反驳道，"我取消言论自由。"

说完，他从身上那件女人衬衣上撕下一条，迅速把小女孩流血的拳头包上。包好后，他得意地低头看看撕破的衬衣。

"这衬衣也一样，"他说，"一切看上去都很好。"

凛冽的北风在窗口呼啸，吹进房间。外面的轻雾也钻进屋里，像白絮那样散开，仿佛有只看不见的手在摆弄。通过砸碎的玻璃窗，可见外面在下雪。果然如昨天圣烛节的太阳所预示的那样，天气很冷很冷。

父亲环视四周，仿佛想看看有没有忘了什么。他拿起一把破铁锹，在湿漉漉的焦柴上洒了些炉灰，把它们盖严。

然后，他直起腰，背靠壁炉，说道：

"现在，我们可以迎接那位慈善家了。"

八　阳光照进穷窟

大女儿走过去，把手放在父亲的手上。

"你摸摸，我多冷啊！"她说。

"这有什么！"父亲说，"我比你更冷。"

母亲冲动地说：

"你一切都比别人厉害，你！甚至干坏事。"

"躺下！"那男人说。

母亲感到丈夫看自己的神色不对，便闭口不言了。破屋里一阵沉默。大女儿漫不经心地在抠斗篷下摆上的泥巴，小女儿继续抽抽搭搭，母亲捧着她的头，吻了又吻，一边低声对她说：

"我的宝贝，求你了，没关系的，别哭了，你父亲会发火的。"

"不会的！"父亲嚷道，"恰恰相反！哭吧！哭吧！这样更好。"

接着又对老大说：

"啊！他怎么还不来！他要是不来，我就白干了！我都把火熄灭了，椅子踢破了，衬衣撕烂了，窗玻璃砸碎了。"

"小姑娘受伤了！"母亲嘀咕了一句。

"你们知道吗？"父亲接着又说，"这鬼屋子里冷得要命。那人不来就糟了。呵！我明白了！他是有意让我们等的！他心里想：'好吧！让他们等吧！他们生来就为了等的！'呵！我恨死他们了！这些阔佬！所有这些阔佬！我要高兴地、快乐地、兴奋地、满意地把他们统统掐死！这些所谓的慈善家，他们假装虔诚，他们去做弥撒，他们相信那些贼神甫，听他们唠唠叨叨，拜倒在教士脚下，自以为比我们高贵，上门来凌辱我们，来给我们送衣服！说得真动听！全是分文不值的破衣服！还送什么面包！你们这帮混蛋！我要的不是这个！我要的是钱！啊！钱！他们从不给钱！他们说我们拿了钱会去喝酒！我们是酒鬼，懒鬼！可他们呢！他们是什么人？他们从前是干什么的？是盗贼！不偷不抢，能发得了财？呵！应该像扯桌布那样，扯住社会的四个角，把一切都抛到空中！将一切都砸得稀巴烂！这是可能的，那样，至少谁都成了一无所有，这也就赚了！——喂！你那位没有教养的慈善家先生，他干什么去了？他还来不来？这畜生大概忘记地址了！我敢打赌，这老畜生……"

这时，有人轻轻叩了一下门。那男人赶紧奔过去，打开门，深深鞠了一躬，满脸堆起崇敬的笑容，大声说：

"进来，先生！请进，我可敬的恩人，还有您这位迷人的小姐。"

一个成熟的男子和一个年轻姑娘出现在破屋门口。马里尤斯尚未离开那个位置。此刻他的感受，是无法用语言表达的。

是她！

爱过的人都会知道，这简单一个"她"字，包含着多少光辉灿烂的意思。

真的是她！马里尤斯眼前即刻弥漫了一层光明的雾气，勉强能辨清那是她。正是那个久别的心上人，那颗闪耀了六个月的明星，正是那双眸子，那个额头，那张嘴巴，那张消失时把阳光带走的美丽动人的面

孔。已破灭的梦幻,又复现了!

她重新出现在这黑暗中,这陋屋里,这魔窟里,这丑恶的地方!

马里尤斯浑身战栗。什么!是她!他的心怦怦乱跳,连视线也模糊了。他感到自己快要泪如泉涌了。什么!他找了她那么久,现在终于又看见她了!他觉得自己丢了的魂,现在失而复得了。

她还是那样,只是稍为苍白了些。娇美的面孔嵌在一顶紫绒帽子里,身体隐蔽在黑缎面大衣里。长袍下隐隐露出一双绸靴紧裹的纤脚。

她仍旧由白先生相伴。她在房间里走了几步,将一大包东西放到桌上。

戎家大女儿退到房门后,用阴沉的目光凝视那顶丝绒帽,那件缎面大衣和那张幸福动人的脸。

九　戎德雷特差点哭出来

破屋很黑,外面的人走进屋里,以为进了地窖。两位来客几乎看不清周围的身影,犹犹豫豫,不大敢迈步,而破屋里的人已习惯了这昏暗的光线,把他们看得清清楚楚,仔仔细细。

白先生目光慈祥而忧郁,他走过去,对戎德雷特说:

"先生,在这个包里有几件新衣裳、几双袜子和几条毛毯。"

"我们天使般的恩人对我们太好了。"戎德雷特一边说,一边深深鞠躬,头都快低到地上了。

然后,他趁两位客人打量这凄惨的破屋,弯腰凑到大女儿耳边,急忙小声说道:

"怎么样?我说对了吧?破衣烂衫!没有钱。都是一路货!对了,给这个老傻瓜的信上署什么名来着？"

"法邦图。"女儿回答。

"戏剧艺术家，好！"

幸亏问一下，因为这时白先生正好转过身来同他说话，看来一下子想不起他的名字了：

"看来你们确实值得同情，先生叫……"

"法邦图。"戎德雷特赶紧回答。

"法邦图先生，对，是这个名字，我想起来了。"

"戏剧艺术家，先生，曾有过一些成就。"

这时，戎德雷特显然认为征服"慈善家"的时候到了。他大声说了起来，声音既像集市上的卖艺人那样虚张声势，也像大路上的乞丐那样低三下四：

"塔尔马的学生，先生！我是塔尔马的学生。从前我的运气挺好。唉！现在可倒霉了。恩人，您瞧，没有面包，没有火。我可怜的崽子没有火！我唯一的椅子破了！一块窗玻璃碎了！天气这样冷！我老婆卧床不起！病了！"

"可怜的女人！"白先生说。

"我的孩子受了伤！"戎德雷特接着说道。

那孩子因为来了客人而分散了精力，已停止哭泣，开始打量起那位"小姐"来。

"哭呀！嚷呀！"戎德雷特悄声对她说。

同时，他在她的伤手上捏了一下。他做这一切时，真有魔术师般的本事。那女孩大喊大叫起来。

被马里尤斯心中暗称为"他的于絮尔"的姑娘急忙走过去：

"可怜的孩子！"她说。

"美丽的小姐，您瞧，"戎德雷特说，"她手腕上都是血！为了一天挣六苏钱,她在机器旁干活,出了事故。她这条胳膊可能得锯掉!"

"真的?"那老先生不安地说。

小女孩信以为真,哭得更凶了。

"唉,是的,我的恩人!"父亲说。

戎德雷特以异样的神态打量这位"慈善家",且已有一会儿了。他一边说,一边目不转睛地看着他,仿佛在搜索记忆。突然,他趁两位客人关切地向小姑娘询问伤势之际,走到沮丧而惊呆地躺在床上的妻子身旁,赶快小声对她说:

"好好看看这个人!"

然后,他又转向白先生,继续诉他的苦:

"您瞧,先生!我什么衣服也没有!只有这么一件衬衣,还是我老婆的!破得不像样子了!寒冬天气!没有一件外衣,连门都不能出。假如我有件把外衣,我就去看玛尔斯小姐了,她认识我,也很喜欢我。她不是还住在夫人塔街吗?您知道吗,先生?我们一起在外省演出过。她荣获桂冠,也有我的一份功劳。先生,赛丽曼①会来接济我的!埃米尔②会给贝利塞③施舍的!可现在什么也没有!家里一分钱也没有!我老婆病了,没有钱!我女儿伤得很重,没有钱!我老婆常常气闷。年纪大了,而且,神经系统也有问题。她需要帮助,我女儿也是!看病!吃药!拿什么去付账呢?一个子儿也没有!为了十生丁,我都可以下跪,先生!您瞧,艺术都贬值到什么程度了!你们知道吗?可爱的小姐,还有您,慷慨的恩人,你们知道吗?一看就知道你们是积德行善的人,你们去的那个教堂,因为有了你们而香气四溢,我可怜的女儿去祈祷时,天天看

---

① 赛丽曼,莫里哀戏剧《愤世者》中的女主角。玛尔斯曾扮演过这一角色。此处暗指玛尔斯小姐。
② 埃米尔,莫里哀戏剧《伪君子》中的人物,常用以泛指诚实而不拘小节的女人。
③ 贝利塞(505—565),东罗马帝国的名将,皇帝因嫉妒而将他废黜,相传他被挖掉双眼,行乞而死。常用来泛指怀才不遇的人。

见你们。……因为,先生,我向来教育我女儿要信教。我不愿她们去演戏。啊!这些孩子!让我看着她们失足!我不是开玩笑,我!我总向她们叨叨,要看重荣誉、道德和贞操!不信你们可以问她们。人应该品行端正。她们是有父亲的嘛。她们可不是那种苦命的女孩子,开始时无家可归,最后只好去当婊子。从无名小姐,变成大众太太。当然!法邦图家的人可不能这样。我想教育她们守贞操,要诚实,要文雅,要信上帝!神圣的名字!——可是,先生,我尊敬的先生,您知道明天将发生什么吗?明天,二月四日,是要命的日子,房东给我定的最后期限;今天晚上我若付不出房租,明天,我的大女儿,我本人,我发着烧的老婆,我受了伤的小女儿,我们一家四口就要被赶走,扔到外面,扔到街上,扔到大马路上,下着雨,下着雪,没有安身之地。就这样,先生。我欠了四个季度,即一年的房租!共六十法郎。"

戎德雷特在撒谎。四个季度只要四十法郎,况且,也不可能欠四个季度,因为不到半年前,马里尤斯已替他付了两个季度。

白先生从口袋里掏出五法郎,放到桌上。

戎德雷特瞅准机会,在大女儿耳边嘀咕说:

"恶棍!才五法郎,够做什么?还不够补偿我的椅子和玻璃呢!得让他把本钱补回来!"

这时,白先生已把穿在蓝色紧腰中大衣外面的棕色大衣脱下来,扔到了椅背上。

"法邦图先生,"他说,"我身上只有五法郎,不过,我先把女儿送回家,晚上我再来。今晚您是不是要付房租?"

戎德雷特脸上出现了一种古怪的神情。他急忙回答:

"是的,尊敬的先生。八点我得到房东家。"

"我六点到,给你带六十法郎来。"

"我的恩人!"戎德雷特欣喜若狂,大声喊道。

接着,又低声说:

"老婆,好好看看他!"

白先生又挽起那位漂亮姑娘的胳膊,转身朝门口走去:

"朋友们,晚上见。"他说。

"六点?"戎德雷特说。

"六点。"

这时,戎德雷特的大女儿注意到了椅子上的那件大衣。

"先生,"她说,"您忘记拿大衣了。"

戎德雷特狠狠瞪了女儿一眼,同时还耸了耸肩。白先生回过头,微笑着回答:

"我没忘,留给你们了。"

"呵!我的恩人,"戎德雷特说,"我尊贵的恩人,我都要哭了!请允许我送你们上马车。"

"您出去的话,"白先生说,"穿上这大衣。天气的确很冷。"

戎德雷特不用人说第二遍。他急忙把那件大衣套在身上。然后,三人一同出去了,戎德雷特走在前面,两位客人跟在后面。

十 公共马车的价格:每小时两法郎

马里尤斯把这一幕尽收眼底,可实际上什么也没看见。他的眼睛始终盯着那姑娘,她一迈进这破屋,他的心可以说就把她紧紧抓住,并完全裹了起来。她待着的那段时间里,他心驰神越,他的感觉完全停止,整个灵魂扑在一个点上。他凝视着,但不是那姑娘,而是一团光辉,那是缎面大衣和紫绒帽发出的光辉。即便天狼星进入这屋子,他也不会像这样眼花缭乱。

当姑娘打开包裹，摊开衣服和毛毯，和蔼地探问母亲病情，亲切地询问小姑娘伤势的时候，他窥视她的每个动作，竭力想听见她说话的声音。他已熟悉她的眼睛、她的额头、她的美貌、她的身材、她的步态，但还没听到过她的声音。有一次，在卢森堡公园，他好像听到她说了几句话，但又不十分真切。他宁可折寿十年，也要听见她的声音，以便把这音乐在他心中保留一点。可是，戎德雷特絮絮叨叨，不停地哀怨，喇叭似的哇啦哇啦，把其他声音都盖住了。这无疑使心醉神迷的马里尤斯感到十分扫兴。他贪婪地看着她。他不能想象，他在这个魔窟里，在这群邪恶的人中间看见的，真会是那个妙不可言的姑娘。就好像在一群癞蛤蟆中看见了一只蜂鸟。

她离开时，他只有一个念头：跟踪她，紧跟不舍，不找到她的住址决不离开她！千找万找，才神奇般地重新找到她，至少不能再得而复失！他跳下五斗橱，抓起帽子。他把手放到锁闩上，正要出去，突然想到一个问题，便止步不前了。走廊很长，楼梯很陡，戎德雷特很饶舌，白先生可能还没有上车；万一在走廊里，或在楼梯上，或在大门口，白先生回过头来，看见他马里尤斯住在这幢房子里，肯定会惊慌不安，会想方设法再次躲开他，这样岂不又完了！怎么办？再等等？可在等的工夫，马车可能会开走。马里尤斯拿不定主意。最后，他决定冒冒险，走出了房间。

走廊里已没有人了。他奔到楼梯上。楼梯上也没有人。他急忙下楼，赶到林荫大道上，正好看见一辆马车拐到小银行家街，回巴黎城去。

马里尤斯朝这个方向奔去。跑到大马路的拐角处，又见马车在穆夫塔街疾驰而去。马车已走远，无论如何追不上了。什么？跟在后头跑？这不行；再说，从车上肯定能看见有人在拼命追赶，那父亲就会认出他来。这时，真是天赐良机，马里尤斯看见一辆空出租马车经过林荫大道。

只有一个办法，跳上这一辆，追赶另一辆。这样做切实可行，没有危险。

马里尤斯示意车夫停下，对他喊道：

"按小时算！"

马里尤斯没结领带，穿着旧工作服，还掉了纽扣，衬衣胸襟的打褶处还破了道口子。

马车夫停下来，眨了眨眼，向马里尤斯伸出左手，食指和大拇指轻轻搓了搓。

"什么？"马里尤斯问。

"先付钱。"马车夫说。

马里尤斯这才想起身上只有十六苏。

"多少？"他问。

"四十苏。"

"回来再付。"

马车夫吹起拉帕利斯小曲，用鞭子抽了一下马，就算是回答。

马里尤斯呆呆地看着马车远去。因为少二十四苏，他失去了他的快乐、他的幸福、他的爱！他又一次坠落黑暗中！他刚复明，就又成了瞎子！他辛酸地——应该承认，还非常懊悔地——想起早晨给那卑贱姑娘的五法郎钱。假如有这五法郎，他就能得救，就能死而复生，脱离地狱和黑暗，就能摆脱孤独、忧郁和寂寞。他把自己命运的黑线重新接到那根美丽的金线上，可那金线在他眼前飘了一下，复又断了。他垂头丧气地回到旧宅。

按说他应该想到白先生答应晚上再来，他只要干得好，就能跟上他；可他那时只顾凝视那姑娘，几乎没有听见这句话。

上楼梯时，他远远看见戎德雷特，裹着那位"慈善家"的大衣，在林荫大道的另一边，挨着戈布兰门街人迹罕至的城墙，在同一个形迹可疑的家伙说话；那是人们所谓的"城门强盗"，面目可疑，言语晦涩，看上去一肚子坏水，常常白天睡觉，这使人猜想他们在夜间活动。

那两人不顾大雪纷飞，站在那里说话；这样两个人，警察见了肯定会注意，可马里尤斯却没怎么留心。

不过，尽管他沉浸于痛苦中，却仍然想起，和戎德雷特谈话的那个城门强盗，很像库费拉克曾指给他看过的一个叫庞肖，外号叫春天或比格纳耶的家伙，这一带的人称他为相当危险的夜间出没的强盗。在前一卷中，我们已见过他的名字了。这个外号叫春天或比格纳耶的庞肖，曾与好几个刑事案有牵连，此后，便成了臭名昭著的恶棍。那时，他还只是小有恶名。如今，他在盗匪圈里成了传奇人物。他在前朝末年，就在这方面开创了新风。晚上，天刚黑，在狮子沟的拉福斯监狱里，犯人三五成群，低声交谈，谈的是有关他的故事。在这个监狱里，巡逻道下方，有一条排粪阴沟，一八四三年，光天化日之下，曾有三十名囚犯从这沟里越狱，成了闻所未闻的事；就在这些茅坑的石板上方，可以看到庞肖的名字，这是庞肖自己在一次越狱中，明目张胆地刻在巡逻道的墙上的。一八三二年，警察就开始注意他了，但那时，他其实还没正式入行。

十一　贫穷帮痛苦

马里尤斯慢慢爬着旧宅的楼梯。他正要回他的陋室，看见走廊里，戎家大女儿跟在他后面。他一见这姑娘就觉讨厌。就是她拿走了他的五法郎，现在问她讨回也来不及了，他那辆马车已开走，另一辆也已走远。况且，她也不会还给他。至于向她打听刚才来的那两个人的住址，那是白费口舌，她肯定不知道，因为那封署名法邦图的信，是交给圣雅克－德－奥巴教堂的慈善家先生的。

马里尤斯走进房间，随手关门。可门却没关上。他回过头，看见有只手抵着半开的门。

"怎么回事？"他说，"谁呀？"

是戎家大女儿。

"是您？"马里尤斯几乎是生硬地说，"怎么老是您! 找我有什么事？"

她似乎若有所思，不作回答。她不像上午那样自信。她没有进来，而是待在走廊的阴暗中。马里尤斯从半开的门缝里看见她。

"喂！怎么不回答？"马里尤斯说，"找我有什么事？"

她向他抬起忧郁的眼睛，眸子里仿佛隐隐闪烁着一道光。她对他说："马里尤斯先生，您好像有心事。怎么啦？"

"我！"马里尤斯说。

"对，您。"

"没什么呀。"

"肯定有。"

"没有。"

"我说肯定有！"

"别烦我了！"

马里尤斯又推了推门，但她仍用手抵着。

"听着，"她说，"您错了。您不富有，但今天上午您帮助了我。请继续做个好人吧。您给了我吃的，现在您有什么难事，请告诉我。您有心事，一看就知道。我不愿意您愁眉苦脸。怎样使您开心呢？我能帮上忙吗？要我做什么，尽管吩咐吧。我不问您的秘密，您也不必告诉我，但我可以帮助您。既然我能帮我父亲，我也能帮您。送个信，跑个人家，挨家挨户问些什么，打听谁的地址，跟踪什么人，这些事我都能做。好了，有什么事，尽管对我说。我去给您传话。有时，去传话的人，只要知道是什么事就够了，一切都会办妥的。您就吩咐吧。"

马里尤斯脑海里闪过一个念头。人感到快坠落时，还会计较什么树枝吗？他走到戎家大女儿身边。

"你听着……"他对她说。

她眸子里闪过一道喜悦的光，打断他说：

"呵！对，用'你'同我说话吧！我更喜欢这样。"

"好吧，"他接着说，"你带那位老先生和他的女儿到这里来了……"

"是呀。"

"你知道他们的地址吗？"

"不知道。"

"帮我搞到。"

戎家大女儿本已忧转喜的眼睛，此刻由喜而转阴。

"您想要这个？"她问。

"是的。"

"您认识他们吗？"

"不。"

"也就是说，"她急忙说，"您不认识她，但您想认识她。"

她把"他们"改成"她"，其中有说不出的意味和苦楚。

"到底行不行？"马里尤斯说。

"帮您找到那位漂亮小姐的地址？"

她说"漂亮小姐"几个字时，有弦外之音，令马里尤斯不快。他继而又说：

"父亲和女儿的地址，总之都一样！他们的地址，怎么啦！"

她目不转睛地看着他。

"那您给我什么？"

"你要什么，我就给什么。"

"我要什么，您就给什么？"

"对。"

"您会有地址的。"

她低下头,然后,猛地拉上了门。

又只剩马里尤斯自己了。

他倒在一张椅子上,脑袋和双肘靠在床上,陷入理不清楚的思绪中,感到晕头转向。一天来发生的事,天使的出现和消失、戎家大女儿刚才同他说的话、在茫茫绝望中飘浮着的一线希望,这一切,乱七八糟地充塞了他的脑海。

他正在胡思乱想,忽然被惊醒了。他听见戎德雷特在扯着刺耳的大嗓门说话,而那句话引起了他极大的兴趣:

"我给你说,我敢肯定,我认出是他。"

戎德雷特说的是谁?他认出谁来了?是白先生?"他的于絮尔"的父亲?什么!戎德雷特认识他?马里尤斯将会像这样突然而意外地知道所有的情况了吗?不知道她的情况,他的生活是多么黯淡无光啊!他就要知道他爱的是谁,那姑娘是谁,她父亲是谁了吗?包围他们的浓浓黑暗就要烟消雾散了吗?面罩就要撕开了吗?啊!天哪!

他爬上——不如说跳上五斗橱,又站到隔板上的那个小洞旁。

戎德雷特家破烂的屋子再次展现在他眼前。

十二　白先生给的五法郎派何用场

那家的情况还是那样,不同的是,那女人和两个女儿从包里拿出了毛袜子和毛线衫穿上了,两条新毛毯也扔到了两张床上。

戎德雷特显然刚刚回来,他还在喘粗气。两个女儿坐在壁炉旁的地上。姐姐在帮妹妹包扎伤手。那女人仿佛瘫在壁炉旁的那张床上,满脸惊讶的神色。戎德雷特迈着大步,在屋里来回走着。他的眼神怪怪的。

那女人在丈夫面前似乎有些胆怯,神态愕然。她壮胆问道:

"什么,真的吗?你肯定?"

"肯定!八年了!但我认得他!啊!我认得他!我一眼就认出他来了!怎么?你没看出来?"

"没有。"

"可我对你说要注意了呀。还是那副身材,还是那张脸,不怎么见老。有些人是不会老的,我不知道他们是怎么搞的。说话的声音还是老样子。只是穿得比过去好了!啊!神秘的鬼老头!我可抓住你了!"

他停下来,对两个女儿说:

"你们两个,别在家待着!——真奇怪,你怎么就没看出来。"

她们乖乖地站了起来。母亲结结巴巴地说:

"她的手不是受伤了吗?"

"空气对她有好处。"戎德雷特说。"快走。"

显然,他是不容置辩的那种人。两个女儿出去了。她们正要出门,父亲抓住大女儿的胳膊,以一种古怪的口吻对她说:

"你们五点钟一定要回来。两个人都要回来。我需要你们。"

马里尤斯更注意听了。

屋里只剩下戎德雷特和他老婆了。他又开始在屋里来回走动,默默地转了两三圈。接着,他又用几分钟时间,把身上那件女人衬衫塞进裤腰里。

蓦然,他转向老婆,叉起双臂,大声说:

"你想听我给你说一件事吗?那小姐……"

"什么?"那女人说,"小姐……?"

马里尤斯确信无疑,他们谈的正是她。他万分忧虑,侧耳细听。他的全部生命都集中在耳朵里了。

可是，戎德雷特俯下身子，低声同他老婆说话。接着，他直起腰，大声说了最后一句话：

"是她！"

"那东西？"老婆说。

"那东西！"丈夫说。

任何语言都难以表达那母亲说的"那东西"中所包含的内容。那是一种极其可怕的语调，混杂着惊讶、狂怒、仇恨和气愤。这个胖女人，她丈夫只在她耳边说了几个字，可能是个名字，她就从半睡状态中清醒过来，由令人厌恶，变得令人可怕了。

"不可能！"她喊道，"我女儿打赤脚，没裙子穿！怎么！她却又是缎面大衣，又是丝绒帽，又是缎子靴！什么都有！这些行头，要二百多法郎哪！真像个贵妇人！不，你搞错了。再说，首先，那一个长得很丑，这一个长得不错！的确不错！不可能是她！"

"我跟你说，就是她！你瞧吧。"

听见丈夫如此斩钉截铁，那婆娘抬起长着一头金发的红兮兮的大宽脸，用奇丑无比的表情望着天花板。这时，马里尤斯觉得她比她丈夫还要可怕。那是一头虎视眈眈的母猪。

"什么！这个用怜悯的神态看我女儿的令人憎恶的漂亮小姐，是那个叫花子！呵！我真想用木鞋踢破她的肚子！"

她跳下床，蓬头散发，鼓起鼻孔，半张着嘴巴，捏紧拳头甩向后面。她站了一会儿，又倒在破床上。那男的来回走着，没有理会他老婆。沉默了一会儿，他走到老婆身边，停下来，像刚才那样交叉双臂。

"你要我再给你说件事吗？"

"什么？"她问。

他低声而生硬地说：

"我要发财了。"

他老婆仔细打量他，目光像是在说："同我说话的人是不是疯了？"

他则继续往下说：

"岂有此理！我在这个'不挨冻便要饿死，不挨饿便要冻死'的教区，当教民的时间够长的了！我受罪受够了！什么我的责任，别人的责任！我不开玩笑了！我不觉得这好玩了！文字游戏玩够了，仁慈的上帝！别再作弄人了，永生的天父！我想吃得饱饱的，喝得足足的！狼吞虎咽！整天睡觉！什么也不做！我想享享福了，我！翘辫子之前，我想当当百万富翁！"

他在破屋里绕了一圈，然后又说：

"和别人一样。"

"你想说什么呀？"那女人问。

他晃了晃脑袋，眨了眨眼睛，就像物理学家在十字街头进行示范讲解那样，提高嗓门说：

"我想说什么？听着！"

"嘘！"他老婆咕哝道，"别这样大声！这事是不能让人听见的。"

"算了！谁来听？隔壁那位？我看见他刚才出去了。再说，这傻瓜会听见吗？况且，我告诉你，我看见他出去了。"

可是，出于一种本能，戎德雷特还是压低了嗓门，但不是很低，马里尤斯仍听得见。还有一个有利条件，外面下着雪，使得马路上过往车辆的声音变小了，因此，他们说的每句话，他都听得清清楚楚。

下面就是马里尤斯听到的：

"好好听着。那个财神，他逃不了了！等于被抓住了。我已作了安排，一切都布置好了。我找了些人。他今晚六点来。送六十法郎来，恶棍！你看见我是怎样胡诌我的六十法郎、我的房东、我的二月四日的吧！今天根本不是结账日！真是蠢猪！他六点来！正是隔壁那位去吃晚饭的时候。比贡太太在城里洗碗。房子里没有人。那位邻居十一点前不会回来。孩子们望风。你帮我。他不敢不照我说的做。"

"万一他不做呢?"那女人问。

戎德雷特做了一个可怕的手势,说道:

"那就干了他。"

说完纵声大笑。

马里尤斯第一次见他笑。这笑声既冷又柔,使人毛骨悚然。

戎德雷特打开壁炉旁的一个壁橱,拿出一顶旧鸭舌帽,用袖管揩了揩,戴到头上。

"现在,"他说,"我要出去一趟。我还要找几个人,得力的人。你等着瞧吧,不会有问题。我尽早回来。这是场好戏。你看好家。"

他两手插在裤腰的两只口袋里,沉思片刻后大声说:

"你知道,幸亏他没有认出我!他要是认出了我,就不会再来了,就会躲着我们!是我的胡子救了我!我这浪漫的山羊胡子!漂亮而浪漫的小山羊胡子!"

说完,他又哈哈大笑。他走到窗口。雪不停地下着,将灰蒙蒙的天空划成一道道。

"鬼天气!"他说。

他裹紧大衣:

"这大衣太肥了。不过没关系,"接着他又说,"这老混蛋,幸亏给我留下了这件大衣!否则,我就出不去,一切也就落空了!事情就这么巧!"

他把鸭舌帽拉到眼睛上,便出去了。

他在门外才走几步,房门忽又打开,门缝里又出现他凶恶而聪慧的身影。

"我忘了,"他说,"你准备一炉煤。"

他把"慈善家"给他的五法郎硬币扔到老婆的围裙里。

"一炉煤？"那女人问。

"对。"

"几斗？"

"两满斗。"

"这要三十苏。剩下的，我买吃的。"

"可别。"

"为什么？"

"我也要买一样东西。"

"什么？"

"一样东西呗。"

"要多少钱？"

"这一带哪里有五金店？"

"穆夫塔街。"

"对了，在一条街的角上，我见过那家店。"

"告诉我，你要买的东西要多少钱？"

"五十苏到三法郎。"

"剩不下多少吃晚饭了。"

"今天还谈不上吃饭。有更重要的事要做。"

"够了，我的宝贝。"

他老婆说完这话，戎德雷特便关上门。这次，马里尤斯听见他的脚步声在旧宅的走廊里渐渐走远，很快下了楼梯。

此刻，圣梅达教堂正敲响一点钟。

十三　独处偏僻之地，不会想到念诵"天父"①

马里尤斯尽管爱沉思默想，但我们前面说过，他的性格却坚强刚毅。这种独自沉思的习惯，培养了他的同情心和怜悯心，同时也许减弱了他发怒的官能，但丝毫未损他愤慨的官能。他有婆罗门教徒的仁慈和法官的严正；他会同情一只癞蛤蟆，但也会踩死一条毒蛇。然而，他刚才瞥见的是一个毒蛇窝，呈现在他面前的是一个魔鬼窟。

"得把这些无赖踩在脚下。"他想道。

他原本想解开的谜团，一个也未解开，相反，可能变得更神秘了。对于卢森堡公园的那位漂亮姑娘和他称作白先生的那个男子，除了知道戎德雷特认识他们以外，其他情况依然一无所知。从他听到的那些晦涩难解的话，他只隐约猜到一件事：戎德雷特正在设置陷阱，虽不知是怎样的陷阱，但一定十分可怕；父女二人正面临巨大的危险，她很可能会遭难，她父亲则肯定遭难。得搭救他们，得挫败戎德雷特的罪恶阴谋，撕破这些蜘蛛结的网。他观察戎家那婆娘。她已把旧铁皮炉子从一个角落里拖出来了，此刻正在废铜烂铁堆里翻找什么。

他轻手轻脚地从五斗橱上跳下来，尽量不发出一点声音。

他为正在筹划中的阴谋深感恐惧，又对戎德雷特一家深觉厌恶，想到自己也许能为心爱的人做些什么，不禁感到欣慰。

可怎么做呢？给受威胁的人报信？可到哪里去找他们呢？他不知道他们的住址。他们在他眼前只重新出现了一会儿，继而又扎进巴黎的茫茫人海中了。晚上六点等在门口，待白先生一到，便告诉他有陷阱？可戎德雷特及其一伙会发现他在窥视，附近又很荒僻，他会寡不敌众，不

---

① 原文为拉丁语。

是被他们抓住，便是被他们赶走，他想救的人就完了。一点钟刚刚敲过。陷阱要到六点才开始。马里尤斯还有五个小时。

只有一个办法。

他穿上那件还能将就穿的外衣，围上围巾，戴上帽子，悄悄出去了，就像赤脚走在青苔上那样，几乎没发出声音。

再说，戎家婆娘还在那堆废铜烂铁里乱翻呢。

一出旧宅大门，他便拐进小银行家街。

在这条街的中段，有一堵矮墙，好几处可以跨过去，墙后是一块空地。马里尤斯心事重重，缓步而行，脚步声消失在雪地里。他来到矮墙旁，忽听得附近有人在说话。他回头张望，街上荒无人迹，且是大白天，可他明明听见有说话声。

他忽起念头，从身旁的墙头往里张望。果然有两个人正背靠着墙，坐在雪地上交谈。这两张面孔，他从未见过。一个蓄着胡子，穿着工作服，另一个留着长发，衣衫褴褛。蓄胡子的戴一顶希腊式无边圆帽，另一个光着脑袋，头发上落满雪花。

马里尤斯把脑袋伸到他们头上方，便能听见他们的谈话了。留长发的用臂肘捅捅对方，说道：

"有'猫露屁股'在，肯定能成功。"

"你这样认为？"蓄胡子的说。留长发的接上去说：

"每个人能挣五百法郎哪！大不了蹲五六年班房，顶多十年！"

另一个仍踌躇不定，将手伸进圆帽下搔头发，边搔边回答：

"这倒是真的。这样的事，是不能不做的。"

"我跟你说，肯定会成功的。"留长发的又说。"那什么老爹的双轮小马车会套上马的。"

接着，他们开始谈论头天在快乐街看的一部情节剧。马里尤斯便又继续赶路了。

他觉得,这两个鬼鬼祟祟的家伙躲在这堵墙后,蹲在雪地里说的晦涩难懂的话,也许同戎德雷特的罪恶计划不无关系。说不定就是那件事。

他朝圣马尔索镇走去,遇见第一家店,便上前打听哪里有警察分局。人家告诉他在蓬图瓦兹街14号。马里尤斯朝那里走去。

他经过面包店,花两苏钱买了个面包吃了,估计晚饭是吃不成了。

他边走边想上天还是有眼的。他思忖,假如早晨他没给戎家大女儿五法郎,他就会去跟踪白先生的马车,也就不会知道这件事,戎德雷特的陷阱就会一无阻挡,白先生就会遭殃,他的女儿也会和他一起完蛋。

十四 警察给律师两个"拳头"

到了蓬图瓦兹街14号,马里尤斯上了二楼,求见警察局长。

"局长先生不在,"一个接待员说,"但有个警探代他行使职责。您要同他谈谈吗?急不急?"

"急。"马里尤斯说。

接待员把他引到局长办公室。有个高个子男人站在一道栅栏后面,靠在一个火炉上,正用双手将大衣的下摆撩起来。那大衣很宽大,有三层披肩似的翻领。那人的脸四四方方,嘴唇薄而有力,颊须花白,浓而粗野,目光犀利,能把你的衣袋翻转来,可以说不是穿透,而是在其中翻找。

这人的神态几乎和戎德雷特一样凶残和可怖;有时,遇见看门狗,会像遇见狼那样,叫人胆战心惊。

"有什么事吗?"他对马里尤斯说,连先生都没称呼。

"局长先生呢?"

"他不在,由我代替。"

"我有一件非常秘密的事要报告。"

"说吧。"

"非常紧急。"

"那您快说呀。"

这人冷静而粗暴,让人见了既害怕,又放心,既产生恐惧感,又产生信任感。马里尤斯把他的奇遇向他作了叙述。——有个他见过面却不认识的男子,晚上可能要陷入一个圈套;——他,马里尤斯·蓬梅西,律师,住在贼窝的隔壁,隔墙听到了全部阴谋;——策划阴谋的恶棍叫戎德雷特;——他有同谋,很可能是城门强盗,其中有个人叫庞肖,外号叫春天,又叫比格纳耶;——戎德雷特的两个女儿在外边望风;——无法通知受威胁的人,因为连他的名字都不知道;——总之,他们将在晚上六点动手,地点在医院林荫大道最偏僻的地段,50—52号。

听到这个门牌号码,那警察抬起头,冷冷地说:

"是走廊最里头的那个房间吗?"

"正是,"马里尤斯说,接着又补了一句,"您熟悉那幢房子?"

警探沉默片刻,而后,他把靴跟放到火炉口烘烤,一边回答:

"有印象。"

接着,他又咕哝了一句,与其说在同马里尤斯,毋宁说在对自己的领带说话:

"这事可能与'猫露屁股'有点关系。"

这句话引起了马里尤斯的注意。

"猫露屁股?"他说,"我确实听到了这个词。"

他把长头发和大胡子在小银行家街矮墙后面雪地里的谈话,向警探叙述了一遍。

警探咕哝道:

"长头发可能是布吕戎,大胡子可能是半文钱,外号二十亿。"

他又垂下眼睛,沉思起来。

"至于那什么老爹,我猜到他是谁了。哎呀,我的外套烤焦了。这些该死的炉子,火总是太旺。50—52号,戈博旧宅。"

然后,他看着马里尤斯说:

"除了长头发和大胡子,您没看见别人吗?"

"还见过庞肖。"

"您没看见一个花花公子模样的魔头在这一带闲逛吗?"

"没有。"

"也没看见一个和植物园里的大象一样高大壮实的大块头吗?"

"没有。"

"也没看见一个像旧戏中的红辫子小丑的滑头吗?"

"没有。"

"至于第四个人,谁都见不到他,连他的帮手、同伙和喽罗也见不着他。您没看见不足为怪。"

"没看见。"马里尤斯接着又问道:"这些人都是什么人?"

警探回答:

"再说,现在也不是他们活动的时候。"

他又沉默片刻,然后说:

"50—52号。我熟悉这幢旧宅。我们藏在里面,不可能不被那些演员发现。稍有动静,他们就会取消演出。他们那么谦虚!有观众在场,他们会不自在。这样不行,这样不行。我想听他们唱歌,让他们跳舞。"

他自言自语完后,便转向马里尤斯,目不转睛地看着他问道:

"您会害怕吗?"

"怕什么?"马里尤斯说。

"怕那些人。"

"不会比怕您更怕！"马里尤斯生硬地回答，他开始注意到，这个警探还没称过他先生。

那警探更目不转睛地望着他，并以说教似的语气，一本正经地对他说：

"听您说话，好像挺有胆量，也挺正直。勇敢不惧罪恶，正直不畏权势。"

马里尤斯打断他说：

"好。不过，您打算怎么办？"

警探只是回答说：

"住在那幢房子里的人都有一把万能钥匙，供夜里回家开门用。您大概也有吧？"

"有啊。"马里尤斯说。

"带在身上吗？"

"在身上。"

"把它给我。"警探说。

马里尤斯从背心兜里取出钥匙，交给警探，说道：

"假如您相信我，来时多带些人。"

警探瞪了马里尤斯一眼；那眼神，就跟伏尔泰听见外省的院士建议他采用某个韵脚时的眼神如出一辙。然后，他猛地把两只特大的手伸进外套两只特大的兜里，取出两支人称"拳头"的钢管小手枪，递给马里尤斯，急促而生硬地说：

"拿着。回您的家去。躲在您的房间里。让人家以为您出门了。枪里已装了子弹。每支两发。您就待着观察。您说过墙上有个洞。那些人来后，先别管他们。您认为时机已到，该出面阻止时，您就开一枪。不要过早。剩下的事由我处理。朝天，朝天花板，朝任何地方开枪。但不要过早。等他们开始行动后。您是律师，知道该怎么办。"

马里尤斯接过枪,放进上衣的一个侧袋里。

"这样太鼓,会引起注意的。"警探说,"不如放在裤袋里。"

马里尤斯把手枪放进裤袋里。

"现在,"警探接着又说,"我们一分钟也不能浪费了。几点了?两点半。是不是七点?"

"六点。"马里尤斯说。

"来得及,"警探说,"不过很紧张。别忘了我对您说的话。砰!开一枪。"

"放心吧。"马里尤斯回答。

马里尤斯正想拉门出去,警探对他嚷道:

"对了,六点前,您若还需要我,就来这里,或派个人来。就说找雅韦尔警探。"

十五 戎德雷特采购用品

过了一会儿,快到三点时,库费拉克在博絮埃陪同下,碰巧从穆夫塔街经过。雪越下越大,漫天飘着雪花。博絮埃正在对库费拉克说:

"看见这些雪片纷纷落下,会以为漫天都是白蝴蝶。"

忽然,博絮埃远远看见马里尤斯顺着这条街向城门走去,神态有些古怪。

"瞧!"博絮埃惊呼道,"马里尤斯!"

"我看见了。"库费拉克说,"别跟他说话。"

"为什么?"

"他正忙着呢。"

"忙什么？"

"你没见他的神态吗？"

"什么神态？"

"他好像在跟踪一个人。"

"真的。"博絮埃说。

"你看他的眼睛！"库费拉克又说。

"他在跟踪谁呢？"

"一个帽上插花的——娇小妩媚的——放荡小妞呗！他恋爱了。"

"可我在街上既没见什么妩媚的小妞，也没见什么放荡的小妞，更没见什么插着花的帽子呀。连个女人的影子都没有。"

库费拉克看了看，嚷道：

"他在跟踪一个男人！"

果然，有个男人走在马里尤斯前面，相距二十来步，戴着鸭舌帽，尽管只见背影，仍能辨出他的花白胡子。

那人穿一件过于肥大的崭新的紧腰中大衣，一条破破烂烂、满是污泥的长裤子。

博絮埃纵声大笑。

"那人是谁？"

"那人？"库费拉克说，"是个诗人。诗人常穿兔皮商的长裤，法兰西贵族的紧腰大衣。"

"我们去看看马里尤斯到哪里去，"博絮埃说，"看看这个人到哪里去，跟踪他们，怎么样？"

"博絮埃！"库费拉克嚷道，"墨城的鹰！你真是粗野得出奇。跟踪一个跟踪人的人！"

他们返回去了。

事实上，当马里尤斯看见戎德雷特从穆夫塔街经过时，就跟踪监视他了。

戎德雷特走在前面，哪料到后面有人盯梢。马里尤斯见他离开穆夫塔街，走进格拉西厄兹街一座最破烂的房子里，过了一刻钟，又回到了穆夫塔街。他走进当年还坐落在皮埃尔－龙巴尔街拐角处的五金店，几分钟后，马里尤斯见他拿着一把白木柄的大钳工錾走出铺子，他把钳工錾藏到紧腰中大衣里。到了小让蒂伊街，他向左拐，快步走到小银行家街。天色渐暗，雪停了一会儿，又下起来了。马里尤斯躲在小银行家街的拐角处，不再跟踪戎德雷特了。街上一如平时，荒凉僻静。他幸亏没跟过去，因为戎德雷特到了马里尤斯曾偷听到长头发和大胡子谈话的那堵矮墙时，突然回头望了望，确信无人跟踪，无人看见，便跨过矮墙，消失不见了。

墙后那片空地通达一家前出租马车行的后院，车行老板声名狼藉，现已破产，车棚里还有几辆破车。

马里尤斯寻思，应该趁戎德雷特不在家时赶紧回去；况且，时候也不早了；每天傍晚，布贡妈妈去城里给人洗碗时，总要把大门关上，黄昏时锁大门已成了惯例；马里尤斯的钥匙已给了那警探；因此，他得赶快回去。

黄昏已降临，天差不多黑了。在天边，在无垠的空间中，只有一个点还被太阳照亮，那就是月亮。一轮红红的月亮，在硝石库医院的矮圆顶后面冉冉升起。

马里尤斯大步流星赶回50—52号。他到达时，大门还开着。他踮着足尖上楼，沿着走廊的墙壁，悄悄溜到自己的房门口。大家还记得，走廊两侧的陋室当时尚未租出，全都空着。这些房间的门，比贡太太一般是不关的。经过其中一间的房门口时，马里尤斯好像看见这空屋里有四个一动不动的人头，被窗子里射进来的落日余晖照着，微微发白。马里尤斯怕被发现，就没有细看。他悄没声儿地回到房里，没有被人发现。

回来得正是时候。过了一会儿,他听见比贡妈妈走了,大门关上了。

十六　又听到了根据一八三二年 英国一首流行曲调改编的歌

马里尤斯坐在床上。可能有五点半了。离将要发生的事只差半个钟头了。他听见自己血管的跳动声,就像在黑暗中听得见钟表的滴答声。他想到此刻暗中正紧锣密鼓地酝酿着两件事,一边是犯罪活动,另一边是正义行动。他并不害怕,但一想到将要发生的事,不免有些战栗。他像所有突遭意外事件袭击的人那样,整整一天都好像在梦里。为使自己确信不是在做噩梦,他随时需要感觉到裤兜里两支冰冷的钢手枪。

雪停了。月亮穿透薄雾,变得越来越明亮;月亮的清光和白雪的反光交相辉映,给房间蒙上一层黄昏的色彩。

戎家的破屋里有亮光。马里尤斯看见隔板的那个窟窿里闪烁着红光,在他看来是血光。

事实上,这亮光不大可能是蜡烛发出来的。此外,戎家毫无动静,没有人走动,没有人说话,一点气息都没有,寂静得让人觉得寒气逼人;假如没有这亮光,真会以为隔壁是坟墓。

马里尤斯轻轻脱去靴子,把它们推到床底下。

几分钟过去了。马里尤斯听见底下的大门吱呀转动,随后,他听见沉重而急促的脚步声爬上楼,经过走廊,隔壁陋室的碰锁咔嚓一声提起。戎德雷特回来了。

接着,响起了好几个人的说话声。原来全家人都在屋里。只是男主人不在时,全都沉默不语,正如老狼不在,狼崽子不发出声音一样。

"是我。"他说。

"晚上好,老爸!"女儿们尖声说道。

"怎么样?"母亲问。

"一切顺利,"戎德雷特说,"只是我的脚冻坏了。好,就要这样,你换上衣服了。你得让人家信任你。"

"我已作好出门的准备了。"

"我教你的话,你没忘吧?能办好吗?"

"放心吧。"

"因为……"戎德雷特说。他没把话说完。

马里尤斯听见他把一个沉甸甸的东西放到桌上,大概是他买的那把钳工錾。

"啊,"戎德雷特又说,"你们吃过东西没?"

"吃了,"母亲说,"有三个大土豆和一点儿盐。我利用这火,把它们煮了煮。"

"好。"戎德雷特又说,"明天,我带你们去撮一顿。会有一只全鸭和几道配菜。吃得像查理十世一样好。一切顺利。"

然后,他又压低嗓门,说道:

"捕鼠的笼子已打开。猫已就位。"

他又压低嗓门说:

"把这放进火里。"

马里尤斯听见一把钳子或一个铁器碰撞煤块的声音。戎德雷特继续说:

"你给门铰链上油了吗?这样就不会有声音了。"

"上了。"母亲回答。

"几点了?"

"快六点了。圣梅达教堂刚敲过半点钟。"

"见鬼！"戎德雷特说，"孩子们该去望风了。你们过来，给我听着。"
接着是一阵窃窃私语。然后，戎德雷特又抬高嗓门说：
"比贡大妈走了吗？"
"走了。"母亲说。
"你肯定隔壁没有人？"
"他白天没回来。你知道现在是他吃晚饭的时候。"
"你肯定？"
"肯定。"
"不管怎样，"戎德雷特说，"去他家看一看他在不在没有坏处。女儿，拿着蜡烛，快去。"

马里尤斯趴在地上，悄悄爬到床底下。他刚藏好，门缝里露出了烛光。

"爸爸，"一个声音喊道，"他出去了。"
他听出是大女儿的声音。
"你进去没？"父亲问。
"没有，"女儿回答，"不过，钥匙在门上，说明他出去了。"
父亲喊道：
"进去看看嘛。"

门开了，马里尤斯看见戎家大女儿拿着一支蜡烛走进来。她还是早上那模样，只是烛光下显得更可怕。

她径直朝床走来，马里尤斯一时紧张极了。其实，她是朝挂在床边墙上的那面镜子走去的。她踮起足尖，对着镜子左照右照。隔壁传来铁器的翻动声。

她用手将头发抹抹平，对着镜子微微一笑，用嘶哑阴沉的嗓门低声哼唱：

我们相爱了一星期,
幸福的时光太短暂!
一星期恩爱很值得!
爱情应该到永远!
到永远!到永远!

这时,马里尤斯浑身哆嗦。他觉得她不可能听不见他的呼吸声。
她走到窗口,望望窗外,傻兮兮地大声喊道:
"巴黎穿上白衬衣时多丑啊!"
她又回到镜子跟前,又做了些怪相,正面侧面照了又照。
"喂!"父亲喊道,"你在干什么?"
"我在看床底下和家具底下,"她回答道,一面仍在理头发,"没有人。"
"蠢货!"父亲吼道,"快回来!别浪费时间。"
"来了!来了!"她说,"在这么个小屋里,干啥都没时间!"
她低声哼唱:

你扔下我,奔赴战场,
我忧愁的心与你同行。

她朝镜子里看了最后一眼,随手关上门走了。
过了一会儿,马里尤斯听见两个姑娘赤脚经过走廊的声音,以及戎德雷特对她们的吼叫声:
"要留神!一个在城门那边,一个在小银行家街的拐角上。死死盯着大门,看到什么动静,赶快跑回来!奔上楼梯!你们有进楼的钥匙。"
大女儿咕哝道:

"大雪天,光着脚放哨!"

"明天你们就会有金色缎面靴穿了!"父亲说。

她们下了楼梯,几秒钟后,大门砰的一声关上,说明她们已到了街上。

房子里只剩下马里尤斯和戎德雷特夫妇了,可能还有马里尤斯昏暗中依稀看见的躲在空房间里的那几位神秘人物。

十七　马里尤斯给的五法郎派何用场

马里尤斯认为,应该上他的观察点观察了。凭着年轻人的敏捷,他转眼就到了墙上那个窟窿旁。

他往里张望。

戎家屋里有种异样的景象,马里尤斯终于明白刚才看到的奇怪亮光是什么了。一支蜡烛在起了铜绿的烛台上燃烧,但真正照亮屋子的不是烛光。壁炉里有一个相当大的铁皮炉子,满炉煤炭已点着,炉火的反光似乎照亮了整个陋室。正是戎家婆娘上午准备的那个炉子。煤火烧得很旺,炉子烧得通红,蓝色火焰在炉内欢跳,借着这火焰,可见有把钳工錾深深插进炭火,已烧得通红通红,正是戎德雷特在皮埃尔-龙巴尔街上买的那把。在靠门的一个角落里,有两堆东西,一堆好像是废铁器,另一堆好像是绳子,似乎要派什么用场。于不知道正在策划什么阴谋的人来说,看到这些东西,或许会想到要发生什么可怕的事,或许会想得很简单。这火光熊熊的破屋,与其说像地狱的入口,毋宁说像个铁匠铺,可这火光下,戎德雷特与其说像铁匠,不如说像魔鬼。

炉火的温度很高,桌上那支蜡烛靠炉子的一边已开始熔化,变成了斜面。壁炉上放着一盏旧的铜隐显灯，适合变成强盗的第欧根尼使用。

铁皮炉放在壁炉里，挨着几根没有燃尽、奄奄一息的木柴，烟被送进烟囱，闻不到煤烟味。

月光透过四块窗玻璃射进来，将清辉投到红光闪烁的破屋里，这对即将行动却依然充满梦想和诗情的马里尤斯来说，不啻上天将一种意念投到尘世间的噩梦中。

一阵风从那块碎玻璃窗中吹进来，有助于驱散煤烟味，掩盖炉子。

前面我们介绍过戈博旧宅，读者还记得的话，就会感到，选择戎德雷特的贼窝作为干坏事的场所，是十分英明的。这是巴黎最荒僻大街上的一幢最偏僻的房子中的最靠里面的房间。假如世上不存在陷阱，在这里也会发明出来。

这个陋室被整幢房子和许多空屋同马路隔开，唯一的窗户对着一片空地，空地围着围墙和栅栏。

戎德雷特已点着烟斗，坐在破椅上抽烟。他老婆正在同他低声说话。

假如马里尤斯是库费拉克，也就是说，是个在任何情况下都会发笑的人，看见戎家婆娘那副模样，一定会忍俊不禁，纵声大笑。她头戴插有羽毛、颇像查理十世加冕礼上武士军帽的黑帽子，身穿针织短裙，围着格子花呢披肩，脚穿那双早上她女儿不愿穿的男人鞋。就是这身装束，获得了戎德雷特的称赞："好！你穿上了！很好！得让人家信任你！"

至于戎德雷特，他仍穿着白先生送给他的过于肥大的新大衣，这件衣服和他的长裤依然形成强烈的对照，在库费拉克眼里，依然构成诗人的理想形象。

突然，戎德雷特抬高嗓门说：

"噢！我想起来了。这种天气，他肯定会坐马车来。快把提灯点上，拿着它下楼去。你待在楼下的大门后面。听见车停下来，赶快把大门打开，他上来时，你在楼梯上和走廊里给他照路，他进屋后，你赶快再下去,付给车夫车钱,把他打发走。"

"钱呢?"妻子说。

戎德雷特在裤兜里搜了搜,把五个法郎交给她。

"这是什么?"

戎德雷特神气活现地说:

"早晨邻居给的大头。"

继而他又说:

"你知道吗?得有两把椅子。"

"为什么?"

"坐呗。"

戎家婆娘平静地回答:"对!我去把邻居家的给你拿来。"听见这句话,马里尤斯感到一阵战栗掠过背脊。

她迅速开了门,到了走廊上。

马里尤斯无论如何也来不及从五斗橱上下来,钻进床底下躲起来了。

"带着蜡烛。"戎德雷特喊道。

"不用,"她说,"那样不方便,要拿两张椅子哩。有月光。"

马里尤斯听见她在黑暗中笨手笨脚地摸索他门上的钥匙。门开了。他又惊又怕,待着不动。

那女人进来了。

天窗里透进一道月光,两边是两大块黑影。其中一块黑影将马里尤斯倚靠的那面墙全部盖住,因此,他也隐没在黑暗中。

戎家婆娘抬头看了看,但没看见他,拿起马里尤斯仅有的两张椅子便走了,门在她后面砰地关上。

她回到陋室:

"椅子拿来了。"

"拿着提灯,"丈夫说,"快下楼去。"

她急忙服从。戎德雷特独自在家。

他把两张椅子放到桌子两旁,将煤火里的钳工錾翻了个身,把一扇破屏风放到壁炉前,遮住炉火,然后,跑到放绳子的角落里,弯下腰,好像在检查什么。马里尤斯这才看明白,刚才以为是一堆烂绳的东西,原来是一条完美的绳梯,有一些木头梯级,还有两个用作固定的铁钩。

这条绳梯,以及另外几件混在门后那堆破铜烂铁中,活像狼牙铁棒之类的粗笨工具,早上还不在戎家的破屋里,显然是下午马里尤斯不在时搬来的。

马里尤斯想道:"这都是铁匠打刃具的工具。"

假如马里尤斯在这方面比较内行的话,就会在他以为是打刃具的工具中,分辨出有的是用来撬锁或撬门的,还有的是用来割或砍的。这两类凶器,盗贼们分别称作"弟弟"和"剪刀"。

壁炉、桌子和两张椅子正好对着马里尤斯。炉子已被屏风挡住,只剩下烛光照亮屋子了;桌上或壁炉上任何一点破烂,都会投下一大片阴影。房间里寂寂无声,说不出的阴森可怕,这预示着一件惊心动魄的事就要发生。

戎德雷特烟斗灭了也没理会,这表明他心事重重。他又来坐到椅子上。烛光使他脸上凶恶狡诈的棱角更加突出。他频频皱眉,右手掌不时突然张开,仿佛在对自己内心最后的阴险独白作出回答。在其中一次阴暗的自问自答中,他突然拉开桌子抽屉,取出藏在里面的一把长菜刀,在自己的指甲上试试锋刃。然后,他又把刀放回去,推上抽屉。

马里尤斯也赶紧抓住右裤兜里的手枪,抽出来,将子弹推上膛。子弹上膛时,发出微弱而清脆的声音。戎德雷特一惊,从椅子上半抬起身子。

"谁?"他喊道。

马里尤斯屏息敛气,戎德雷特侧耳细听了一会儿,然后大笑着说:

"我真愚蠢！是隔板的爆裂声。"

马里尤斯手中仍握着枪。

十八　马里尤斯的两把椅子面对面摆着

突然，远处的一口钟敲响，凄凉的颤动声震撼着窗玻璃。圣梅达教堂正敲六点。

每响一下，戎德雷特便点一次头。第六响敲过后，他用手指头掐掉烛花。接着，他开始在房里踱步，时而又去听听走廊里的动静，走走听听，听听走走。

"但愿他来！"他咕哝道。然后他又回来坐到椅子上。

他刚坐下，房门打开了。是戎家婆娘开的门，她待在走廊里，隐显灯的一个小孔透出亮光，从下面照着她满脸堆笑的丑相。

"进来，先生。"她说。

"进来，我的恩人。"戎德雷特连忙起身，跟着说道。

白先生出现了。他神态安详，令人肃然起敬。他把四个金路易放到桌上。

"法邦图先生，"他说，"这是给您交房租和应急用的。以后我们再看。"

"愿上帝报答您，我慷慨的恩人！"戎德雷特说。然后，他快步走到妻子跟前：

"去把马车打发走！"

趁丈夫千谢万谢，并给白先生让座的工夫，她偷偷溜走了。过了一会儿，她回来了，在丈夫的耳边悄悄说：

"好了。"

从早上起,就不停地下雪,地上的雪很厚,没听见马车来到,也没听见马车开走。

这时,白先生已坐下。戎德雷特也在对面的椅子上就坐。

现在,为了对即将发生的场面有个概念,请读者好好想象一下:一个天寒地坼的夜晚,硝石库医院一带白雪覆盖,渺无人迹,月光惨白,有如无边无际的裹尸布,稀稀疏疏的路灯将阴森凄凉的林荫大道和路旁黑黢黢的榆树映红,方圆一公里可能没有一个行人;戈博旧宅极其寂静、可怖和黑暗;在这旧宅里,在这寂静中,在这黑暗中,戎家宽敞的破屋被一支蜡烛照亮,两个男人坐在一张桌子的两旁;白先生神态安详,戎德雷特满脸堆笑,却面目狰狞;戎家婆娘,那头母狼,待在一个角落里;马里尤斯藏在隔墙后,站着一动不动,不漏掉一句话,不放过一个动作,眼睛监视着,手里拿着枪。

此外,马里尤斯只是感到厌恶,却毫不害怕。他手里握着枪,心里很踏实。他想:"我随时都可收拾这恶棍。"

他感到警察已埋伏在附近什么地方,等待着约定的信号,随时准备动手。

他还希望,从戎德雷特和白先生的这次暴力冲突中,能发现些什么,以便解开他的谜团。

十九 担心暗处

白先生刚坐下,目光便转向那两张床。床上没有人。

"受伤的可怜小姑娘怎样了?"他问。

"不好，"戎德雷特露出伤心而感激的笑容回答道，"很不好，尊敬的先生。她姐姐带她到硝石库医院去包扎了。您会看见她们的，她们就要回来了。"

"法邦图太太好像好一些了？"白先生又说，一面朝那婆娘的奇装异服扫了一眼；她站在他和房门中间，仿佛已在把守出口，摆出威胁而近乎战斗的架势，咄咄逼人地注视他。

"她活不长了。"戎德雷特说，"可有什么法子呢，先生？这女人，她可顽强呢！这哪是女人，简直是头牛。"

那婆娘听到称赞，深受感动，就像受了恭维的怪兽，撒娇似的嚷道："你对我总是这么好，戎德雷特先生！"

"戎德雷特？"白先生说，"我还以为您叫法邦图呢。"

"法邦图，号称戎德雷特！"丈夫赶紧说道，"演员的艺名！"

他朝妻子耸了耸肩，白先生没有看见。接着，他又改用夸张而动听的声调说道：

"啊！因为我和这个可怜的宝贝感情一直很好！如果连这个都没有，我们还有什么呢？尊敬的先生，我们太不幸了！我们有胳膊有腿，却没有工作！我们有热情，却没有活儿做！我不知道政府如何解决这些问题，不过，我以名誉担保，先生，我不是雅各宾派，先生，我也不是'漆皮帽派①'，我不怪政府，不过，假如我是部长，我保证，情况会大不一样。您看，比方说，我曾想让我的两个女儿学做糊纸盒的手艺。您会说：什么！手艺？是的！手艺！一种简单的手艺！一种糊口的手艺！我们沦落到什么地步了，我的恩人！与我们从前的情况相比，现在多么衰败！唉！当年兴旺时候的东西，全都没了！只剩下一样，一幅画，我对它十分珍爱，但我准备卖掉。得活下去呀！再说一遍，得活下去呀！"

---

① "漆皮帽派"，指一八三〇年革命后，一些不修边幅、鼓吹民主的青年。

戎德雷特这样说着，表面上语无伦次，但脸部表情依然透着熟虑和精明。马里尤斯一面听他说话，一面抬眼望去，发现房间里头有个人，这之前他没看见。这人刚刚进来，动作很轻，转动门把时没发出响声。他穿一件又破又脏、每条皱褶都张着口的紫色针织背心，一条又肥又大的棉绒长裤，一双套在木鞋外面的布鞋，没穿衬衣，露着脖子，光着刺了花纹的膀子，脸上涂了黑灰。他交叉双臂，一声不响地坐在最靠近门的那张床上。因为他待在戎家婆娘后面，不显眼。

如同视线被磁力吸引，白先生几乎和马里尤斯同时转过头去。他不禁一惊，这没逃过戎德雷特的眼睛。

"啊！我知道了！"戎德雷特大声说道，一边讨好似的扣上外衣的纽扣，"您是不是在看您这件大衣？我穿着很合身！真的，很合身！"

"这人是谁？"白先生说。

"他？"戎德雷特说，"是邻居。别管他。"

那邻居样子很怪。不过，圣马尔索郊区镇上有不少化工厂。许多工人的脸都可能熏黑了。再说，白先生整个人都显出一种纯真而无畏的信任。白先生又说：

"对不起，您刚才说什么了，法邦图先生？"

"我在说，先生，亲爱的恩人，"戎德雷特接着说道，一面把双肘支在桌子上，用蟒蛇般的眼睛，温和地、紧紧地盯着白先生，"我在说，我有一幅画要卖。"

门口轻轻响了一下。又一个人进来了，坐到床上，躲在戎家婆娘后面。和第一个一样，也光着膀子，脸上也涂着墨汁或煤烟。尽管那人确实是溜进来的，但白先生仍然发现了。

"别管他们。"戎德雷特说，"都是邻居。我在说我还剩下一幅画，一幅珍贵的画……就是这个，先生，您瞧。"

他站起身，走到墙边，墙脚下放着我们前面谈到的那幅画。他把画翻过来,仍让它靠着墙。这的确有点像幅画,烛光朦胧地照着它。马里尤斯看不清楚,因为戎德雷特站在画前挡住了他的视线。不过,他依稀看出,那是胡乱涂抹出来的东西,画上有个主人公模样的人,色彩很不柔和,像是集市上卖的或是画在屏风上的那种画。

"这是什么?"白先生问。

戎德雷特感叹道:

"这是一幅大师的杰作!价值连城哪,我的恩人!我像珍爱我两个女儿那样珍爱它。它使我想起许多往事!但是,我既然对您说了,就不改口:我生活太苦,我想把它卖掉……"

或许出于偶然,或许已开始感到不安,白先生看着画,却把目光移向房间深处。现在已有四个人了,三个坐在床上,一个站在门旁,四个人都光着膀子,一动不动,脸上都涂成黑色。坐在床上的三个人中,有一个靠着墙,闭着眼,像是在睡觉。此人是个老头,黑脸衬着白发,模样委实可怕。另两个看上去挺年轻,一个蓄着胡子,另一个留着长发。没有一个穿皮鞋;不是布鞋,便是赤脚。

戎德雷特发现白先生在注视这些人。

"都是朋友,是邻居。"他说,"他们脸很黑,是因为成天同煤打交道。他们是修炉工。别管他们,恩人,买下我这幅画吧。可怜一下我这个穷人吧。我不会问您要高价的。您看值多少?"

白先生像是起了戒心,眼睛紧盯着戎德雷特,说道:"不过是酒店的招牌。值三法郎。"

戎德雷特温和地回答:

"您带着钱包吗?我只要一千埃居。"

白先生站起来,背靠墙上,将房间迅速扫视了一遍。他左边,也就是靠窗的一边,有戎德雷特;右边,也就是靠门的一边,有戎家婆娘和那四个男人。那四人一动不动,甚至好像没看见他。戎德雷特又诉起苦来,

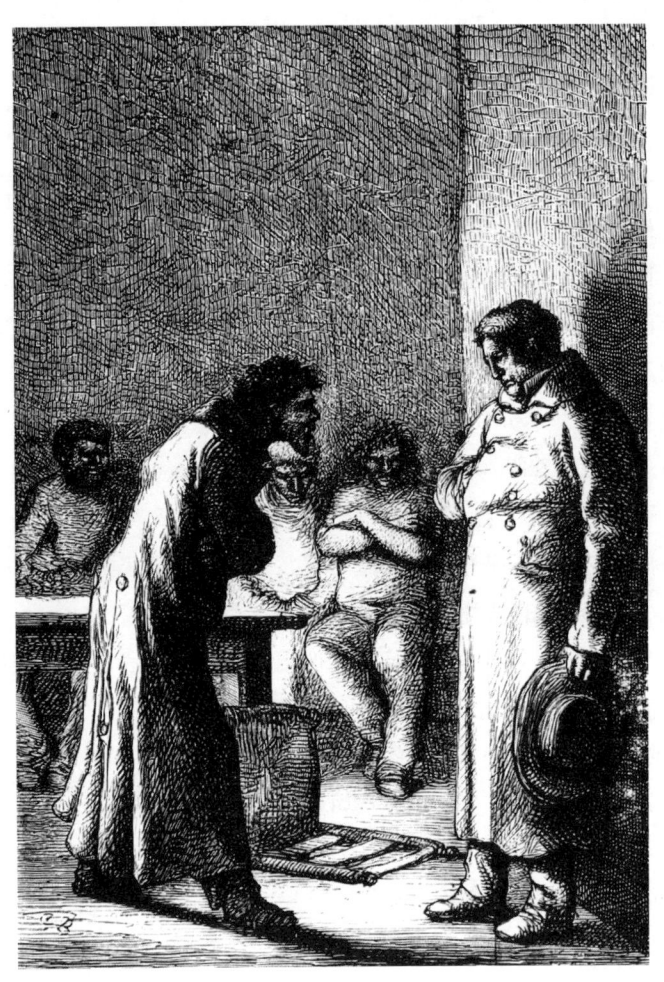

目光那样茫然,语调那样哀恸,白先生可能会以为眼前的这个人不过是穷得发疯了。

"亲爱的恩人,"戎德雷特说道,"如果您不买我的画,我就活不下去了,只好去跳河自杀。我一想到我曾想叫我的两个女儿学糊那种中号纸盒,装新年礼物的纸盒,我心里就难过!唉!首先得有一张里面有档板的桌子,以免玻璃掉到地上,还要有一个专用的炉子,一个隔成三格的罐子,用来装不同黏度的浆糊,一种糊木头,一种糊纸,一种糊布,还要有一把裁纸板的刀、一个校正的模子、一把钉铁皮的锤子、几把刷子,见鬼,哪里说得完?而这一切,就为了一天挣四苏!干十四小时!每个盒子要在手里过十三道工序!把纸弄湿!不能弄脏!不能让浆糊冷却!见鬼!我跟您说!一天挣四苏!这叫人怎么活!"

戎德雷特只顾说话,没有看白先生,而白先生却在注视他。白先生的眼睛盯着戎德雷特,而戎德雷特的眼睛则盯着门口。马里尤斯一会儿看看这个,一会儿看看那个,眼睛忙不过来。白先生仿佛在想:"这是个白痴吗?"戎德雷特则用各种不同的语调,有气无力地,苦苦哀求地,反反复复地说:"我只好去跳河!那天,我在奥斯特里茨桥那边,已往下走了三个石级!"

忽然,他那双无神的眼睛,闪出凶恶的光焰,这个矮个子男人竖直身子,变得异常吓人。他朝白先生走近一步,以雷鸣般的声音对他喊道:

"这不是我要说的!您还认识我吗?"

二十 陷 阱

陋屋的门刚才突然打开,三个穿蓝粗布衣、戴黑纸面具的人出现在门口。第一个很瘦，手里拿一根包铁皮的长木棍。第二个高头大马，倒提着一把宰牛的铁锤，手握在柄中间。第三个肩宽膀粗，不像第一个那样干瘦，但也不如第二个粗壮，手里捏着一把大钥匙，是从某个监狱偷来的。

看来，戎德雷特就在等这几个人到来。他同拿长木棍的瘦子迅速交谈了几句。

"都准备好了吗？"戎德雷特问。

"准备好了。"瘦子回答。

"蒙巴纳斯怎么没来？"

"那小子停下来同你女儿聊天呢。"

"哪个？"

"大的。"

"喊了出租马车没有？"

"喊了。"

"双轮小马车套好了吗？"

"套好了。"

"两匹好马？"

"绝好的马。"

"在我指定的地点等着吗？"

"对。"

"好。"戎德雷特说。

白先生脸色十分苍白。他似乎已明白自己的处境，密切注视陋屋里的一切，慢慢地转动脑袋，专心而惊讶地挨个观察周围的脑袋，但他脸上毫无害怕的神情。他把桌子当作临时的防御工事。这个人，刚才看上去还是个和善的老人，骤然间变成了角斗士，将一只粗壮的拳头放到椅背上，那动作叫人胆战心惊，又让人感到意外。

这个老人，面临这样的危险，依然坚定勇敢，好像天生属于这样一种人，需要善良时能做到自自然然，需要勇敢时，也能做到自自然然。我们心爱女人的父亲，对我们绝不是不相干的人。马里尤斯为这个不相识的人感到自豪。

被戎德雷特称作"修炉工"的那三个光膀子的人，从那堆废铁中，一个拣了把大剪刀，第二个挑了根铁撬棍，第三个选了把大铁锤，一声不吭地横在房门口。那老头仍待在床上，不过眼睛已睁开。戎家婆娘已坐到他身旁。

马里尤斯心想，再过几秒钟，他就该行动了，于是，他向走廊方向的天花板举起右手，准备开枪。

戎德雷特已同拿长棍的人交谈完毕，这时，他又转向白先生，一边发出他特有的压低了声音的可怕狞笑，一面重复前面提过的问题：

"您真的认不出我吗？"

白先生两眼盯着他的脸，回答道：

"认不出。"

于是，戎德雷特走到桌子旁。他交叉双臂，身子附向蜡烛，将棱角突出的凶恶的下巴，尽量凑近白先生泰然自若的面孔，白先生却毫不退缩。戎德雷特就在这野兽咬人的姿势中，大声吼道：

"我不叫法邦图，我不叫戎德雷特，我叫泰纳迪埃！我是蒙费梅的客栈老板！听见了吗？泰纳迪埃！现在您认出我了吗？"

白先生脸上出现难以察觉的红晕，他仍然平静地，声音既不发颤也没抬高地回答：

"认不出。"

马里尤斯没听见他回答。此刻，若有人在黑暗中看见他，会发现他满脸的惊慌、惊愕和惊恐。当戎德雷特说"我叫泰纳迪埃"时，马里尤斯惊得身子抖了一下，赶紧靠到墙上，仿佛有把冰冷的利剑刺入他的心脏。接着,原来准备开枪发信号的右臂,慢慢弯了下来,当戎德雷特重复"听见了吗,我叫泰纳迪埃"时,马里尤斯的手指一软,手枪差点掉下来。戎德雷特揭露自己的身份,并没使白先生震惊,却使马里尤斯大为震动。泰纳迪埃这个名字,白先生似乎并不知道,马里尤斯却很熟悉。让我们回忆一下,这名字对他意味着什么!这名字写在他父亲的遗嘱里,更是铭记在他心头!他把它印在脑海里,刻在心里,载在神圣的遗嘱中:"一个叫泰纳迪埃的人救了我的性命。我儿若遇见他,望能尽力报答。"我们记得,这个名字是他倾心所敬爱,并同他父亲的名字合在一起进行崇拜的。什么!多少年来,他千寻不见的就是这个泰纳迪埃,这个蒙费梅的客栈老板!现在终于找到他了,可是怎么回事,他父亲的救命恩人竟会是个强盗!他,马里尤斯,一心想效忠的人竟会是个魔鬼!搭救蓬梅西上校的人正在行凶,马里尤斯虽还没看清楚是什么形式,但很像是图财害命!况且,天哪,他害的是谁的命哪!真是不幸啊!命运的嘲弄太过分了!他父亲从棺木里命令他尽力报答泰纳迪埃,四年来,他一心想替父亲偿还这个债务,可是,就在他要通知司法部门抓住行凶的歹徒时,命运竟对他高喊:"这是泰纳迪埃!"这个人在英勇的滑铁卢战场上,冒着枪林弹雨救了他父亲,现在终于可以报答了,可他却是要把这个人送上断头台!他对自己许下诺言,一旦找到泰纳迪埃,一定要跪到他的脚下,现在果然找到他了,却是要把他交给刽子手!他父亲对他说:"你要救助泰纳迪埃!"可他却要用毁掉泰纳迪埃的方式,来回答这个神圣而可敬的声音!他父亲把这个冒死救他的人,托付给自己的儿子,托付给马里尤斯,可他却要让他父亲在坟墓里观看自己的恩人在圣雅克广场上绞死的场面!多少年来,他把父亲亲书的遗嘱铭记在心,可最后却背道而驰,这该有多么荒唐!可是,另一方面,明明看到有陷阱,怎能不加以阻止!怎能坐视受害人受害,让凶手逍遥法外!对这样一个恶棍,难道可以为了报恩而任其作恶吗?

马里尤斯四年来的各种想法，仿佛全被这件意外事搅乱了。他浑身颤抖。一切都取决于他。这些在他眼皮底下兴风作浪的人，哪里知道他们的小命攥在他的手里。如果他开枪，白先生就能得救，泰纳迪埃就会完蛋；如果不开枪，白先生就要遭殃，而泰纳迪埃，谁知道呢，就会逃之夭夭。把这一个推向深渊，或让另一个倒下！他都会感到内疚。怎么办？作何抉择？背弃刻骨铭心的记忆、心底里许下的无数诺言、最神圣的责任、最崇敬的遗书！要么违背他父亲的遗言，要么纵容犯罪！他仿佛听到，一边是"他的于絮尔"哀求他救救她父亲，另一边是上校把泰纳迪埃托付给他。他觉得自己要疯了。他双膝发软。他都来不及好好思考，因为事态发展很快。这就像一股旋风，他自以为能够驾驭，却身不由己地被卷走了。眼看他就要晕倒了。

这时，泰纳迪埃——以后我们不再用别的名字称呼他了——在桌子前面走来走去，一副精神失常、得意忘形的样子。

他一把抓起蜡烛，啪的一声放到壁炉上，用力如此之大，烛芯差点熄灭，烛油溅到了墙上。

然后，他凶神般地转向白先生，狂吼道：

"用火烧着吃！用烟熏着吃！剁成碎块吃！烤着吃！"

接着，他又来回走起来，一边怒气冲天，狂吠乱叫：

"啊！我终于找到您了，慈善家先生！穿破衣服的百万富翁先生！送布娃娃的人！老傻瓜！啊！您认不出我！不，八年前，一八二三年圣诞节那天晚上，到蒙费梅来的，到我客栈里来的不是您！从我家拐走芳蒂娜女儿百灵鸟的不是您！穿一件赭色大衣的不是您！这都不是您！也像今天上午到我家那样，手里拎着一大包破衣服！喂，老婆！看来他有这个怪癖，喜欢拎着一包毛线袜到别人家里去！老慈善家，算了吧！您是开针织品店的吗，百万富翁先生？您把卖不出去的存货拿来送给穷人，圣人！真会耍把戏！啊！您认不出我？好吧，我可认出您了，我！

您刚把脸伸进我家里,我就认出您来了。啊!这回您该明白,像这样借口住客栈,去别人家里,带着破衣服,装出一副穷得让人见了都要施舍的样子,欺骗人家,装得非常慷慨,把别人的饭碗夺走,还在树林里威胁人,欠着这笔账不还,等人家破产了,就送来一件肥得不能穿的大衣,两条医院里用的破毯子,老乞丐,拐骗儿童的老贼,这下您该明白这样做没有好果子吃了吧!"

他停下来,仿佛自言自语地说了一会儿。他的怒气就像罗讷河流入某个洞穴里那样,顿然消失了。接着,他像要大声结束刚才的低声自语似的,在桌上猛击一拳,大吼一声:

"装出老实的样子!"

然后,他对着白先生叱喝道:

"当然!从前您要了我!您是一切苦难的根源!您花了一千五百法郎,带走了我抚养的一个女孩!她肯定是有钱人家的孩子,已给我带来很多钱了,我本来可以靠她过一辈子!这个女孩,本来可以帮我把开客栈赔的钱全部补回来;在我倒霉的客栈里,别人大吃大喝,而我却像个傻瓜,把全部家当都贴了进去!呵!我恨不得那些人在我店里喝的酒都是毒药!这有什么关系!喂!您带百灵鸟走的时候,想必认为我很可笑!在树林里时,您拿着一根棍子!那时您是最强者!现在我可以报复了。今天是我手里捏着王牌!您完了,老家伙!呵,我高兴得大笑!真的,我要好好笑一笑!他终于落入圈套了!我对他说,我是演员,我叫法邦图,我和玛尔斯小姐、米什小姐一起演过喜剧,我的房东要我二月四日,也就是明天付房租,也不弄弄清楚,付房租的日子是一月八日,而不是二月四日!真是愚蠢透顶!只给我带来这四个不值得一提的菲利普!混蛋!连一百法郎也不愿给!我一番阿谀奉承,他就上了当!我好不痛快!我心想:傻瓜!这下可给我逮住了!上午我舔你的爪子!晚上我可要啃你的心肝!"

泰纳迪埃停住话头。他说得上气不接下气，狭小的胸膛呼哧呼哧，就像在拉风箱。他的眼睛里充满了卑鄙的欣喜，那是一个软弱、冷酷和卑怯的小人终于能打败他曾惧怕的人，侮辱他曾奉承的人时的特有的喜悦，是一个侏儒终于能将脚后跟踩到巨人头上时的特有的快乐，是一只豺狗开始撕咬一头病得不能自卫，却仍能感觉到痛苦的公牛时的特有的狂喜。

白先生一直没有打断他，当他停下来时，对他说：

"我不知道您在说什么。您弄错了。我是个很穷很穷的人，根本不是百万富翁。我不认识您。您弄错人了。"

"啊！"泰纳迪埃喘着粗气说，"胡说八道！您是坚持要开玩笑啰！老兄，您自己都不知所云！啊！您想不起来了？您认不出我是谁？"

"对不起，先生，"白先生彬彬有礼地回答，这礼貌的语气用在这种场合，显得奇特而有力，"我认出您是强盗。"

谁都曾注意到过，丑恶的人也有他们敏感的地方，魔鬼也怕人搔痒痒。听到"强盗"二字，泰家婆娘一下从床上跳下来，泰纳迪埃则一把抓住椅子，仿佛要把它捏碎。"你待着别动！"他对老婆吼道，然后转向白先生：

"强盗！对，我知道你们这些富人先生是这样叫我们的！对，不错，我破了产，我东躲西藏，我没有面包，我没有钱，我是强盗！我有三天没吃饭了，我是强盗！啊！你们这些人，你们的脚很暖和，你们穿着萨科斯基出品的薄底皮鞋，像大主教那样，穿着棉大衣，你们住在二层，楼里有门房看守，你们吃香菌，一月里吃四十苏一扎的芦笋，你们吃青豌豆，吃得肚子都要撑破。当你们想知道天气冷不冷，还得到报上去查看谢瓦利埃①工程师寒暑表的记录。而我们！我们自己就是寒暑表！我

---

① 谢瓦利埃，巴黎钟表沿河马路的光学师，有过许多发明。

们不需要跑到沿河马路的钟楼角上，看看天气冷到多少度，我们自己就感到，血已在血管里凝结，冰已钻进了心脏，我们说：世上根本没有上帝！而你们来到我们的洞穴，是的，我们的洞穴，称我们为强盗！我们要把你们吃掉！我们这些可怜的小人物，我们要把你们吞掉！百万富翁先生！请记住：我开过客栈，交过营业税，当过选民，做过资产阶级！而您很可能不是！"

说到这里，泰纳迪埃向守在门口的人走前一步，颤抖着说：

"我一想到他竟敢用对补鞋匠的口气来对我说话，就气得火冒三丈！"

接着，他又一次狂怒地对白先生说：

"慈善家先生，您还要记住一点：我不是个来历不明的人，我！我不是没名没姓，到别人家里拐走孩子的人！我是前法兰西士兵，本应该获得勋章的！我参加过滑铁卢战役！我在战场上救过一位叫什么伯爵的将军！他告诉过我名字，但他狗日的声音太小，我没听清楚。我只听见他说'谢谢①'。我宁愿知道他的名字，也不要他的感谢。这样，我就可以找到他了。您看见的这幅画，是大卫在布鲁克塞尔②画的。您知道画的是谁吗？是我。大卫想让这一功绩流芳千古。我背着那位将军，穿过枪林弹雨。这就是事情经过。那位将军，他没为我做过任何事，他不比别人更有价值！可我却冒着生命危险救了他，我口袋里装满了这件事的证明件！我是滑铁卢的一名战士，他娘的！我把这一切都告诉您，现在长话短说，我需要钱，我需要很多钱，我需要很多很多钱，不然，我就要您的命，该死的！"

马里尤斯的焦虑情绪稍为得到了控制。他专心地听着。最后一点疑团刚才云消雾散。那人正是遗嘱上提到的泰纳迪埃。听到他责备父亲忘恩负义，马里尤斯不禁打了个寒战，不可避免的是，他差点承认他对父

---

① 原文为merci，即"谢谢"，但也与Pontmercy（蓬梅西）的后两个音节的发音相同。
② 这里，大卫是法国画家（1748—1825），布鲁克塞尔即布鲁塞尔。

亲的责备是对的。他更加进退两难了。再说，在泰纳迪埃的那些话语中，在他的语气、手势以及使他字字句句都冒出火焰的目光中，在这个坏蛋连底兜出的发泄中，在这自吹自擂与卑鄙下流、高傲与猥琐、狂怒与愚蠢的混杂中，在这真抱怨与假感情的混乱中，在一个恶棍品味暴虐之快感的无耻行径中，在一个丑恶的灵魂无耻的暴露中，在这所有的痛苦和所有的仇恨的大骚动中，可以感到有令人憎恨的罪恶，也有令人痛苦的真情。

他要卖给白先生的那幅杰作，所谓大卫的油画，读者早已猜到，其实是他客栈的招牌，大家记得，是他自己画的，这是他在蒙费梅破产后唯一残存的东西。

现在，马里尤斯的视线不再被他挡住，他可以好好看一看这幅画了。在这幅胡乱涂出来的画中，他还真的分辨出一个战场，背景硝烟弥漫，近处有两个人，一个背着另一个。那两个人是泰纳迪埃和蓬梅西，救人的中士和被救的上校。马里尤斯好像喝醉了酒似的，这幅画仿佛让他的父亲复活了，这不再是蒙费梅酒店的招牌，而是死者的复活，一座坟墓微微打开，一个幽灵站了起来，马里尤斯听见心脏在太阳穴里跳动，滑铁卢的炮声在耳畔轰鸣，他父亲满身鲜血，模模糊糊地出现在阴森的画面上，使他心慌意乱，不知所措。他感到，这个模糊的身影在盯着他看。

泰纳迪埃缓过气来后，用血红的眼睛盯着白先生，低声而生硬地对他说：

"在把你灌醉之前，有什么话要说吗？"

白先生一声不吭。在这沉默中，一个破锣嗓子从走廊里响起，令人毛骨悚然地嘲笑道：

"要劈柴的话，有我呢！"

是拿宰牛锤的人在开玩笑。

与此同时，一张竖着头发的灰枯的大宽脸出现在门口，发出狞笑的嘴巴里露出的不是人牙，而是獠牙。

这是拿宰牛锤那人的脸。

"干吗摘掉面具？"泰纳迪埃怒形于色地问。

"笑起来方便。"那人回答。

有一刻工夫，白先生似乎密切注视着泰纳迪埃的一举一动。泰纳迪埃因狂怒而头晕目眩，感到门口有人把守，自己又武装到牙齿，而对方手无寸铁，九个男人——他把老婆也当成一个男人——对付一个，认为稳操胜券，在巢穴里走来走去。他在斥责拿宰牛锤的那个人时，背朝着白先生。

白先生抓住机会，抬起脚踢翻椅子，举起拳推翻桌子，没等泰纳迪埃转身，就已敏捷地蹦到了窗口。只一秒钟工夫，他已打开窗子，跳上窗台，跨出窗外。当六个粗壮的拳头抓住他，把他拽回屋里时，他半截身子已在窗外了。是三个"修炉工"扑到了他身上。与此同时，泰家婆娘揪住了他的头发。

听见杂乱的脚步声，其他几个强盗从走廊里跑过来。床上那位似乎喝醉了酒的老头，也从破床上下来，手持养路工的铁锤，跌跌撞撞地跑到了窗口。

其中一个"修炉工"，将一个由铁杆做成的两端各装一个铅球的大铁锤举到他头上方；烛光照着此人涂黑了的脸，尽管涂成黑色，马里尤斯仍认出那是庞肖，外号春天，又叫比格纳耶。

马里尤斯不能忍受这个场面。"父亲啊，"他想道，"原谅我吧！"他的手指寻找手枪扳机。他正要开枪，听见泰纳迪埃喊道：

"别伤着他！"

受害人逃跑的企图，不仅没有激怒泰纳迪埃，反而使他平静下来了。他身上有两个人，一个凶残，一个机智。直到这一刻，面对垂头丧气、一动不动的猎物，他一得意而忘了形，于是凶残的一面占了上风；当他看见受害人开始挣扎，似乎想拼死一搏时，机智的一面又占了上风。

"别伤着他！"他又说了一遍。可他万万没有料到，这句话首先起的作用是，使即将发出的一枪不再发出，使马里尤斯不再行动，因为马里尤斯感到情况不那么紧急了，面对新的阶段，认为再等一等没什么不妥。说不定会出现一个机会，使他摆脱两难的境地，于絮尔的父亲可以逢凶化吉，上校的救命恩人也可免于一死。

一场殊死搏斗开始了。白先生当胸一拳，打得那老头滚到房间中央，接着，反手两掌，将两个围攻他的人打倒在地，双膝一边一个把他们按住；那两个恶棍，像是被石磨压着，直喘粗气。但是，另外四人已抓住这位令人惧怕的老人的胳膊和后颈，将他按倒在那两个被他按倒在地的"修炉工"身上。这样，白先生制服了两个人，同时又被另外四人所制住，压得身下的人气喘吁吁，同时又被人压得喘不过气来。他拼力挣扎，也未能摆脱压在他身上的重力，被这群可怕的强盗团团围住，有如一头野猪被一群狂吠乱叫的猎犬和警犬团团围住一样。

他们终于将他掀倒在靠窗的那张床上，把他死死按住。泰家婆娘揪住他的头发一直没有松开。

"你别掺和了，"泰纳迪埃说，"他会撕破你的围巾的。"

泰家婆娘服从了，有如母狼服从公狼，嘴里还发出一阵嗥叫。

"你们几个搜搜他的身。"泰纳迪埃又说。

白先生似乎放弃反抗了。他们开始搜他的身。他身上只有一个装有六法郎的皮钱包和一条手帕。泰纳迪埃把手帕揣进兜里。

"什么！没有皮夹子？"他问。

"也没怀表。"一个"修炉工"说。

"无论如何，这是个老滑头！"手里拿着大钥匙的假面人咕哝道，声音像是从腹内发出的。

泰纳迪埃走到门后的角落里，拿起一捆绳子，扔给他们。

"把他捆在床脚上。"他说。他看见被白先生一拳打倒的老头仍躺在屋子中间一动不动，便问道：

"布拉特吕埃尔是不是死了？"

"没死，"比格纳耶回答，"喝醉了。"

"把他弄到角落里去。"泰纳迪埃说。

两个"修炉工"用脚把他推到那堆废铁旁。

"巴贝，干吗带这么多人来？"泰纳迪埃悄声对拿棍子的人说，"没必要。"

"叫我怎么办？"拿棍子的人说，"他们都想来。现在是淡季。没活儿做。"

白先生所在的破床，是医院里用的那种木床，四条床腿几乎没有加工，十分粗糙。白先生任强盗们摆布。他们让白先生脚着地站着，将他牢牢捆在离窗口最远、壁炉最近的一条床腿上。

捆绑完毕，泰纳迪埃搬来一张椅子坐下，几乎和马里尤斯面对面了。泰纳迪埃好像换了个人，那穷凶极恶的脸部表情，转眼间变得平静、温和而狡黠。那副近乎野兽的嘴脸，刚才还唾沫飞溅，现在露出了办公室职员般斯文的笑容，马里尤斯简直认不出来了。他目瞪口呆地看着这不可思议的令人不安的变化，此刻的感受，无异于看到一只老虎变成了诉讼代理人。

"先生……"泰纳迪埃说。

他挥了挥手，示意仍抓住白先生的强盗们离开：

"你们走开一点，让我和先生谈谈。"

大家退到门旁。他接着说：

"先生，您不该想从窗口跳下去。会摔断腿的。您愿意的话，我们现在心平气和地谈一谈。首先,我要把我注意到的一个情况告诉您,您到现在没有喊过一声。"

泰纳迪埃没有说错,白先生确实没有喊过,马里尤斯慌乱中没有发现。白先生只说了很少几句话,而且没有提高嗓门,即使在窗口同强盗搏斗,他也一声不吭,这确实令人纳闷儿。泰纳迪埃继续说道:

"上帝!您哪怕喊声'捉贼啊',我是不会认为不妥的。在这种情况下,一般会喊'救命',至于我,我不会认为不好。遇到不能引起自己足够信任的人,喊几声,是很自然的事。您这样做,我们也不会不让您做。我们都没塞住您的嘴巴。我来告诉您为什么。因为屋里的声音传不出去。这房间只有这点好处,也多亏有这个好处。这是个地窖。哪怕在里面扔颗炸弹,离得最近的警察也只听见酒鬼的鼾声。这里,炮声只是'嘣'一下,雷声只是'噗'一下。这房间很实用。总之,您没有喊叫,这样更好,我要祝贺您。另外,我要告诉您我得出的结论:亲爱的先生,如果喊叫的话,谁会来?警察。警察以后呢?是法官。好,您没有喊叫,说明您和我们一样,不愿看到法官和警察来到。同时也说明——我早就有所怀疑——您有什么事要隐瞒。我们这边也一样。因此,我们能谈到一起。"

泰纳迪埃这样说的时候,眼珠紧盯着白先生,仿佛想把从眼睛里射出的尖针,刺进俘虏的脑袋。此外,他说的话隐隐带点傲慢的意味,但很有分寸,可以说字斟句酌,让人感到,这个恶棍刚才还是十足的强盗,现在却像一个"受过教育准备当神甫的人"了。

这个俘虏一直保持沉默,谨慎得连有生命危险也不喊叫,违背人的本能,就是不喊救命,自从这一切被泰纳迪埃点破后,应该说,马里尤斯就感到不舒服,同时又感到惊讶和痛苦。

这个被库费拉克起绰号叫作"白先生"的人,这个严肃而奇怪的人,对马里尤斯来说,本来就笼罩在一团神秘中,现在听了泰纳迪埃很有道理的分析，马里尤斯就更觉得他神秘莫测了。可是，不管他是谁，他现在被绳索捆绑，被刽子手包围，可以说，半截身子已陷入泥坑中，每时每刻都在往下沉，不管面对狂怒的泰纳迪埃，还是和颜悦色的泰纳迪埃，他都不动声色，此时此刻，看到这张忧郁而骄傲的脸，马里尤斯也情不自禁地暗暗赞叹。

这个人显然是不会惧怕的，也不知道什么叫惊慌失措。这是个身处绝境也能做到神色不惊的人。情况再危急，灾难再不可避免，他也不会像溺水的人那样，在水下睁着惊恐的眼睛。

泰纳迪埃毫不做作地站起来，走到壁炉旁，移开屏风，把它靠在旁边的破床上，从而露出了装满炽热煤火的铁皮炉子，俘虏可以清楚地看到烧得白热化的布满了小红星的钳工錾。

接着，泰纳迪埃又返回坐到白先生前面。

"我接着往下讲。"他说，"我们能谈到一起。我们和解吧。我刚才不该发火，我太糊涂，我太过分，说了许多过头的话。比如，您是百万富翁，我就问您要钱，要很多钱，要很多很多的钱。这是不合情理的。上帝，尽管您很富有，但您有您的负担，谁会没有负担呢？我不想让您倾家荡产，不管怎么说，我不是一个咬住一块肉不放的人。我不像有些人，占了上风，就会乘机大捞一把，让人笑话。听着，我这边也让一步，作些牺牲。我只要二十万法郎。"

白先生一言不发。泰纳迪埃继续说：

"您瞧，我在我的酒里掺了不少水。我不知道您有多少财产，但我知道您花钱从不计较，像您这样的慈善家，一定会给一个穷困的一家之主二十万法郎的。您也一定是个明事理的人，您总不会认为，我像今天这样煞费苦心，安排了晚上这件事——这些先生一致承认组织得很好——只是为了向您要几个小钱，到德诺瓦耶酒店去喝十五法郎一瓶的红葡萄酒，吃点小牛肉吧。二十万法郎才值得这样做。您从口袋里掏出了这区区一小笔钱,我向您保证,事情也就结束,我不会碰您一下。您会对我说:我身上没有二十万。呵!我不是没有分寸的人。我并不要您马上给钱。我只要您做一件事。请您按我说的写下来。"

说到这里,泰纳迪埃停了停,然后,朝小铁炉那边送去一个微笑,每一个字都加重语气地说:

"我得先告诉您,不许您说不会写。"

大审判官见了他这个微笑,会不胜羡慕。

泰纳迪埃将桌子推到白先生身边,从抽屉里拿出墨水、笔和一张纸,他没关上抽屉,让那把发光的长尖刀露出来。他把纸放到白先生面前。

"写吧。"他说。

俘虏终于开口了。

"您要我怎么写?我被绑着。"

"这倒是真的,对不起!"泰纳迪埃说,"您说得对。"

他转向比格纳耶:

"把先生的右臂解开。"

外号叫春天,又叫比格纳耶的庞肖,按泰纳迪埃的命令做了。俘虏的右手解开后,泰纳迪埃将笔在墨水瓶里蘸了蘸,递给他。

"请注意,先生,您在我们掌握之中,任我们摆布,任何人的力量都不能把您从这里救走,假如您逼得我们做出令人不快的极端行动,那也只好抱歉了。我不知道您的名字,也不知道您的住址,但我事先得告诉您,您将一直被绑到派去送您这封信的人回来。现在写吧。"

"写什么?"俘虏问。

"我说,您写。"

白先生拿起笔。泰纳迪埃开始口授。

"我的女儿……"

俘虏打了个颤,抬眼看看泰纳迪埃。

"写上'亲爱的女儿'。"泰纳迪埃说。白先生按他说的写了。泰纳迪埃继续道:

"您马上来……"

他停下来:

"您是用'你'称呼她的,是吧?"

"谁?"白先生问。

"当然是小姑娘,百灵鸟呀!"泰纳迪埃说。

白先生不动声色地回答:

"我不知道您在说什么。"

"您照写就是了。"泰纳迪埃说。他继续口授:

"你马上来一趟。我绝对需要你。送这张便条给你的人,负责带你到我这里。我等着你。放心地来吧。"

白先生全都照写了。泰纳迪埃又说:

"噢!把'放心地来吧'这句话划掉。这会让人怀疑事情不简单,反而会不放心。"

白先生划掉了那句话。

"现在签上名字。"泰纳迪埃接着又说,"您叫什么名字?"

俘虏放下笔,问道:

"这信是给谁的?"

"您很清楚。"泰纳迪埃回答,"是给小姑娘的,我刚才同您说过了。"

显然,泰纳迪埃避而不说那姑娘的名字。他说"百灵鸟",他说"小姑娘",就是不提名字。这是狡猾者在同伙面前保守秘密的谨慎做法。说了名字,等于把"整桩买卖"全都暴露给他们,把不需要他们知道的东西也告诉了他们。

他又说:

"签上名字。您叫什么？"

"于尔班·法布尔。"俘虏说。

泰纳迪埃像猫似的，迅速将手插进衣兜，掏出从白先生身上搜来的手帕。他将手帕凑近烛光，寻找上面的记号。

"U.F.，没错。于尔班·法布尔。好吧，签上 U.F.。"

俘虏签了名。

"折信要用两只手。给我，我来折。"

折好信，泰纳迪埃又说：

"写上地址。您的寓所，法布尔小姐收。我知道您家离这里不远，就在圣雅克-德-奥巴教堂附近，因为您每天去那里做弥撒，但我不知道是哪条街。看得出，您知道自己的处境。您在名字上没有说谎，地址也不会说谎的。您自己写吧。"

俘虏沉思片刻，然后拿起笔，写道：

"圣多米尼克-当费尔街17号，于尔班·法布尔先生寓所，法布尔小姐收。"

泰纳迪埃兴奋地一把夺过信，喊了声：

"老婆！"

泰家婆娘跑过来。

"这是信。你知道怎么做。下面有辆出租马车。马上就去，原车回来。"

他转而又对拿宰牛锤的人说：

"既然你已摘掉面具，就陪我老婆走一趟。你待在车后。那辆双轮小马车是你停放的，你知道它在哪里吧？"

"知道。"那人说。

他把宰牛锤放到一个角落里，跟着泰家婆娘走了。

他们走后，泰纳迪埃从门缝里探出脑袋，冲着走廊喊道：

"千万别把信丢了！想着身上揣着二十万法郎哪。"

泰家婆娘沙哑的嗓门回答：

"放心吧。我把它放进肚里了。"

不到一分钟，就传来了马鞭声，声音渐渐变小，很快就听不见了。

"好！"泰纳迪埃咕哝道，"他们走得很快。照这个速度，三刻钟后我老婆就回来了。"

他把一张椅子挪到壁炉旁，坐下来，交叉双臂，向铁皮炉子伸出满是泥巴的靴子。

"脚好冷。"他说。

陋屋里，除了泰纳迪埃和俘虏，只剩下五个强盗了。这五个人戴着面具，或脸上抹满黑胶，装扮成烧炭工、黑人或魔鬼借以吓人，可却显得麻木不仁，无精打采，让人感到，他们犯罪如同干活，心安理得，不发怒，也不怜悯，一副无聊的样子。他们就像野兽，挤在一个角落里，一声不吭。泰纳迪埃烤着脚。俘虏重又陷入沉默。刚才，陋屋里充满了粗野的喧嚣声，现在充满了阴森可怕的寂静。

蜡烛上结了个大烛花，勉强照亮这间大屋子，炉火已变暗淡，这些魔鬼的脑袋在墙上和天花板上映出可怕的影子。除了熟睡的醉老头平静的呼吸声，听不到其他任何声音。

马里尤斯焦虑地等待着，发生的一切使他的焦虑有增无已。谜团比任何时候更难解开了。泰纳迪埃称作百灵鸟的小姑娘是谁？是他的"于絮尔"吗？俘虏对"百灵鸟"这几个字毫无反应，十分自然地回答："我不知道您在说什么。"另一方面，U. F. 这两个字母总算弄清楚了，是于尔班·法布尔，于絮尔不叫于絮尔。这是他看得最清楚的一点。一种可怕的诱惑，把他牢牢钉在他的观察点上，居高临下，观察着整个罪恶场面。他站在那里，几乎不能思索，不能动弹，仿佛被眼前发生的令人发指的罪恶行径，弄得筋疲力尽，颓丧不已。他无法集中思想，不知作何决定，只是等待着，希望发生一件意外，不管什么意外都行。

"不管怎样，"他说，"假如百灵鸟是她，我就要知道了，因为泰家婆娘就要把她带来。到时就会清楚。我一定要救她，需要的话，我将献出自己的鲜血和生命！什么都不能阻挡我！"

就这样快过了一刻钟。泰纳迪埃似乎陷入阴暗的沉思中。俘虏一动不动。但是，马里尤斯好像断断续续地听见轻微的声音，是俘虏那边传来的，且有一段时间了。

突然，泰纳迪埃大声对俘虏说：

"法布尔先生，好好听着，我干脆现在就同您说了吧。"

这句话使人感到他要把事情说明了。马里尤斯竖起耳朵。泰纳迪埃接着说：

"不要急，我妻子就要回来了。我想百灵鸟确实是您的女儿，您把她留在身边是很自然的。不过，您好好听着。我老婆带着您的信，肯定能找到她。我让我老婆穿得整齐一些，这您已看到，以便让您家小姐不起疑心地跟她走。她俩登上那辆出租马车，车后站着我的伙伴。城门外的某个地方，停着一辆两匹好马拉的双轮小马车。他们把小姐带到那里。她就下出租马车，和我的伙伴一起上那辆双轮马车，而我老婆则回来对我们说：事情办妥了。至于您那位小姐，她不会受到伤害，双轮马车把她带到一个地方，她太太平平地待在那里。等我们拿到那区区二十万法郎，就把她还给您。您要是让人来抓我们，我那伙伴就会把百灵鸟结果了。情况就是这样。"

俘虏一句话也不说。泰纳迪埃停了停，继而又说：

"您看到了，事情很简单。假如您不想有事，就不会有事。我把事情告诉您。我事先告诉您，是为了让您明白。"

他停了停，俘虏仍保持沉默。泰纳迪埃接着说：

"等我妻子回来，对我说：百灵鸟上路了，我们就把您放了，您可以自由地回家睡觉。您瞧，我们并无恶意。"

这时，一幕幕可怖的景象从马里尤斯脑海里掠过。什么！那姑娘被劫持了？不把她带回来了？这些魔鬼中的一个要把她藏起来？藏在哪里？……假如是她，怎么办？肯定是她！马里尤斯感到他的心脏停止跳动了。怎么办？要不要开枪？将这些恶棍绳之以法？可是，那劫持姑娘的拿宰牛锤的歹徒仍会逍遥法外。马里尤斯想起泰纳迪埃说的、隐隐散发着血腥味的那句话："您要是让人来抓我们，我那伙伴就会把百灵鸟结果了。"

此时此刻，使他下不了决心开枪的，不仅是上校的遗嘱，还有他自己的爱情，他怕心上人遭到不测。这可怕的局面已持续一个多小时了，每时每刻都有新的情况出现。马里尤斯将所有撕心裂肺的猜测一一作了回顾，想寻找一线希望，却怎么也找不到。他脑海里思绪翻腾，与匪巢阴沉可怕的寂静形成鲜明的对照。

在这寂静中，突然听见楼梯门打开又合上的声音。

俘虏在捆绑他的绳子中动了一下。

"我老婆回来了。"

他话音未落，泰家婆娘果然冲进屋里，满面通红，气喘吁吁，双眸冒火，边用两只大手拍打大腿，边大声说：

"假地址！"

她带去的强盗跟着她出现在门口，过来拿起他的宰牛锤。

"假地址？"

她又说：

"没有人！圣多米尼克街17号根本没有于尔班·法布尔先生！人家不知道他是谁！"

她透不过气来，便停了停，接着又说：

"泰纳迪埃先生！这老家伙耍你了！你心肠太好，你看！换了我，我一上来就给你把他的嘴撕成四瓣了！他要是敢凶，我就把他活活煮熟了！他只好乖乖开口，说出女儿在哪里，钱藏在哪里！我就会这样干，我！怪不得有人说男人比女人蠢呢！17号！没有人！是通马车的大门！圣多米尼克街根本没有法布尔先生！一路奔波，给车夫小费，等等！我问了看门的夫妇俩，那女的长得很漂亮，他们说不认识！"

马里尤斯松了口气。她，那个于絮尔，或百灵鸟——他都不知道该怎么称呼了——没有危险了。

当泰家婆娘愤怒地大叫大嚷的时候，泰纳迪埃已坐到桌子旁，来回晃动悬着的右腿，若有所思地恶狠狠地看着铁皮炉，半天没有说一句话。最后，他转而用缓慢而极其凶恶的声音对俘虏说：

"一个假地址？你想干什么？"

"争取时间！"俘虏响亮地回答。

同时，他挣脱绳索：它们早已割断了。俘虏只有一条腿还绑在床腿上。没等那七名歹徒醒悟并扑过来，他已把腰弯到壁炉下，将手伸向火炉，然后站直身子，这时，泰纳迪埃夫妇及那些歹徒都吓得退到房间里面，惊愕地看着几乎可以自由行动的他，将烧得通红、闪着凶光的钳工錾举在头顶上，这姿势叫人吓得魂飞魄散。

法院在侦查戈博旧宅这场陷阱案时确认，警察进入现场后，在陋室里发现了一枚经过特殊加工的大铜钱。这枚大铜钱，是苦役牢漫长而黑暗的生活孕育的、为了在黑暗中使用的奇异的工艺品，是越狱的工具。这是一种奇异工艺的丑恶而精致的产物，它在珠宝业中的地位，好比俚语的隐喻在诗歌中的地位。在苦役牢里有邦弗尼托·切利尼①们，正如文坛上有维永②们。不幸的囚徒渴望自由，有时在没有工具的情况下，

---

① 邦弗尼托·切利尼（1500—1571），意大利佛罗伦萨金银匠和雕刻家，在法国和佛罗伦萨都有重要地位。
② 维永（1431—1463），法国最伟大的抒情诗人之一。年轻时，喜欢在巴黎下层社会的酒肆娼寮纵酒放荡。曾多次因案入狱。

用一把木柄小刀，一把旧刀，将一个铜钱锯成两个薄片，又将这两个薄片挖空，而不损坏币面的花纹，再在边缘刻上一道螺纹，使这两个薄片能重新合上。这是一个盒子，可以任意旋开和旋合。在小盒内藏着一根钟表发条，这发条经过精心加工，能够锯断粗铁链和铁条。人们以为苦役犯身上只有一枚铜钱，其实不然，他掌握着自由。警察在搜查现场时，在那间陋屋里，在靠窗那张床下面发现的，正是那种大铜钱，已打开成两片。还发现了一个蓝色小钢锯，正好能藏进铜钱里。当时的情况可能是这样的：歹徒们搜他的身时，他身上正好有那枚铜钱，他把它藏在手中，没被搜走，然后，他用松了绑的右手，将铜钱拧开，用那把钢锯割断绑着他的绳索，马里尤斯注意到的轻微的声音和不易察觉的动作，也就得到了解释。

因为怕被发现，不敢弯腰，绑住左腿的绳子没有割断。

歹徒们已从最初的惊愕中清醒过来。

"放心，"比格纳耶对泰纳迪埃说，"他还有条腿绑着，跑不了。我担保。是我给那个蹄子捆绑的。"

这时，俘虏抬高嗓门说：

"你们是一群可怜人，不过，我这条命不值得我拼命保护。至于你们想逼我说话，逼我写不愿写的，逼我说不愿说的……"

他卷起左臂的袖子，又说：

"你们瞧吧！"

他边说边伸出胳膊，将右手握住木柄的灼热的钳工錾，放到赤裸的肉上。

只听见皮肉被烧得咝咝直响，行刑室特有的气味顿时充满整个陋屋。马里尤斯惊恐万状，歹徒们也不寒而栗，可那奇怪的老头脸不变色心不跳，红红的钳工錾嵌入冒着烟的伤口中，他泰然自若，简直令人敬畏，漂亮的眼睛看着泰纳迪埃，目光中没有仇恨，痛苦已然消失，只见

他神态安详而威严。

在伟大而高贵的人身上,当肉体和感官因遭受痛苦而反抗时,灵魂就会显现在额头上,正如士兵造反,会迫使统帅出现。

"可怜人,"他说,"我不怕你们,你们也不必怕我。"

说完,他把钳工錾从伤口里拿出来,从开着的窗子里扔出去。那炽热而骇人的工具旋转着消失在黑夜里,远远地落到雪地里熄灭了。

俘虏接着又说:

"随您怎样处置我。"

他手上没有武器了。

"抓住他!"泰纳迪埃说。

两名歹徒抓住他的肩膀,那位戴面具说腹语的人则站在他面前,只要他一动,就用大钥匙砸烂他的脑袋。

与此同时,马里尤斯听见他下面的隔板脚边有人在低声交谈,但他们靠隔板太近,因而看不见。

"只有一个办法。"

"把他宰了!"

"对。"

是丈夫和妻子在商量。泰纳迪埃缓步走向桌子,拉开抽屉,拿出那把刀。

马里尤斯紧紧攥住手枪圆柄。他不知所措。一小时以来,他头脑里一直有两个声音在说话,一个要他尊重父亲的遗嘱,另一个要他救俘虏。这两个声音不停地争斗,使他万分苦恼。在他的潜意识里,一直希望能找到一个两全其美的办法,却没能找到。现在危险迫在眉睫,不容再等待了,泰纳迪埃手持利刀,正想动手,离俘虏只有几步路。

马里尤斯心乱如麻,他环顾四周,这是人在绝望时最后的无意识行为。突然他打了个战。

一道明亮的月光照到他脚边的书桌上，仿佛要指引他去看一张纸头。他看见了泰家大女儿在早晨写的那行大字：

雷子来了。

马里尤斯脑海里闪过一道亮光，一个念头。这正是他苦苦寻求的办法，解决一直折磨着他的难题：既不伤害凶手，又能搭救受害人。他跪到五斗橱上，伸出胳膊，抓住那张纸头，从墙上轻轻剥下一块灰泥，裹在纸里，从墙洞里扔到隔壁那间破屋中央。

正是时候。泰纳迪埃已战胜最后的恐惧，抑或最后的顾虑，正在向俘虏走去。

"有东西掉下来了！"泰家婆娘喊道。

"是什么？"丈夫说。

那女人已冲过去，拾起包着纸的灰泥块。

她把纸包交给丈夫。

"从哪里来的？"泰纳迪埃问。

"你说能从哪里来？"那女人说，"当然从窗口。"

"我看见它从窗口飞进来的。"比格纳耶说。

泰纳迪埃迅速打开纸包，凑到烛光下。

"这是埃波妮的笔迹。见鬼！"

他向妻子做了个手势，她赶紧过来，他让她看纸上的那行字，然后低声说：

"快！梯子！让这猪猡待在警察的陷阱里，我们快溜！"

"不宰他了？"泰家婆娘问。

"没时间了。"

"从哪里？"比格纳耶说。

"从窗口。"泰纳迪埃回答，"既然波妮娜从窗口扔进石块，说明房子的这一边没被包围。"

说腹语的假面人将他的大钥匙放到地上,双臂伸向天空,双手迅速张合三下,没有说一句话。这好比向船员发出战斗的信号。抓着俘虏的歹徒松开手;转眼间,绳梯已从窗口放下,两个铁钩牢牢钩在窗沿上。

俘虏没有注意周围发生的事,好像在沉思或祈祷。绳梯刚架好,泰纳迪埃便喊:

"快来!老婆!"

说完,他冲向窗口。他正要跨上去,比格纳耶粗暴地一把抓住他的衣领。

"喂,不要急,老滑头!让我们先走!"

"让我们先走!"歹徒们吼道。

"你们真不懂事,"泰纳迪埃说,"别耽误时间。雷子就要来了。"

"那好,"其中一个歹徒说,"我们抽签决定谁先走。"

泰纳迪埃气得大声吼道:

"你们疯啦!神经有毛病啦!真是一群疯子!耽误时间,是不是?抽签,是不是?猜手指头!抽草茎!写上我们的名字!放在帽子里!……"

"要我的帽子吗?"有人在房门口大声说道。

大家回头。是雅韦尔。

他手里拿着帽子,笑眯眯地把帽子伸过去。

二十一 应该先抓受害人

黄昏时分,雅韦尔已布置好了人手,他自己则躲在林荫大道另一侧、与戈博旧宅相望的戈布兰门街的树后面。他做的第一件事，便是打开"口袋"，想把在巢穴周围望风的两位姑娘抓住。可他只"逮着"了阿赛玛。埃波妮不在她的哨位上，她失踪了，因此雅韦尔没逮着她。然后，雅韦尔埋伏起来，侧耳静候约定的信号。那辆出租马车的一往一返使他心绪不宁。后来，他等得不耐烦了，"确信那里有个贼窝"，确信会有"很大的收获"，从进旧宅的强盗中，他认出了几个面孔，最后决定不等枪声，直接上楼来了。

大家还记得，他有马里尤斯那把万能钥匙。

他来得正是时候。

强盗们惊慌失措，连忙捡起刚才逃跑时扔到各个角落里的凶器。霎时间，七个人气势汹汹站到一起，摆起防御的阵势，一个拿着宰牛锤，一个拿着大钥匙，一个拿着铅头棒，其他人绰起凿子、钳子和锤子，泰纳迪埃握着那把尖刀。泰家婆娘在窗角上抓起一大块铺路石，那是给她两个女儿平日当凳子的。

雅韦尔戴上帽子，朝房间里走了两步，双臂交叉，拐杖夹在腋下，宝剑插在鞘里。

"别动！"他说，"不要从窗口出去，而是从门口出去。这样安全。你们七个人，我们十五个人。不要硬拼。大家客气点。"

比格纳耶从外衣下面抽出一支手枪，塞给泰纳迪埃，对他耳语道：

"是雅韦尔。我不敢向这个人开枪。你敢吗？"

"当然敢！"泰纳迪埃回答。

"那好，开枪吧。"

泰纳迪埃接过手枪，瞄准雅韦尔。雅韦尔离他才三步路，逼视着他，只说了句：

"别开吧！你打不中我。"

泰纳迪埃扣动扳机。没有击中。

"我说了吧！"雅韦尔说。

比格纳耶把他的铅头棒扔到雅韦尔脚边。

"你是魔鬼的皇帝！我投降。"

"你们呢？"雅韦尔问其他强盗。

他们回答：

"我们也投降。"

雅韦尔冷静地说：

"好，这样就对了。我刚才说了，大家客气点。"

"我只求一件事，"比格纳耶说，"我到了牢里，别不让我抽烟。"

"行。"雅韦尔说。

他回头喊道：

"可以进来了！"

听见雅韦尔的招呼，一群手握佩剑的警察和手执大头棒和短木棍的便衣冲进房间。他们将强盗捆绑起来。一支蜡烛朦胧地照着这群人，魔窟里充斥着他们的黑影。

"全给铐上！"雅韦尔说。

"你们敢过来！"一个人吼道，但不是男人的声音，却也不能说是女人的声音。

泰家婆娘守在窗口的一角，刚才那声吼叫是她发出的。警察和便衣吓得连连后退。她已扔掉披肩，但仍戴着帽子；她丈夫蹲在她身后，扔下来的披肩几乎盖住了他的全身，她用身体掩护丈夫，双手将那块铺路石举过头顶，摆动着，好似一个巨人就要掷出石头。

"当心！"她吼道。

大家向走廊退去。破屋中央空出一大块地方。那婆娘朝束手待毙的强盗瞅了一眼，用沙哑的喉音低声骂道：

"懦夫！"

雅韦尔笑了笑，向空处走去，泰家婆娘虎视眈眈地盯着那里。

"别过来，滚开！"她吼道，"再过来我就砸死你！"

"好一个投弹手！"雅韦尔说，"大妈！你有男人的胡子，可我有女人的爪子！"

他继续向前。

泰家婆娘蓬头散发，杀气腾腾，叉开双腿，身子向后一仰，使足力气，将那块石头向雅韦尔的头上扔去。雅韦尔一躬身，石头越过他的身上，撞到对面的墙上，砸掉一大块灰泥，又弹回来，从一个角落弹到另一个角落，最后滚到雅韦尔脚边不再动弹，幸亏破屋里几乎没有人。

这时，雅韦尔走到泰纳迪埃夫妇跟前。他一只大手抓住那女的肩膀，另一只按在丈夫的头上。

"拇指铐！"他喊道。

警察又拥进屋里，不消几秒钟，就完成了雅韦尔的命令。

泰家婆娘垂头丧气，看了看自己和丈夫被铐着的手，坐到地上，大哭大嚎：

"我的女儿！"

"她们在牢里了。"雅韦尔说。

这时，便衣们发现门后呼呼大睡着一个醉汉，便使劲摇他。醉汉醒来，含含糊糊地说：

"完事了吗，戎德雷特？"

"是的。"雅韦尔回答。

六个被铐着的强盗站着。他们的脸仍然像鬼，三个涂成黑色，三个戴着面具。

"你们就戴着面具吧。"雅韦尔说。

他像德皇腓特烈二世在波茨坦检阅部队那样，目光威严地将他们扫视一遍，并对那三位"修炉工"说：

"你好，比格纳耶。你好，布吕戎。你好，二十亿。"

然后，他转向那三个戴面具的人，对拿宰牛锤的说：

"你好，格勒梅尔。"

接着对拿铅头棒的说：

"你好，巴贝。"

又对说腹语的人说：

"你好，克拉克苏。"

这时，他看见了强盗们的俘虏，警察进来后，那人没说过一句话，一直低着脑袋。

"给先生松绑！"雅韦尔说，"谁也不准出去。"

说完，他威严地坐到桌子旁，桌上仍摆着蜡烛和书写用具。他从兜里掏出一张公文纸，开始写调查报告。他写完几行套语后，抬起头说：

"把这些先生们绑着的那位先生带来。"

警察们看了看周围。

"怎么了，"雅韦尔问，"他在哪里？"

强盗们的俘虏，那位白先生，于尔班·法布尔先生，于絮尔或百灵鸟的父亲，已不见人影了。

房门口有人把守，但窗口却无人把守。他被松绑后，见雅韦尔正在写调查报告，周围混乱嘈杂，拥挤不堪，烛光昏暗，没有人注意他，便趁机越窗逃跑了。一个便衣奔到窗口，向外张望。窗外不见人影，绳梯还在晃动。

"见鬼！"雅韦尔咕哝道，"这一个也许是最厉害的！"

二十二 在第三卷中哭叫的孩子①

在医院林荫大道的旧宅里发生那件事后的第二天,一个男孩,好像是从奥斯特里茨大桥那边过来的,顺着街右侧的人行道,朝枫丹白露门走去。天色已黑。这孩子面黄肌瘦,衣衫褴褛,二月里只穿一条布单裤。他扯着嗓门唱着歌。

在小银行家街的拐弯处,路灯下,有个老妇弯腰曲背,正在垃圾堆里捡破烂。孩子经过时,撞了她一下,赶快后退,惊叫道:

"呀!我还以为是一只特别特别大的狗呢!"

他重复"特别"这个词时,故意用了揶揄的语气,也许只有用大写字母才能表达"一只特别特别大的狗"的夸张意味。

老妇恼羞成怒,突然站起来。

"该死的!"她咕哝道,"我要不是弯着腰,看我不给你一脚!"

那男孩已经走远。

"嘿!嘿!"他说,"既然如此,我可能没有弄错。"

老妇气得透不过气来。她挺直身子,路灯的红光照在她苍白的脸上,只见她瘦骨嶙峋,皱纹深深,鱼尾纹与嘴角连成一片。她的身子隐没在黑暗中,只露出了脑袋,活像被月光割下来的衰老女魔的面具。孩子注视着她,说道:

"太太的美貌对我不合适。"

他继续赶路,又接着唱起来:

---

① 本书初版时,共分十卷。此处所说的第三卷,即本译本第二部《珂赛特》中的第三卷,那哭叫的孩子出现在该卷第一章《蒙费梅的用水问题》中。

"踢木鞋"国王，
出门去打猎，
专打大乌鸦……

唱完三句，他就不唱了。他已来到50—52号门前。看见大门关着，就用脚踢，踢得又响又猛，听上去与其说是小孩的脚，不如说是他脚上的大人鞋在踢门。

这时，他在小银行街拐角上遇到的那个老妇，跟在他后面跑来了，她大叫大嚷，拼命挥手。

"干什么？干什么？上帝！大门要踢坏了！屋子要踢破了！"

孩子继续踢门。老妇继续吼叫。

"现在怎么这样对待房子！"

她突然不叫了。她认出是刚才的流浪儿。

"什么！原来是这个魔鬼！"

"呀！是老家伙呀，"孩子说，"你好，比贡大娘。我来看我的长辈。"

老妇做了个表情复杂的鬼脸，那是仇恨加上衰老和丑陋临时凑合成的令人拍案叫绝的表情，可惜天色黑暗，无人看得见：

"家里没有人，野孩子。"

"呵！"孩子说，"我父亲在哪？"

"在拉福斯监狱。"

"啊！那我母亲呢？"

"在圣拉扎尔监狱。"

"好吧！那我两个姐姐呢？"

"在马德洛内特监狱。"

孩子挠挠耳朵背后，看着比贡大娘说道：

"啊！"

然后，他脚跟向后一转，过了一会儿，仍站在门口的老婆子听见他用清脆的童音唱着歌，消失在迎风瑟瑟抖动的榆树下面了。他唱道：

"踢木鞋"国王，
出门去打猎，
专打大乌鸦，
踩着大高跷。
有人从他下面过，
要交两苏买路钱。

作者简介

[法]维克多·雨果（Victor Hugo, 1802—1885）

法国19世纪前期积极浪漫主义文学的代表作家。代表作有长篇小说《巴黎圣母院》《九三年》和《悲惨世界》等。

绘者简介

[法]古斯塔夫·布里翁（Gustave Brion, 1824—1877）

法国插画家，1847年在巴黎的沙龙首次亮相，作品受到广泛关注，被米卢斯美术馆、法国南特美术馆、斯特拉斯堡美术馆等地收藏。

译者简介

潘丽珍

1943年生，现居上海。解放军外语学院法语教授，法语翻译家。代表作有：《追忆似水年华》（第三卷）《蒙田随笔全集》（合译）《巴黎圣母院》《悲惨世界》《屋顶轻骑兵》《海底两万里》等。

后浪微信 | hinabook
总 策 划 | 银杏树下
出版统筹 | 吴兴元　编辑统筹 | 尚　飞
责任编辑 | 曹　波　特约编辑 | 郝晨宇　沈凌波
装帧制造 | 墨白空间·Yichen | mobai@hinabook.com
后浪微博 | @后浪图书
读者服务 | reader@hinabook.com 188-1142-1266
投稿服务 | onebook@hinabook.com 133-6631-2326
直销服务 | buy@hinabook.com 133-6657-3072

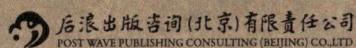